MILLIARDAIRE CHERCHE NOUNOU

MISHA BELL

♠ MOZAIKA PUBLICATIONS ♠

Dépôt légal © 2024 Misha Bell
www.mishabell.com/fr/

Publié par Mozaika Publications, une marque de Mozaika LLC.
www.mozaikallc.com

Couverture par Najla Qamber Designs
www.qamberdesignsmedia.com

Traduction : Annabelle Blangier pour Valentin Translation

e-ISBN : 978-1-63142-919-4
ISBN imprimé : 978-1-63142-920-0

CHAPITRE 1
LILLY

omment peut-il être sexy ? Tout, chez Bruce Roxford, est glacial, de ses yeux bleu arctique à ses lèvres froidement plissées. Même ses cheveux noirs et coiffés en arrière ont un éclat froid et bleuté, plutôt que les nuances brunes et chaudes habituelles.

— Oui ? demande-t-il, refusant délibérément d'ouvrir sa porte plus grand.

Pourquoi se comporte-t-il comme si ses agents de sécurité ne lui avaient pas dit qui j'étais ? Sans oublier qu'on a un rendez-vous – et ce n'est pas comme si des inconnus pouvaient entrer et sortir de son immense domaine.

Je fais mon possible pour ne pas frissonner à cause du froid qu'il exsude et réponds :

— Je suis Lilly Johnson.

Pas de réponse.

— L'éducatrice canine.

Silence.

— Je suis ici pour un entretien avec Bruce Roxford ?

Ce que je ne précise pas, c'est que l'entretien n'est qu'un prétexte pour passer un savon à ce connard sans cœur. Sa banque m'a pris ma maison d'enfance, alors quand j'ai vu qu'il avait mis une petite annonce et cherchait quelqu'un dans ma branche, j'ai su que c'était un signe du destin.

Je devrais peut-être me contenter de l'injurier tout de suite ?

Non. Il me claquerait la porte au nez et demanderait à ses agents de sécurité de m'escorter dehors. Je dois faire en sorte qu'il m'écoute avec attention. Avant de le voir en personne, je m'imaginais nous enfermer dans une pièce et lui lire la note que j'avais préparée avec soin pour cette occasion. Comme ça, je ne risquais pas d'oublier toutes les insultes et les accusations que je tenais à lui proférer. Mais maintenant que je suis en face de ce spécimen mâle immense et large d'épaules, je suis moins certaine d'avoir envie de me retrouver seule avec lui, surtout dans une situation hostile.

Il replie son bras musclé devant son visage et regarde sa montre A. Lange & Söhne en fronçant les sourcils.

— Vous êtes en retard. Au revoir.

Ces mots me font l'effet d'une pluie de grêle.

— En retard de cinq minutes, rétorqué-je, fière de la fermeté de ma voix. Il y avait de la circulation et...

— La circulation est aussi prévisible que les impôts,

dans la vie, m'interrompt-il en commençant à refermer la porte.

Je prends une grande inspiration. Je n'aurai pas le temps de lire toute ma tirade. La version courte devra suffire.

Avant que j'aie pu déverser ma colère, une boule de poils noire passe en courant dans la minuscule fente entre la porte et son encadrement.

Un cochon d'Inde ?

Non. Il remue la queue et lèche mes chaussures.

Ah, bien sûr. C'est un chiot – logique, compte tenu de la petite annonce.

Mon cœur bondit dans ma gorge. C'est un chihuahua à poil long – et il est sublime, avec un pelage noir soyeux, une tache de fourrure blanche au niveau de la poitrine et une tête qui me rappelle un tout petit ours. Les marques brunes au-dessus de ses yeux ressemblent à des sourcils curieux. Mieux encore, jusqu'ici, il ne m'a pas jappé dessus et ne m'a pas mordu les chevilles, ce qui me laisse penser qu'il est le plus amical de son espèce.

Je m'accroupis et caresse sa fourrure divine.

— Salut, toi. Qui es-tu ?

Le chiot se retourne sur le dos, révélant qu'il est un bon *garçon,* et pas une fille.

Une douleur douce-amère me contracte la poitrine pendant que je caresse le petit espace nu sur son ventre. Ça fait cinq ans que j'ai perdu Ablette, l'amour de ma vie canin, et c'était un chihuahua, lui aussi – en bien plus gros, bien moins amical avec les étrangers, et au pelage doux.

Aujourd'hui encore, quand je rencontre un nouveau membre de son espèce, une pointe de tristesse entache la joie de rencontrer un chien. Par chance, vu qu'ils sont petits, peu de gens décident d'éduquer leur chihuahua, et je n'ai jamais eu à refuser de client à cause de ça. Dans tous les cas, ma joie l'emporte bien vite quand je déplace les doigts pour caresser la poitrine duveteuse du chiot et qu'il donne l'impression de s'être shooté à l'héroïne.

— Tu aimes ça, hein, mon cœur, roucoulé-je.

Comme d'habitude, j'imagine la réponse du chien – et pour une raison inconnue, il parle avec la voix très grave de James Earl Jones, alias Dark Vador.

Si j'aime qu'on me caresse le ventre ? C'est comme si tu me demandais si j'aime hurler à la lune. Ou me lécher les boules. Ou manger...

Quelque part au-dessus de moi, j'entends quelqu'un pousser un soupir exaspéré.

Oh merde. J'avais oublié où j'étais. Ça m'arrive souvent quand des chiens sont présents.

Je me redresse de toute ma hauteur (qui est d'à peine plus d'un mètre cinquante) et plonge mon regard dans les yeux bleus de ma némésis, l'air défiant – ses yeux me semblent plus larges, soudain, comme des trous de pêche dans un lac gelé.

— Comment vous avez fait ça ? demande-t-il.

Je replace une mèche de cheveux derrière mon oreille, nerveuse.

— Comment j'ai fait quoi ?

Il fait un geste vers le chihuahua en train de remuer la queue.

— Colossus n'est jamais amical. Avec personne.

C'est peut-être un représentant typique de son espèce, finalement. Je ne peux m'empêcher de sourire.

— Colossus ? Il fait quoi, un kilo ?

— Un kilo dix, précise-t-il en conservant un air sévère. Vous avez du bacon dans les poches ?

L'impression de subir un procès, je retourne mes poches pour montrer qu'elles sont vides.

— Je ne donne jamais de bacon aux chiens. Même les meilleurs morceaux contiennent trop de gras et de sodium, sans parler des autres arômes qui...

— OK, m'interrompt-il d'une voix impérieuse.

Je le regarde en clignant des paupières.

— OK quoi ?

— Vous êtes embauchée.

CHAPITRE 2
BRUCE

L a minuscule créature – et je ne parle pas du chiot – hausse l'un de ses sourcils touffus impressionnants.

— Je suis embauchée ?

— Oui.

Elle sera ma toute première employée retardataire, mais entre le fait que Colossus l'apprécie et sa diatribe sur le bacon, elle est la meilleure candidate que j'aie vue jusqu'ici. Aussi ridicule que ça puisse paraître, j'ai eu plus de mal à trouver le profil idéal pour ce poste que pour celui de mon directeur technique.

— Comme ça ? s'étonne-t-elle.

Elle soulève le chiot avec délicatesse, et à ma grande surprise, il la laisse faire sans tenter de la mordre une seule fois.

Il m'a fallu une semaine entière avant qu'il m'autorise à tendre la main vers lui sans me mordre les doigts – et aucun de mes employés n'a encore accompli cette prouesse.

J'ouvre la porte plus grand pour la laisser entrer.

— L'un de mes secrets, dans mon métier, est ma capacité à choisir la bonne personne pour chaque poste.

Son autre sourcil touffu rejoint le premier.

— Vous êtes sûr que ce n'est pas plutôt votre modestie, votre secret ?

Je fais semblant de ne pas avoir entendu. Je ne comprends pas pourquoi Colossus l'aime bien. Il ne sait vraiment pas cerner les gens. Je parie que c'est à cause d'un truc idiot. Parce qu'elle est l'humaine la plus petite qu'il ait jamais rencontrée, peut-être, ce qui lui donne l'impression d'être plus gros. Ou bien c'est tout simplement parce qu'elle sent bon. Quand elle passe devant moi, je décèle une note de cerise et d'encens dans son parfum, ainsi qu'un truc floral.

Elle attend que j'aie refermé la porte d'entrée avant de reposer Colossus par terre – une attention aux détails que j'apprécie. Je n'ai pas envie que cet imbécile de chiot s'enfuie.

— Qu'est-ce que c'est que ces trucs ? demande-t-elle en indiquant les tapis absorbants étalés dans toute la maison comme de la moquette bleue.

Je grimace.

— Colossus n'est pas encore propre.

Elle plisse son joli nez.

— Je préfère le terme « domestiqué ».

Même si mes sourcils sont bien inférieurs aux siens, j'en arque un quand même.

— Est-ce qu'il existe une différence concrète entre les termes « propre » et « domestiqué » ?

Elle me regarde en plissant ses yeux noisette.

— Est-ce qu'il y en a une entre « caustique » et « connard » ?

Si c'est une tentative pour m'insulter, elle est aussi faible que ses efforts pour me donner des cours de linguistique.

— « Domestiqué » donne l'impression qu'on dompte un loup.

Comme d'habitude, je suis sidéré à l'idée que Colossus partage 99,9 % de son ADN avec une machine à tuer féroce. D'un autre côté, cette humaine chétive et moi possédons un ADN encore plus semblable, ce qui prouve bien toute la différence que peut faire ce minuscule pourcentage.

C'est au tour de son front de se plisser.

— Je n'aime pas le mot « dompter » non plus. Je l'associe à des méthodes d'éducation qui emploient la pression et la maltraitance.

Je serre les dents sans le vouloir.

— Il y a vraiment des gens qui emploient ces méthodes ?

Imbécile de chiot ou pas, si je surprends quelqu'un en train de faire pression sur Colossus ou de le maltraiter, ce sera la dernière chose qu'il fera de sa vie.

Elle me regarde comme si je lui avais demandé si la fée des dents était réelle.

— Il y a même des gens qui organisent des combats de chiens.

Ces gens-là ont bien de la chance que je ne dirige qu'un empire banquier, et pas le monde entier. Autrement, ces salopards seraient réduits en pâté pour chien.

— Parlez-moi de *vos* méthodes, demandé-je.

— Elles sont entièrement basées sur les stimulations positives.

Elle s'agenouille à côté de Colossus et le caresse sous le menton – ce qu'il semble apprécier de manière disproportionnée, à en juger les mouvements effrénés de sa queue.

— Je trouve quelque chose que le chien aime et je le lui offre à chaque fois que je vois un comportement que je veux qu'il répète.

Je comprends. En substance, ça ressemble assez aux bonus de fin d'année – que je ne manque jamais d'offrir. Ou aux compliments – même si les gens affirment que je ne suis pas doué pour en donner.

— Je vais devoir vous fournir les biscuits aux flocons d'avoine dont il raffole, dis-je d'un ton bourru.

Le chiot aime ceux que prépare mon cuisinier, mais il adore ma recette personnelle, presque autant que si elle contenait des opiacés.

Elle se redresse.

— Est-ce qu'il aime le beurre de cacahuète ?

— Il vendrait son âme pour ça. Mais à vrai dire, il aime tout ce qui est comestible… ainsi que de nombreux objets non comestibles. Jusqu'ici, je n'ai encore rien trouvé qu'il n'aimait pas.

Elle penche la tête d'une manière qui me rappelle Colossus.

— Même le citron ?

Je ricane.

— Il *adore* les oranges. Et il m'a déjà supplié de lui donner un citron, mais j'ai entendu dire qu'ils pouvaient causer des problèmes d'estomac, alors je ne lui en ai pas donné.

Elle regarde le chiot, incrédule.

— Et les légumes ?

— Les concombres m'ont tout l'air d'être sa nourriture préférée.

Elle me lance un regard sceptique.

— Et les légumes verts ?

Avec une fierté illogique, je réponds :

— Je lui ai donné de la roquette, des épinards et du chou frisé… il a tout englouti.

— Sans que ça lui donne des maux d'estomac ?

— Aucun.

— Waouh, lâche-t-elle. C'est génial. Les chiens motivés par la nourriture facilitent la vie des éducateurs.

Avant que j'aie pu la prévenir de ne pas trop donner à manger à Colossus, ma gouvernante arrive en courant, mon téléphone en train de sonner dans les mains.

— Je suis vraiment désolée, monsieur Roxford, dit-elle. Ça n'arrête pas de sonner.

À en juger la sonnerie, c'est quelqu'un du bureau, et on n'oserait jamais me déranger à moins que ça ait un rapport avec le système de cryptomonnaie que nous sommes en train de développer – mon projet-passion du moment.

— Je vais répondre.

Je prends le téléphone et regarde ma nouvelle employée.

— En attendant, vous pouvez décider à quelle date vous voulez emménager.

CHAPITRE 3
LILLY

Je ramasse ma mâchoire au sol pendant que la dame de *Downton Abbey* décampe et que « Monsieur Roxford » s'éloigne sur ses longues jambes.

Emménager ? Pour éduquer son chien ? Il est fou, ou c'est mon ouïe qui me joue des tours ?

Je sors mon téléphone de mon sac à main et relis la petite annonce qui m'a amenée ici.

Oh, waouh. Près du bas, il est écrit que c'est un poste à domicile. Vu que je voulais juste un entretien avec lui, je n'ai pas pris la peine de lire jusqu'au bout.

Je scrute Colossus.

— Tu sais pourquoi il veut quelqu'un à domicile ?

Le petit chiot s'assoit sur les fesses et m'accorde toute son attention – un truc que je dois apprendre aux autres chiens, en général.

La marée de tapis absorbant n'est pas assez claire, tu vas m'humilier en m'obligeant à le dire ? Oh, et si je te le dis, je pourrai avoir un biscuit aux flocons d'avoine ? Avec du beurre de cacahuète ?

Ouais, bien sûr. Les chiots vont au petit coin la nuit. Souvent. Et puis cette histoire « d'objets non comestibles » était sûrement une référence au fait que le chien déchiquetait et consommait les tapis absorbants… ou le papier toilette… ou le gravier.

Ouais. Les chiots sont des aspirateurs maladroits avec des dents. Et des réveils sans bouton pour les éteindre. Malgré tout, seul un milliardaire embaucherait quelqu'un pour qu'il éduque son chien vingt-quatre heures sur vingt-quatre.

Un milliardaire diabolique et cupide qui a accumulé sa fortune en volant les maisons des gens ordinaires comme mes parents.

Je serre les dents pour me remémorer d'être patiente. Je vais lui dire le fond de ma pensée. D'une minute à l'autre. Dès qu'il sera de retour. J'aurais déjà dû le faire, au lieu de bavarder avec lui de mes méthodes d'éducation, mais ce chiot super-mignon m'a prise de court.

Enfin, je crois que c'était le chiot, et pas le fait que l'homme que je déteste depuis un an s'est avéré bien plus séduisant dans la vraie vie – si on apprécie les connards riches, grands, ténébreux, musclés, aux traits symétriques et aux yeux bleus, qui renvoient une aura très glaciale.

Ce qui n'est pas du tout mon cas.

C'est le chiot. C'est forcément lui.

Ledit chiot remue son adorable queue touffue. Je

m'accroupis et lui caresse à nouveau le ventre tout en murmurant :

— Ce n'est pas ta faute si ton papa est un monstre.

Un monstre qui a besoin de se faire passer un savon.

Je sors mes notes et passe en revue les points essentiels.

Ouais. C'est parti. Assez d'indécision comme ça.

Dès que Roxford revient, je vais lui balancer ce que je pense à la figure.

Peut-être même que je devrais aller le trouver tout de suite, lui arracher son téléphone des mains et me lancer. Ou bien je pourrais scotcher cette note à la porte d'entrée et décamper. Ou même accepter ce boulot et…

Quelqu'un se racle la gorge, me ramenant sur Terre.

Maudit soit-il. Même sa foutue gorge est sexy – musclée, vigoureuse et avec une pomme d'Adam proéminente qui ne demande qu'à être léchée ou mordillée.

— Tenez.

Il se rapproche tellement qu'une note de citronnelle et de citron vert me chatouille agréablement les narines.

— Puisque j'étais dans mon bureau, j'ai imprimé le contrat que vous devez signer. À supposer que vous trouviez le salaire acceptable.

Je scrute la pile de papiers qu'il m'a remise jusqu'à ce que mes yeux se posent sur le salaire en question. Après quoi je manque de faire tomber le document.

Vu la propension de Roxford à éjecter les gens de chez eux, je m'attendais à ce qu'il soit radin et propose le salaire minimum. Mais je me trompais.

Même les vétérinaires ne sont pas payés autant. Ni les gynécologues, les urologues ou les proctologues. Ni les escort girls de luxe… pour ce que j'en sais.

C'est une somme si élevée que je serais idiote de ne pas au moins envisager d'oublier la vraie raison de ma présence ici – et la plupart de mes autres scrupules et principes.

Non. Qu'est-ce que je raconte ? Je ne peux pas éduquer le chiot de l'homme responsable de la perte de ma maison d'enfance. Ce serait un peu comme coucher avec Hitler. Ou donner un bain à Poutine. Ou couper les ongles de Mel Gibson.

Mais tout cet argent…

Et personne ne me demande de coucher avec l'ennemi ou de prendre un bain avec lui…

À moins que… attendez une seconde. En parlant d'escort girls et de proctologues, est-il possible qu'il attende quelque chose de moi qui n'aie rien à voir avec l'éducation canine ? Pas le genre de canidé avec lequel je suis habituée à travailler, en tout cas. J'ai entendu dire qu'il existait des pratiques BDSM appelées les jeux de chiots…

Bordel. C'est pour ça que c'est un poste à domicile avec un contrat ?

La fameuse Chambre Rouge se cache-t-elle dans ce manoir ?

Comme c'est insultant… et étrangement tentant.

Non, pas tentant. Dégoûtant – voilà ce que je voulais dire.

Même si, à bien y réfléchir, il y a un vrai chiot chihuahua devant moi, donc…

— Alors ? demande-t-il en plissant ses yeux glacés. Ça vous convient ?

— Le salaire me semble raisonnable, parvins-je à articuler. Mais… pour éviter tout malentendu… quel genre de service attendez-vous de ma part en retour ?

Il regarde Colossus.

— Je veux qu'il obtienne l'équivalent canin d'un doctorat de science… à Harvard.

— Vous voulez le transformer en chien d'assistance, vous voulez dire ?

Pourquoi suis-je en partie déçue de l'absence de faveurs sexuelles douteuses ?

Roxford me lance un regard sous-entendant que je suis une vraie idiote.

— Vous croyez vraiment qu'une créature aussi minuscule que Colossus pourrait servir de chien d'assistance ?

— Oh, vous seriez surpris.

— Surprenez-moi, alors.

— Il pourrait prévenir les diabétiques que leur taux de glycémie est faible, prévenir les crises d'angoisse et ainsi de suite.

Il me scrute d'un air sceptique.

— Et vous pouvez lui apprendre à faire tout ça ?

Je ne pense pas que ce soit le bon moment pour lui apprendre que même si éduquer des chiens d'assistance est mon objectif dans la vie, je n'ai pas beaucoup d'expérience dans le domaine, pour le moment. J'opte plutôt pour évoquer mon accomplissement le plus impressionnant.

— Eh bien, ma cousine est une consultante en fertilité propriétaire d'un Yorkshire pas beaucoup plus gros que Colossus, et je lui ai appris à déceler quand une femme est en ovulation.

Pour la première fois, le coin de ses yeux se plisse en une esquisse de sourire.

— Vous avez éduqué le chien ou votre cousine ?

— Le chien, mais si j'avais assez de macarons au litchi à ma disposition, je suis sûre que je pourrais apprendre la même chose à ma cousine… à supposer que ça ne la dérange pas de fourrer son nez entre les jambes de ses clientes.

Il sourit pour de bon, cette fois, et c'est sublime. Si on pouvait mettre ce sourire en bouteille, je parie qu'il guérirait tant de maladies dans le monde, comme la dépression, l'angoisse et la constipation. Dommage qu'on entende presque les grincements quand ses muscles faciaux se plient, un mouvement trop peu familier pour eux. Il ne doit pas délivrer ses sourires plus de deux fois par an.

— Donc…, reprend-il en rengainant son beau sourire beaucoup trop vite. Et si vous commenciez par lui apprendre l'équivalent de l'école primaire ?

— Autrement dit, à faire ses besoins au bon endroit, et à obéir à des ordres tels que « assis », « reste ici », « attends » et « lâche ».

Il regarde l'océan de tapis absorbants déployés à perte de vue.

— Que l'étape du petit coin soit votre priorité.

Si j'étais un chien, mes poils se hérisseraient.

— Vous aboyez toujours des ordres aux gens sans un « s'il vous plaît » ou un « merci » ?

Il me lance un regard dénué de remords.

— Si vous voulez des « s'il vous plaît » et des « merci », nous devrons communiquer par e-mails… et je devrai diviser votre salaire par deux.

Waouh.

— Non, *merci*.

— Super. Dans ce cas, débarrassez-moi des tapis absorbants dans la maison d'ici la fin de la semaine.

— La fin de la semaine ? raillé-je. Ce serait difficile même si j'emménageais *aujourd'hui*.

— Dans ce cas, vous allez devoir emménager aujourd'hui, réplique-t-il du tac au tac.

Je le regarde, bouche bée.

— Quoi ? Non ! J'ai d'autres clients. J'ai mon appartement, et je devrais embaucher des déménageurs. Je…

Il fait un signe dédaigneux de la main.

— Je vais demander à mon assistant de trouver quelqu'un d'autre à vos clients. Je lui dirai aussi d'embaucher des déménageurs pour dans une heure.

Merde. Il est sérieux.

Je ne peux en aucun cas emménager aujourd'hui… n'est-ce pas ? Je n'ai même pas encore décidé d'accepter le job. En fait, je sais que je ne devrais pas. Même si ce n'était pas l'homme qui a privé mes parents de leur maison, il me faudrait au moins une semaine pour réfléchir aux avantages et aux inconvénients. Ces derniers sont innombrables – et le connard de patron n'est que le sommet de l'iceberg. Il y a aussi ce chihuahua bien trop mignon auquel je risque de m'attacher, si on passe trop de temps ensemble – ce qui est voué à me briser autant le cœur que quand j'ai perdu Ablette. Il y a aussi…

— Si vous emménagez aujourd'hui, je vous verserai un bonus à la signature du contrat, propose le connard susmentionné. Votre tarif journalier multiplié par cent.

Ma mâchoire manque de se décrocher.

— Et si vous vous débarrassez des tapis d'ici la fin de la semaine, vous aurez un autre bonus… votre tarif journalier multiplié par mille.

Nom d'un pipi de chien. Je sais qu'il me manipule avec son argent, mais je ne peux pas refuser ce genre de somme. L'école d'éducateur pour chien d'assistance et les accréditations ne sont pas données. Ni le loyer de mes parents, que je les aide à payer.

En fait, les sommes qu'il me propose pourraient me permettre de les aider à acheter une nouvelle maison.

Mon cœur accélère et l'excitation grésille dans mes veines.

Ce serait une sacrée justice poétique, si j'utilisais son argent pour aider les gens qu'il a fait expulser.

Mais non. Je ne peux pas prendre une telle décision de manière aussi impulsive. Je dois y réfléchir. Je dois décider si c'est une bonne idée. Je ne suis pas du genre à saisir les occasions au vol. J'aime réfléchir avant d'agir, analyser toutes les implications potentielles et…

Son visage s'assombrit d'impatience et ses yeux deviennent plus froids encore.

— Si je dis oui, où est-ce que je m'installerai ? lâché-je dans la panique.

Son regard n'est plus que de la glace à l'état pur.

— Si ?

— Oui. Si.

Je lève le menton, ignorant la sueur qui coule le long de mon dos.

— Je refuse de vivre dans un placard sous l'escalier, comme Harry Potter.

— Vous serez installée dans la plus grande chambre d'ami.

Il fait un geste vers l'endroit, peut-être à des kilomètres d'ici, où se trouve ma future chambre.

— D'autres requêtes ?

Maintenant que je suis plus près de prendre ma décision, je me sens un peu plus calme.

— Je refuse de vous appeler monsieur Roxford.

Son visage est difficile à déchiffrer, je ne sais donc pas du tout s'il plaisante quand il demande :

— Pourquoi pas juste « monsieur » ?

Je ricane.

— Hors de question. Et avant que vous posiez la question, oubliez les termes comme : « maître », « mister », « mon seigneur », « grand manitou », « messire », « señor », « si… »

Est-ce qu'il vient de grogner ?

— Appelez-moi Bruce, articule-t-il entre ses dents. Je présume que vous voulez que je vous appelle *Lilly* ?

Je déglutis. J'aime bien sa façon de prononcer mon nom – même s'il essaie de s'en moquer.

— C'est correct… *Bruce.*

Argh. Pourquoi *son* nom sur mes lèvres me semble aussi interdit et intime ? Je fais un effort pour retrouver mon ton sarcastique.

— Et essayez de ne pas donner l'impression d'avoir sucé un citron, quand vous prononcez mon nom.

Il esquisse un rictus.

— Laissez-moi vous montrer votre chambre.

Il me mène plus avant dans le manoir. Les tapis absorbants crissent sous nos pieds, et j'entends le cliquetis de Colossus qui nous suit.

Nous passons devant une bibliothèque plus grande que celle de *La Belle et la Bête.* La pièce suivante est remplie d'une collection d'armures qui ne serait pas déplacée dans un musée. Nous continuons de marcher et je continue de lorgner ce qui m'entoure, surtout quand nous passons devant ce qui ressemble à une petite salle de cinéma.

Il s'arrête d'un coup et je lui rentre dedans. Colossus cogne son petit nez humide contre mon talon.

— Ici, annonce Bruce en ouvrant deux hautes portes.

Colossus remue la queue et se précipite dans la pièce, disparaissant sous le lit immense.

J'examine la pièce, bouche bée. La chambre d'ami luxueuse est deux fois plus grande que mon appartement entier, ses meubles me rappellent un hôtel chic et les hauts plafonds une cathédrale.

Bruce entre et ouvre une autre porte.

— Cette salle de bain sera la vôtre.

Elle est cinq fois plus grande que celle dont je dispose chez moi.

— Ça m'ira, dis-je.

C'est l'euphémisme du siècle. Tout ce que j'ai à offrir à mes amis quand je les héberge, c'est un canapé-lit et une brosse à dents gratuite récupérée chez le dentiste.

Il referme la porte de la salle de bain.

— Je vais demander aux déménageurs de vider la pièce et d'apporter vos affaires.

Vider la pièce pour mettre mes affaires ?

— Pas la peine, merci.

Ce serait comme échanger une Lamborghini épurée contre un cheval et une calèche conçue par les inventeurs de la Nissan Cube.

Il regarde autour de lui comme s'il voyait les meubles pour la première fois.

— Vous voulez garder la chambre comme elle est ?

Je hoche vigoureusement la tête.

— Tant que les draps sont propres.

Son regard est empli de nitrogène liquide.

— Les draps sont neufs. Tout comme les serviettes. Pareil pour les brosses à dents et…

Colossus sort de sous le lit, une mite aussi grosse que sa tête dans la bouche.

— Non ! s'exclame Bruce. Ne mange pas…

Trop tard. Le petit chihuahua croque la mite, puis l'avale.

Compte tenu de leur taille similaire, c'est un peu comme si j'attrapais et engloutissais un pigeon.

— Méchant chien, le réprimande Bruce d'un ton sévère.

Colossus se laisse tomber sur les fesses et regarde son humain avec de grands yeux expressifs, dépourvus de culpabilité.

Qu'est-ce qu'il y a de mal à manger des raisins volants duveteux ? Elles mangent les vêtements, je les mange – c'est de ça que parlait mon jumeau vocal, Mufasa, quand il évoquait le cercle de la vie. Je suis prêt à échanger la prochaine contre un biscuit aux flocons d'avoine. Surtout si c'est un biscuit volant.

D'instinct, je me place entre Bruce et Colossus. J'imagine qu'un homme capable de me voler ma maison d'enfance est aussi capable de donner un coup de pied à un chiot.

— Les mites ne sont pas considérées comme dangereuses, si les chiens en consomment.

— Ah oui ? rétorque Bruce, imprégnant ces deux syllabes de tellement de sarcasme que j'ai envie de le gifler.

— Elles ne transmettent aucune maladie connue et ne sont pas toxiques.

Je le sais parce qu'Ablette *adorait* manger les mites, ainsi que les mouches et les cafards, quand il arrivait à les attraper.

Bruce croise les bras.

— Il doit écouter quand je lui interdis de manger quelque chose.

— C'est pas du tout tyrannique, lâché-je d'un ton caustique.

Ses narines se dilatent.

— Vous ne pensez pas qu'une créature dont le cerveau fait la taille d'une noix a besoin d'aide, s'agissant de prendre de telles décisions ?

— De la taille d'une noix ?

J'examine la tête de Bruce avec une minutie exagérée.

— Ça voudrait dire que votre crâne est encore plus épais que je le croyais.

Bruce esquisse un rictus – exhibant ses dents parfaites. Maudit soit-il.

— Ah vraiment ?

— Oh que oui, insisté-je en le fusillant du regard, oubliant toute prudence. Et si vous vouliez manger de la merde, je vous laisserais faire.

— Vous savez quoi, *Lilly* ? Oubliez ce job. Vous êtes virée.

— Super.

Je plonge dans mon sac à main pour en sortir mes notes. Si je n'ai pas l'argent, je vais au moins lui dire ses quatre vérités.

Ça vaut peut-être mieux comme ça, en fait. Je prends une grande inspiration et commence à débiter :

— Vous êtes une machine sans cœur – et l'incarnation de ce qui cloche dans le monde. Comment avez-vous pu…

Colossus émet un gémissement piteux, m'interrompant.

Je m'accroupis aussitôt.

— Qu'est-ce qui ne va pas ?

Cette mite lui a-t-elle fait du mal ? Il ne l'a pas beaucoup mâché, ça lui a peut-être causé des maux d'estomac.

Le regard du chiot passe de moi à Bruce, puis il gémit à nouveau.

Oh merde. Je connais ce comportement. Il…

— Il n'aime pas les disputes, marmonne Bruce entre ses dents.

C'est ce que je m'apprêtais à conclure.

Je m'en veux terriblement. Bien sûr que le chiot a perçu l'hostilité dans la pièce. Les chiens sont des créatures sociales, après tout. Je me suis comportée comme une Bruce.

— Tout va bien, rassuré-je Colossus. Bruce et moi discutions juste de manière passionnée.

Le chiot se calme étonnamment vite. Quand je mettais Ablette dans ce genre de situation par accident, il broyait du noir pendant au moins deux minutes.

Même si Ablette est parti depuis longtemps, j'éprouve une pointe de culpabilité en repensant aux fois où je me suis disputée avec mon ex devant lui. Je ne m'en veux pas autant pour la situation d'aujourd'hui, parce que tout est la faute de Bruce.

En parlant de ça, je me redresse et le regarde en plissant les yeux.

— Vous pourriez éviter d'être une personne affreuse en présence du chiot, après mon départ ?

— Vous ne partez pas, articule-t-il entre ses dents. Le chien vous aime bien, et je ne comprends vraiment pas pourquoi.

— Une seconde, quoi ?

Je le dévisage, bouche bée.

— Vous êtes en train de dire… ?

— Oubliez ce que j'ai dit. Vous avez toujours le job. Pour l'instant.

Prononcer ces mots semble plus lui coûter que ce manoir.

Mon cœur bondit dans ma poitrine – et pas juste à cause de l'argent. D'un seul coup, ce que je craignais s'est réalisé : je suis déjà si attachée à ce chihuahua que j'ai le sentiment que ce serait mal, de le laisser seul avec son maître au cœur de pierre.

— Si vous pouvez vous tenir à carreau, en tout cas, ajoute-t-il avant que j'aie pu pousser un soupir soulagé.

Je dois mobiliser toute ma volonté pour rester calme par égard pour Colossus.

— Me tenir à carreau ?

— À partir de maintenant, vous serez cordiale. Ou bien vous devrez partir.

Prendre de grandes inspirations. Je peux le faire.

— À une condition, répliqué-je d'une voix un peu plus sèche que je le voulais. C'est pareil pour vous.

Il me lance un regard incrédule.

— Ce n'est pas moi qui me suis montré irritable.

— Ah non ?

Je prends une autre grande inspiration et la relâche.

— Vous voyez ? J'ai laissé couler.

Même si j'aurais pu lui répondre qu'en ouvrant la page Wikipédia du mot « irritable », il verrait sa photo.

— C'est un début, répond-il. Maintenant, voulez-vous bien daigner répondre à ma question précédente ?

Rester calme.

— Laquelle ?

Il regarde son compagnon duveteux.

— Est-ce qu'on peut apprendre au chien à ne pas manger ce que je ne veux pas qu'il mange ?

— Oui. C'est de ça que je parlais tout à l'heure, quand j'ai mentionné l'ordre « lâche ». Mais gardez bien à l'esprit qu'il est plus facile de convaincre un chien de lâcher un objet non comestible.

— Compris, acquiesce-t-il avant d'englober la pièce d'un geste. Et si vous examiniez les alentours et dressiez une liste de ce que vous voulez faire apporter ici ?

Je pense plutôt qu'il trouve trop difficile de rester cordial avec moi au-delà de cette question.

Et ça me convient.

C'est pareil pour moi.

Je regarde déjà autour de moi quand Bruce s'en va et que Colossus le suit docilement.

Une seconde. Le chiot est parti avec lui ? Soit c'est le Syndrome de Stockholm, soit il n'est vraiment pas bien malin.

CHAPITRE 4
BRUCE

Quand j'ai besoin de me calmer, j'aime lire, faire de la boxe ou faire la cuisine.

La lecture est inenvisageable parce que je ne crois pas pouvoir me concentrer sur un livre en ce moment. La boxe me semble une mauvaise idée dans ce contexte précis : je suis en colère contre une créature minuscule, une femme, qui plus est, et si je me retrouve à imaginer son visage sur le punching-ball, ma virilité en prendra un coup.

Ce qui ne laisse que la cuisine, et je sais exactement ce que je vais préparer – les biscuits aux flocons d'avoine que Colossus et moi aimons tant.

Je dois bien accorder ça à ce chien. Dès qu'il est question de nourriture, son QI rivalise soudain avec les scores combinés de Lassie, Scoobie-Doo et Cujo. Dès que je sors le premier ingrédient, les flocons d'avoine, il devient surexcité, et je suis sûr qu'il a deviné ce qui s'apprêtait à se passer.

Je l'ignore pour l'instant et sors des graines de lin, des courgettes, de la purée d'amande et du sirop d'érable – que des ingrédients validés par le vétérinaire.

Le chien gémit.

— Très bien.

Je lui tends un petit morceau de chaque ingrédient, et il les dévore comme s'il n'avait jamais rien goûté de sa vie.

— Attends, maintenant, lâché-je d'un ton sévère avant de me mettre au travail.

Quand la pâte est prête, je me sens déjà plus calme. Je ne comprends même pas pourquoi je me suis énervé à ce point. À mon avis, c'est parce que ça faisait longtemps que je n'avais pas eu affaire à quelqu'un d'aussi désagréable et peu professionnel que Lilly. Je suis son client, et pourtant elle me parle comme si elle me détestait – alors qu'on vient de se rencontrer.

Je crois, en tout cas.

Non, j'en suis sûr.

Elle n'est pas le genre de femme qu'on peut oublier. Pas avec ses sourcils touffus arqués au-dessus d'yeux noisette qui tirent sur le vert, sans oublier sa fougue.

Pour une raison que je n'arrive pas à m'expliquer, un sourire étire mes lèvres et mon sexe durcit.

Je baisse les yeux. Qu'est-ce qui te prend, sexe ? C'est quoi, cette réaction ? Tu crois que Lilly et moi sommes en couple ? Tu espères que des ébats de réconciliation se profilent ?

L'idée qu'on puisse sortir ensemble, elle et moi, est des plus ridicules. OK, Lilly est attirante, dans le style garçonne, mais qui s'en soucie, compte tenu de son caractère entêté ? Et puis même si ça n'a aucune importance, je n'ai pas prévu de sortir avec qui que ce soit tant que mon projet de cryptomonnaie requiert tout mon temps et mon énergie. Quoi qu'il en soit, quand je me sentirai prêt à sortir avec quelqu'un, ce ne sera pas avec une femme comme elle.

Même en mettant de côté son côté irascible, elle est mon employée, c'est donc hors de question. Elle a aussi dix ans de moins que moi. Elle est à un âge où tout ce qu'elle veut sûrement, c'est prendre des selfies en boîtes de nuit, les poster sur ses réseaux sociaux et faire une fixation sur Justin Bieber, ou qui que soit la célébrité qui fait hurler les filles, de nos jours. Et puis elle est bien trop délicate. J'aurais l'impression d'être un ogre, si on faisait quoi que ce soit… ce qui n'arrivera pas.

Putain. Cette image ne m'aide pas à me débarrasser de mon érection.

Ça m'aidera peut-être d'ouvrir un four à cent quatre-vingt-dix degrés ?

Non. Hallucinant.

J'enfourne les biscuits et lance la minuterie de mon téléphone sur dix minutes.

Le chiot est assis patiemment, en train d'hypnotiser le four.

Je le contourne et m'enferme dans la salle de bain adjacente.

Bordel de merde. Mon sexe est encore dur, malgré tous mes efforts. À croire que c'est moi, le jeune de vingt-trois ans motivé par ses hormones, et pas Lilly.

J'essaie de penser aux réglementations bancaires gouvernementales. Rien. Je reporte mon attention sur les audits du fisc. Toujours en érection. Je sors l'artillerie lourde – les gens qui mâchent bruyamment et qui aspirent leur nourriture.

Incroyable. Même ça, ça n'a aucun effet.

Je serre les dents et m'empare de mon sexe – la seule solution infaillible pour me débarrasser de ce désagrément.

Je fais mon possible pour en finir en dix minutes et pour ne pas visualiser Lilly.

La limite de temps est un succès.

La répression des images de Lilly est un échec cuisant.

CHAPITRE 5
LILLY

Après avoir examiné la pièce, je dresse une liste de mes affaires – et elle n'est pas longue. Il n'y a quasiment que des habits et des chaussures. Et mes jeux vidéo, bien sûr.

Je m'apprête à partir quand un homme arborant une moustache à la Mario entre dans la chambre.

— Bonjour, Lilly.

La façon dont il prononce mon prénom me laisse deviner qu'il s'adresse aux gens de manière plus formelle, d'habitude.

— Je suis monsieur… Johnny, je veux dire. L'assistant de M. Roxford.

— L'assistant de qui ? répliqué-je, refusant d'appeler ce connard « monsieur ».

Johnny entortille sa moustache.

— Vous plaisantez, hein ?

Je prends le sbire en pitié et réponds :

— Vous devez parler de Bruce.

— Oui. M. Roxford.

Cette fois, il tire sur sa moustache avec nervosité, et c'est un miracle qu'il ne s'arrache pas des poils.

Je ricane.

— Oui. Bruce.

— C'est ça.

Il tend à nouveau la main vers sa moustache, mais interrompt son geste à mi-chemin.

— Il m'a demandé de récupérer votre liste d'affaires à rapporter.

Je lui tends la feuille de papier.

— Et vos clefs, s'il vous plaît, ajoute Johnny sans tendre la main.

J'écarte aussitôt la liste.

— Je ne superviserai pas les déménageurs moi-même ?

La paupière gauche de Johnny tressaute.

— Monsieur… *Bruce* a dit que s'ils cassaient quelque chose, il le remplacerait. Il a aussi dit qu'il était impératif que vous débutiez l'apprentissage de Colossus sur le champ.

— Eh bien, sifflé-je. On dirait que pour la première fois de sa vie, Bruce n'aura pas ce qu'il veut.

Et s'il veut me virer pour ça, qu'il en soit ainsi.

———

Pendant que Johnny, sa moustache et moi traversons le manoir, je détecte un délicieux arôme qui fait gargouiller mon estomac.

C'était quand, la dernière fois que j'ai mangé ?

Nous entrons dans la cuisine et je repère la source de cette odeur exquise – un plateau de biscuits que Bruce est en train de sortir du four.

Il fait la cuisine ?

Nan.

Un chef cuisinier personnel a dû les laisser là, et il se contente de les sortir du four. Ça n'en reste pas moins un sérieux effort domestique, pour un milliardaire.

Puis mon pouls accélère.

Colossus est près de la table, un biscuit dans la bouche.

— Ça vient de sortir du four ? m'exclamé-je en bondissant vers le chiot. Il va se brûler !

Bruce me bloque le passage.

— C'est la première fournée, lâche-t-il, un tic contractant sa mâchoire. J'ai attendu qu'ils refroidissent avant d'en donner un au chien, bien sûr. Pour quel genre de sadique négligent vous me prenez ?

Le pire qui soit – mais je ne le dis pas, parce qu'on s'est mis d'accord pour être courtois quelques minutes plus tôt.

— Pour info, elle insiste pour superviser le déménagement, balance Johnny.

Devrais-je lui faire remarquer que les mouchards se font moucher, avant de se faire raser la moustache ?

— Je l'y autorise, répond Bruce d'un ton magnanime.

— Vous l'autorisez ? répété-je entre mes dents, oubliant la cordialité pendant une seconde.

Je reprends d'un ton plus calme :

— Si cela vous convient, Votre Majesté, je serai de retour avant que vous ayez pu dire « parmi les 1 % les plus riches ».

Bruce me tourne le dos.

— Contentez-vous de récupérer vos affaires pour pouvoir prendre vos fonctions. Et je suis plutôt dans les 0,01 %.

———

Pendant que je me dirige vers ma voiture, je cherche des réparties brillantes à la dernière remarque de Bruce, mais le mieux que je puisse trouver, c'est : *J'espère que Colossus prendra ses fonctions sur ton pied.*

Ma voiture semble ridiculement petite dans l'énorme allée devant le manoir, et quand j'entame le trajet vers chez moi, je prête un peu plus attention aux détails de ce domaine massif.

Deux lacs se trouvent de chaque côté du manoir – créant une vue splendide sous tous les angles. Du côté opposé du lac le plus proche, il y a une forêt vierge autour de laquelle gambade un troupeau de chevreuils. C'est un miracle que Bruce ne les ait pas chassés jusqu'à l'extinction, comme les gens comme lui aiment tant le faire. Près du deuxième lac, il y a un labyrinthe de haies et un terrain de golf. On doit avoir l'impression d'être dans un complexe de luxe, quand on promène le chien ici.

Mon téléphone sonne.

Je regarde qui c'est.

Ah. C'est Aphrodite, ma cousine. Et non, nous ne sommes pas grecques, ma tante peut donc officiellement être considérée comme coupable de maltraitance pour avoir appelé sa fille comme ça.

— Salut, cousine, lance-t-elle dès que j'ai décroché.

— Salut, Aphro, dis-je avec un sourire. Merci de prendre de mes nouvelles… un peu trop tard.

Je lui ai expliqué ce que j'avais l'intention de faire, juste au cas où Bruce passerait en mode *American Psycho* avec moi.

— Je dois venir payer ta caution pour te faire sortir de prison ? demande-t-elle d'un air un peu inquiet.

— Je n'ai pas fait ce que j'avais prévu.

Je suis bien contente que ce ne soit pas un appel vidéo, et qu'elle ne me voie pas rougir de honte.

— Pourquoi ? Qu'est-ce qui s'est passé ? demande-t-elle.

Je soupire.

— Il m'a fait une offre que je ne pouvais pas refuser.

Elle hoquette.

— Il t'a pointé une arme sur la tête ?

— Quoi ? Non !

— C'est ce que cette phrase voulait dire, dans *Le Parrain.*

Je pousse un soupir.

— Je suis certaine qu'on peut aussi l'employer dans le cas où quelqu'un nous propose une tonne d'argent.

— Une seconde, s'écrie-t-elle. Tu es en train de dire que tu vas travailler pour ce type ?

Je serre le volant un peu plus fort.

— En tant qu'éducatrice canine.

Un silence choqué s'abat à l'autre bout du fil.

— Il a un chiot super mignon, reprends-je, sur la défensive. Et le salaire qu'il propose est démentiel.

— Comment s'appelle ton banquier, déjà ? demande Aphrodite de ce ton que je déteste.

Certaine que je vais le regretter, je réponds quand même. Elle tapote sur son clavier, puis émet un sifflement.

— Un... *chiot* super mignon, c'est ça ?

Je parie qu'elle regarde la photo de Bruce sur sa page Wikipédia – qui ne rend même pas justice à la vraie version.

— Je sais à quoi tu penses, dis-je. Et tu te trompes.

— Je pense que si tu voulais choper un milliardaire, c'était malin de ta part de le rencontrer un jour où tu es en ovulation. Les hommes sont plus attirés par nous durant cette fenêtre de temps.

— Pardon ?

Je m'oblige à ralentir. J'approche du portail de sécurité du domaine et la dernière chose dont j'ai envie, c'est d'être réprimandée par Bruce pour avoir envoyé l'un de ses gardes à l'hôpital.

— Qu'est-ce que tu racontes ?

— Tu es en ovulation, répète Aphrodite, savourant le mot. Quand je t'ai vue ce matin, Uranus l'a senti.

Grr. Je n'aurais pas dû laisser l'occasion à Uranus d'utiliser ses talents particuliers sur moi.

— La prochaine fois que tu auras besoin d'un éducateur canin, ne viens pas me voir, grogné-je.

Je me demande quand même si cette histoire d'ovulation expliquerait pourquoi je trouve Bruce le bloc de glace sexy – dans le sens purement physique.

— Ne te mets pas en colère, dit Aphrodite pendant que je traverse le portail et m'engage sur la route. Je me disais que tu voudrais le savoir, au cas où tu te retrouverais à coucher avec lui. Comme ça, tu pourras décider ce que tu préfères : te protéger d'une grossesse non désirée, ou l'opposé.

— L'opposé ?

— Tu sais, piéger un milliardaire avec un bébé, explique-t-elle.

Je serre les dents.

— Il n'y aura pas de sexe avec ce monstre. Et encore moins de bébé.

Elle soupire.

— Tu as besoin d'un petit ami, et ce type est un milliardaire agréable à regarder.

— Je n'ai pas besoin d'un petit ami, mais si c'était le cas, le propriétaire de la banque la plus diabolique du monde serait le dernier homme que j'envisagerais. Ta tante et ton oncle ont perdu leur maison à cause de lui.

— Je suis sûre qu'il n'a pas géré leur prêt personnellement, répond-elle. On pourrait même arguer qu'ils ont perdu leur maison parce qu'ils n'ont pas payé leur hypothèque.

— Je ne vais pas me disputer encore une fois avec toi à ce sujet, rétorqué-je. Le propriétaire d'une entreprise est responsable de tout ce que fait cette entreprise. De toute façon, même s'il ne possédait pas cette maudite banque, je ne sortirais jamais avec un client. Ni avec un connard.

Elle émet un son pensif.

— Je trouve intéressant que tu aies déjà réfléchi à tout ça.

J'enfonce la pédale avec un peu trop d'enthousiasme.

— Je n'y ai pas réfléchi.

— Tu es un peu trop sur la défensive, non ?

— Non.

Je freine. Ça ne vaut pas le coup de recevoir une amende pour excès de vitesse.

— Bon, reprend-elle. Je suis sûre que tu as bien conscience qu'il ne restera pas ton client éternellement, et il est possible que tu ne le connaisses pas assez bien pour être sûre que c'est un connard.

Argh.

— Oublie ça, Aphro. Même s'il se transformait comme par magie en la personne la plus sympa du monde, propriétaire de plusieurs œuvres caritatives, sa famille ne le laisserait jamais sortir avec quelqu'un comme moi. C'est une vieille fortune, alors que nous ne sommes que des déchets, toi et moi.

— Nous sommes des entrepreneuses, rectifie Aphrodite, sur la défensive.

— De petites entreprises, précisé-je. Et nos parents ne peuvent même pas en dire autant.

Mon père entretient des piscines et ma mère nettoie les maisons des autres, ils travaillent tous deux pour quelqu'un d'autre. La mère d'Aphrodite est coiffeuse et son père était un donneur de sperme anonyme avec lequel sa mère a eu un coup d'un soir. Quant aux parents de Bruce, ils sont célèbres pour leurs projets philanthropiques et pour les levées de fonds qu'ils organisent à New York. Je ne saurais sûrement pas quoi leur dire, si je les rencontrais.

Elle soupire.

— Nos parents sont tout en bas de la classe moyenne.

— Ouais, acquiescé-je d'un ton sarcastique. Avec la même tranche de revenus que Joe La Crasse.

— Tu sais, dit-elle, les sautes d'humeur et l'irritabilité sont très courantes, durant l'ovulation.

Je grogne.

— Tu veux bien laisser mes organes reproducteurs en dehors de cette conversation, s'il te plaît ?

La prochaine fois que j'irai chez elle, j'apprendrai à Uranus à pisser dans ses chaussures.

— OK, répond-elle. Mais seulement si tu me racontes tout.

Alors c'est ce que je fais, et ça me prend la majeure partie du trajet jusque chez moi, parce que quand j'en arrive à mon emménagement avec Bruce, je dois réitérer mon refus de devenir la mère du bébé de ce dernier.

— Je veux des comptes rendus quotidiens, dit-elle quand j'ai enfin terminé.

— Bien sûr.

Je raccroche et me gare à côté de mon immeuble miteux.

Les déménageurs attendent déjà devant ma porte, et ils ont l'air très huppés, pour des déménageurs. Je ne savais même pas que ça existait. Ils m'appellent « m'dame » et manipulent mes affaires avec précaution – ce qui me fait me demander si Bruce ne les paie pas plus cher que ce que coûte ce qu'ils s'apprêtent à déplacer.

Quoi qu'il en soit, s'agissant de mes sex-toys et mes jeux vidéo, je ne veux pas que les déménageurs s'en mêlent. J'attends qu'ils regardent ailleurs pour sortir L'Écureuil – mon vibromasseur de la taille d'un rouge à lèvres – de ma table de chevet et le glisser dans la boîte à chaussures où je conserve ce genre d'objets. Puis je déconnecte la station d'accueil de ma Nintendo Switch de la télévision et la dépose dans une housse de transport spéciale avec la console, accompagnée de tous mes jeux préférés.

— Je peux vous aider avec ça ? demande l'un des déménageurs en tendant la main vers la boîte à chaussures.

— Non merci, dis-je en faisant un pas en arrière.

— Et pour ça ? dit-il avec un geste vers la housse de jeu.

— Non.

Je fais un autre pas en arrière… et trébuche sur ma table basse – c'est à ce moment-là que plusieurs choses se passent en même temps.

J'agite les bras.

La boîte à chaussures et la housse de transport m'échappent des mains.

Un déménageur me rattrape avant que je me casse le dos.

Un autre s'empare de la housse qui contient les jeux, mais le coin de la boîte à chaussures heurte la table basse et elle s'ouvre, faisant voler des sex-toys dans toutes les directions. Certains frappent même les déménageurs.

Oh, merde.

Que quelqu'un m'abatte.

Le visage brûlant, je m'extirpe des bras de mon sauveur, attrape l'Écureuil par terre et le fourre dans ma poche.

Sauf que je rate ma poche et qu'il tombe à nouveau par terre – m'obligeant à me pencher une fois de plus.

Il aurait peut-être mieux valu que je me cogne la tête.

À ma grande horreur, les hommes ramassent les jouets autour d'eux, avant de les remettre dans la boîte à chaussures d'un geste nonchalant.

Waouh. Pas un seul ricanement, clin d'œil ou gloussement. Ce doit être les déménageurs les plus professionnels du monde.

— Merci, marmonné-je quand on me rend cette maudite boîte. On se voit au manoir.

Je m'apprête à m'enfuir quand j'entends celui qui m'a rattrapée lancer :

— Si on ne vous voit pas, on laissera tout dans votre nouvelle chambre, et vous pourrez tout mettre à sa place plus tard.

Si j'avais eu de l'argent, je leur aurais donné un gros pourboire pour les faire taire. Le type doit se douter que je vais aller manger quelque chose, et retarder mon retour pour éviter d'avoir à les revoir un jour, son équipe et lui.

———

Quand j'arrive devant le manoir, la porte d'entrée est fermée et il n'y a aucun signe du camion de déménageurs.

Ouf.

Je sonne à la porte, et j'ai une sensation de déjà-vu quand Bruce vient ouvrir, le regard encore plus glacial.

— Quoi encore ? demandé-je, me rappelant que je dois rester polie.

Il a l'air d'avoir envie de me décapiter, ou pire.

— Encore une fois, vous êtes en retard.

CHAPITRE 6
BRUCE

Lilly serre ses affaires contre elle de manière possessive.

— Comment je pourrais être en retard alors que vous ne m'avez pas dit quand je devais rentrer ?

Elle marque un point, et cela ne fait que m'énerver encore plus – mais je me contiens, vu que le chien est derrière moi.

— Votre nouvel élève a eu deux accidents.

J'étrécis les yeux.

— Vous parlez de *votre* chien ?

— Vous auriez dû arriver en même temps que les déménageurs.

Qui sont partis depuis une heure.

— Je n'ai pas le droit de manger ?

Elle est là depuis deux secondes et une douleur sourde commence déjà à se former entre mes tempes.

— La prochaine fois que vous avez faim, adressez-vous au chef Foxposse, à M. Cash ou à Mme Campbell.

Elle grommelle quelque chose entre ses dents, qui ressemble à « évidemment, vous avez un chef cuisinier ». Puis elle ajoute plus fort :

— Je ne sais pas du tout qui sont ces gens.

— Vous êtes passée dans la cuisine avec M. Cash, lui rappelé-je.

Elle sourit pour la première fois depuis qu'on se connaît, et je me rends compte qu'il est possible de trouver des dents jolies.

— Il s'appelle Johnny Cash ?

— Votre manque de professionnalisme se fait à nouveau sentir.

En guise de petit rameau d'olivier, je tends la main pour l'aider avec la boîte à chaussure qu'elle tient dans les mains.

Elle recule d'un bond, comme si j'allais lui arracher le nez à coup de dents.

— Ne touchez pas à mes affaires.

Je presse les doigts sur mes tempes, poussant la migraine pulsante à s'atténuer, ainsi que la colère que j'ai promis de ne pas exprimer.

— Vous avez aussi rencontré Mme Campbell, continué-je en m'obligeant à conserver un ton égal. À supposer que vous ayez assez bonne mémoire pour vous souvenir du moment où elle m'a apporté mon téléphone, un peu plus tôt.

Elle exhibe à nouveau ses dents, juste un peu, mais je préfère clairement ça à son hostilité.

— Son prénom est « Soupe » ?

Mes muscles se raidissent et l'envie de péter les plombs est insoutenable, mais je dois garder en tête que Lilly est juste en train de faire une blague idiote. Elle n'est pas au courant de mon problème avec la soupe, ou plus spécifiquement, avec la façon dont les autres la mangent. Ils lapent bruyamment. Ils soufflent dessus. Ils l'aspirent entre leurs dents…

Mon combat intérieur doit être visible sur mon visage, parce qu'elle lance :

— Mince alors. Je plaisantais, c'est tout. Détendez-vous.

— Vous allez traiter Mme Campbell et le reste du personnel avec le plus grand respect. C'est bien compris ?

Elle hoche la tête, mais je la vois lever discrètement les yeux au ciel. Je fais semblant de ne rien avoir remarqué.

— Je peux aller dans ma chambre, maintenant ? demande-t-elle en soulevant ses affaires.

Je m'écarte de son chemin et lui fais signe d'entrer.

Quand elle entre dans le vestibule, Colossus l'accueille avec tant d'enthousiasme qu'on croirait qu'elle s'est absentée cinq ans.

— Je sais, dit-elle en le caressant derrière les oreilles. Tu m'as manqué aussi.

Elle semble vraiment le penser – et ça me fait plaisir, même si je ne sais pas trop pourquoi.

Quand les salutations sont terminées, je l'accompagne jusqu'à sa chambre en silence – puisque c'est la meilleure solution pour éviter de perturber cet imbécile de chien.

— Venez dans la cuisine dans dix minutes, lancé-je après lui avoir ouvert la porte de la chambre d'ami.

— Waouh. J'ai droit à neuf minutes entières pour m'installer dans mon nouveau logement. Comme c'est généreux de votre part.

— Très bien, articulé-je. Disons vingt minutes. Vous arriverez à trouver la cuisine, hein ?

Elle hoche la tête.

Je suis un peu sceptique, mais si j'exprime mes doutes à voix haute, ça causera sûrement une dispute.

Je me retourne pour partir, mais Colossus ne me suit pas.

Traître.

Merde. Qu'est-ce que je raconte ? C'est une bonne chose, que le chien veuille passer du temps avec son éducatrice.

Sans oublier que s'il y a bien quelqu'un qui peut lui montrer où se trouve la cuisine, c'est lui.

CHAPITRE 7
LILLY

Je pose la boîte et la housse.

Merde.

Quand je vois toutes mes possessions éparpillées dans la chambre luxueuse, je prends vraiment conscience de la situation ahurissante : je viens d'emménager dans le manoir de ma némésis.

Si quelqu'un m'avait dit ça hier, je ne l'aurais pas cru. J'aurais affirmé que j'étais incorruptible – que je resterais sur mes positions, quelle que soit la somme d'argent qu'il me proposerait.

Il s'avère qu'il suffisait de me proposer assez d'argent pour acheter un chien pur-sang tous les jours pour me faire céder.

Bref. Je suis là, autant me mettre à l'aise.

Le problème, c'est qu'il m'a fallu des années de réflexion minutieuse avant de décider de l'endroit optimal où placer chaque objet, dans mon petit trou à rats. Je n'ai aucune chance de réitérer cet exploit ici durant les vingt misérables minutes qu'on m'a octroyées.

Avant de me mettre à paniquer, je me remémore que mes priorités sont les objets dont j'ai besoin au quotidien – comme mes vêtements. Je pourrais trouver un endroit convenable où ranger mes jeux vidéo sur mon temps libre – à supposer que Bruce m'en laisse un peu.

Je scrute la pièce. Il y a une commode *et* un placard, mais chez moi, je n'avais que le deuxième.

Où devrais-je ranger mes vêtements ?

Je sors mon ordinateur et dresse les avantages et les inconvénients de l'option commode.

Dans la colonne des avantages, il y a le fait que tous mes habits soient pliables. Dans cette même colonne, j'ajoute qu'une commode est un luxe dont je ne disposais pas chez moi, et que ce serait sympa d'en profiter.

Dans la case des inconvénients : mes vêtements auraient des plis.

Je repars dans la colonne des avantages : la commode est plus proche du lit, il me serait donc plus rapide d'en sortir ce dont j'ai besoin le matin.

Une seconde, il y a un inconvénient que je ne dois pas oublier : le placard permettra aux vêtements de ne pas se déformer.

Hmm. J'ai déjà eu une mite dans mon ancien appartement, mais je ne sais pas s'il y a plus de risques pour qu'ils mangent les vêtements dans une commode ou dans un placard.

Mon téléphone bipe.

Super.

C'est la minuterie que j'ai lancée pour m'assurer de ne pas être en retard – autrement dit, je n'ai pas rangé un seul objet durant le temps accordé.

Très bien, je vais l'admettre. Parfois, j'ai du mal à prendre des décisions. Mais bon, au moins, un vendeur de voiture filou aurait du mal à profiter de moi – à moins qu'il soit prêt à répondre à mes millions de questions et à attendre pendant un an que je choisisse un éventuel véhicule.

J'ouvre la porte et fais un pas dans le couloir – c'est à ce moment-là qu'une petite créature poilue passe entre mes jambes à toute vitesse.

Attendez une seconde.

J'avais complètement oublié que Colossus était dans la chambre avec moi. Je me demande ce qu'il était en train de…

Oh merde. Qu'est-ce que c'est que cet objet rose dans sa gueule ?

Je vous en supplie, non.

Mais la vérité est indéniable. Il a attrapé l'Écureuil.

— Attends ! m'exclamé-je.

Sans se retourner ou s'arrêter, il remue la queue, exprimant clairement son opinion :

J'ai toujours voulu mâchonner un écureuil, mais je suis ravi de jouer à trap-trap avec l'humaine à la place.

Le pire, c'est qu'il se dirige vers la cuisine.

Non. C'était déjà assez grave d'être humiliée devant les déménageurs, mais si Bruce voit ce sex-toy, je vais…

J'entends des voix dans la cuisine, une femme et trois hommes.

Oh merde.

Bruce a-t-il rassemblé son personnel pour me le présenter ?

— S'il te plaît, Colossus, m'écrié-je. Arrête-toi !

Il remue la queue plus fort et accélère.

Je suis prêt à envisager d'échanger ce jouet contre un biscuit aux flocons d'avoine. Avec du beurre de cacahuète.

Bien sûr. Une friandise. Je palpe mes poches, mais je n'ai rien d'un tant soit peu comestible sur moi.

Grr. Si je travaillais déjà avec Colossus, j'aurais sûrement pu bluffer en tendant la main comme si j'avais une friandise, mais ce tour ne fonctionnera pas encore.

Je suis vraiment aussi mauvaise, en tant qu'éducatrice canine ? J'ai laissé le chien approcher de ma boîte – et je n'ai même pas de friandise dans les poches.

La cuisine se rapproche de plus en plus.

Tout en courant, je prie Anubis, le dieu égyptien à tête de chien.

Je t'en supplie, arrête ce chien. Je ferai n'importe quoi. J'aurai toujours une friandise sur moi, à partir de maintenant, et je surveillerai le chiot avec attention... je ferai même une croix sur la masturbation. Avec des jouets, en tout cas.

Non. Colossus n'interrompt pas sa course folle.

Haletante, je m'arrête en titubant dans la cuisine, où toute l'équipe m'attend, comme je le craignais.

Devrais-je prononcer une autre prière à Anubis, mais pour que le sol m'engloutisse, cette fois ?

Un type avec une toque de cuisinier, aux cheveux orange et à la peau d'une teinte similaire tient une spatule à la main. Ce doit être le chef Foxposse. Quand il remarque le chiot en train de courir, il recule comme s'il avait peur des chiens – ou des sex-toys.

Johnny Cash et Mme Campbell sont là aussi, et ils regardent la gueule de Colossus, bouche bée – je peux dire adieu à mes espoirs qu'ils n'aient rien remarqué.

Mes joues sont si brûlantes qu'on croirait que je les ai rasées avec une roulette à pizza, avant d'utiliser du gaz lacrymogène en guise d'après-rasage.

Le seul qui passe aussitôt à l'action, c'est Bruce. Il attrape un biscuit sur le plateau, s'accroupit et lâche d'une voix sévère :

— Lâche ça.

Le chef Foxposse laisse tomber sa spatule et Colossus lâche l'Écureuil.

Le jouet roule sur le sol. Si quelqu'un n'en avait pas encore eu un bon aperçu, c'est le cas, maintenant.

Oh, et il vibre. Évidemment.

— Tiens.

Bruce casse un morceau de biscuit et récompense le chiot avec.

Colossus s'attaque à la friandise avec l'excitation que d'autres chiens réserveraient au bacon, au beurre de cacahuète ou aux chats.

C'est ma chance.

Je bondis en avant pour m'emparer du jouet, mais Bruce l'attrape avant moi et le fourre dans sa poche.

Je m'arrête net et reprends mon souffle. Je dois retrouver l'usage de la parole pour pouvoir l'injurier quand il me virera.

Bruce regarde sa montre.

— Maintenant que tout le monde est enfin arrivé, laissez-moi commencer les présentations.

Il fait un geste vers moi.

— Voici mademoiselle Johnson, l'éducatrice de Colossus.

— S'il vous plaît, parvins-je à articuler, appelez-moi Lilly.

Bruce m'ignore et continue :

— Mademoiselle Johnson, je vous présente le chef Foxposse, monsieur Cash et madame Campbell.

Bruce regarde à nouveau sa montre.

— J'ai une réunion. Faites connaissance pendant mon absence.

Il tourne les talons et sort de la pièce. Colossus lance un regard d'envie à la table où sont posés les biscuits, mais en voyant qu'ils ne volent pas jusqu'à sa gueule comme par magie, il finit par s'élancer après Bruce.

Dès que ce dernier est hors de portée de voix, tout le monde semble pousser un soupir soulagé – ce qui est prévisible, dans la maison d'un dictateur.

Je me racle la gorge.

— Ravie de tous vous rencontrer.

Ne me posez pas de questions sur l'Écureuil, s'il vous plaît. Je vous en supplie.

— Salut, Lilly, lance le chef Foxposse avec un sourire. Tu peux m'appeler Bob.

Hmm. Chef Foxposse sonne beaucoup plus chic que « Bob ».

— Tu me connais déjà, dit Johnny en entortillant sa moustache.

Bob et lui regardent Mme Campbell.

Elle soupire.

— Si M. Roxford n'est pas dans le coin, tu peux m'appeler Prudence.

— Bien vu, remarque Bob. Je préférerais aussi que nous nous adressions les uns aux autres de manière formelle, quand le patron est dans le coin.

Il sourit à Mme Campbell.

— C'est plus prudent.

La gouvernante lève les yeux au ciel, puis se tourne vers moi.

— Il est bien meilleur pour cuisiner que pour faire des blagues.

— En parlant de ça, lance Bob. Pour le dîner, est-ce que des gnocchis à la ricotta avec des truffes blanches te conviendraient ?

Il plaisante ?

— Ça a l'air merveilleux.

On dirait un plat de restaurant huppé.

— Et une panna cotta au raisin pour le dessert ?

— Encore mieux.

Mince alors. Même si j'ai mangé avant de rentrer,

j'en ai l'eau à la bouche.

L'air ravi, Bob demande :

— En général, quel genre de plat préfères-tu ?

Johnny et Prudence échangent un regard. Je suppose que le chef demande ça à tout le monde.

— Je n'ai pas de préférences.

— Tu dois bien avoir un aliment préféré ?

Je hausse les épaules.

— Je ne sais pas.

Bob a l'air perplexe.

— Comment peux-tu ne pas savoir ?

— Je n'ai jamais pu me décider, admets-je.

Et ce n'est pas faute d'avoir essayé.

— J'aime tous les plats que je goûte.

— Je te pose la question pour être sûr de préparer quelque chose qui te plaît, explique Bob. Alors il va falloir être plus précise.

Je hausse les épaules. À moins qu'il soit médium, cette entreprise risque d'être délicate, avec moi.

— Quel est ton petit déjeuner préféré ? s'enquiert-il. Ça devrait être facile, hein ?

Je soupire.

— Je n'ai jamais pu décider.

Il retire sa toque et gratte le sommet de son crâne dégarni.

— Est-ce que tu as une préférence entre le sucré et le salé, au moins ?

— J'aime les deux.

C'est la meilleure réponse que je puisse offrir sans ouvrir un tableur.

Il sort un papier de sa poche et y jette un coup d'œil.

— Qu'est-ce que tu penses des œufs Bénédicte ?

— J'adore.

J'en salive encore plus.

Bob regarde le papier.

— Les gaufres au petit-lait ?

— Ça a l'air délicieux.

S'il continue comme ça, je vais me mettre à baver comme un bulldog.

Bob sourit.

— Et voilà. Deux jours de petit déjeuner de décidés. Les œufs seront servis avec du saumon fumé fait maison et ma recette personnelle de sauce hollandaise. Les gaufres seront accompagnées de pommes caramélisées, d'un glaçage au cidre de pomme, de crème fouettée à la vanille et d'un nappage à la cannelle.

C'est quand, le dîner, déjà ? Ce doit être ce que ressentent les chiens motivés par la nourriture que j'éduque.

Johnny recourbe le côté gauche de sa moustache.

— Ce sont les petits déjeuners que tu vas préparer pour M. Roxford, non ?

Bob hausse les épaules.

— Elle est indécise, alors pourquoi ne pas me faciliter la vie ?

— Ça ne me dérange pas, dis-je. Qu'est-ce qu'il prend d'autre ?

Bob me tend le menu complet et tout ce qu'il

contient a l'air succulent, je l'approuve donc en bloc et lui rend le papier.

Bob le range dans sa poche.

— Merci. Si seulement Prudence et Johnny étaient aussi faciles à contenter.

Johnny lâche sa moustache, l'air indigné.

— La plupart des aliments sur cette liste me donneraient d'affreuses brûlures d'estomac.

— Et je surveille ma ligne, renchérit Prudence. Contrairement à M. Roxford, je ne transpire pas pendant une heure sur un ring de boxe tous les jours.

Il fait de la boxe ? Merci, Prudence. Maintenant, au lieu de fantasmer sur tous ces repas, je salive en imaginant un Bruce en sueur.

Je racle ma gorge soudain assoiffée.

— Alors, comment ça se passe au niveau des repas ? Ils sont servis à une heure spécifique ?

— Tu peux manger quand tu veux si ça ne te dérange pas de réchauffer ton assiette au micro-ondes, répond-il en plissant le nez. Mais si tu veux des plats frais, ce que je te conseille fortement, tu devrais t'accorder à l'emploi du temps de M. Roxford.

Prudence lance un regard furtif autour d'elle.

—Fais juste attention à ne pas manger devant lui.

Johnny pâlit et hoche la tête avec tellement d'emphase que sa moustache bat comme les ailes d'un papillon.

— Pourquoi ? demandé-je.

Ils échangent tous trois un drôle de regard, mais personne ne m'explique.

Même s'il n'est pas dur de deviner. Nous sommes des domestiques et nous devons manger au sous-sol avec nos pairs, comme dans *Downton Abbey*. Peu importe qu'on soit en Floride et qu'il n'y ait pas de sous-sol.

— Avant que le patron revienne, est-ce qu'on peut parler de la nourriture de Colossus ? demande Bob d'une voix suppliante.

— Tu prépares sa nourriture ? m'enquis-je avec appréhension.

Les chiens ont des besoins nutritionnels différents des humains, et je doute qu'on apprenne ça à l'école de cuisine.

Bob hoche la tête.

— Oui. J'ai dû consulter un nutritionniste vétérinaire, et tout.

Ouf.

— Donc… de quoi tu veux parler ?

Il sort un papier et me le tend.

— Tu crois que ça lui plaira ?

Je regarde le papier, bouche bée. C'est un autre menu, et les plats sont aussi raffinés que ce qu'il prépare pour Bruce. La bonne nouvelle, c'est que les ingrédients listés ont tous l'air sans danger pour les chiens.

— Je pense que Colossus va adorer tout ça.

— J'espère que tu as raison, répond Bob. J'aimerais voir sa réaction quand il le mangera.

Je porte une main à ma poitrine.

— Tu ne l'as pas vu manger ?

— Ce chien n'aime que M. Roxford, répond Bob, sur la défensive. Si je suis dans le coin quand il mange, il me grogne dessus.

C'est de la protection des ressources, un problème courant chez les chiens, et je vais devoir apprendre le petit bonhomme à ne plus le faire.

Prudence lance un regard rassurant à Bob.

— Quand je prends les bols du chiot pour les laver, ils sont toujours parfaitement propres. Il ne les lécherait sûrement pas autant s'il n'appréciait pas la nourriture.

— Peut-être pas, admet Bob, mais il n'a pas l'air très sûr.

— Laisse-moi un peu de temps, intervins-je. Quand je l'aurai un peu éduqué, je suis sûre qu'il te laissera le regarder manger.

Bob fait un pas en arrière.

— Seulement si M. Roxford le permet.

Le tyran a encore frappé.

— Puisqu'on parle de la nourriture du chien, reprends-je. Qu'est-ce que je pourrais utiliser comme friandises ?

Bob sort une grosse boîte remplie de bonnes choses, y compris des biscuits aux flocons d'avoine.

— Envoie-moi le nombre de friandises qu'il a mangées par e-mail, dit Bob en me tendant sa carte. M. Roxford tient à ce que je déduise les calories présentes dans ses goûters à ses repas.

C'est un vrai maniaque du contrôle, mais dans ce cas précis, ce sera bénéfique pour la santé de Colossus.

— Je vais m'appeler depuis ton téléphone, suggère Prudence. Je n'ai pas de carte de visite.

Je lui remets mon téléphone et la moustache de Johnny se dresse fièrement.

— J'en ai une, moi.

Il me la tend.

— Et si tu dois envoyer un e-mail à M. Roxford, passe par moi.

Bob lance un regard furtif autour de lui avant de murmurer d'un ton conspirateur :

— Le boulot de Johnny consiste à disséminer des « s'il vous plaît » et des « merci » de manière stratégique dans les e-mails de M. Roxford.

Johnny tire sur sa moustache d'un air agacé.

— Je fais bien plus que ça. À ton avis, qui organise…

— Messieurs, l'interrompt Prudence.

Elle me rend mon téléphone et esquisse un signe de tête appuyé dans la direction qu'a prise Bruce.

La panique se peint sur le visage des deux hommes, qui se taisent juste à temps.

Colossus revient en courant dans la cuisine et remue la queue en me voyant. Bruce le suit, et son expression glaciale forme un contraste frappant avec la joie du chien.

— Je suppose que les présentations sont faites, maintenant ?

Cette question ressemble plutôt à un ordre de la fermer.

Nous hochons la tête – moi avec réticence, les autres de manière docile.

Bruce émet un grognement approbateur, puis déclare :

— Tout le monde est congédié sauf Lilly.

Bob, Johnny et Prudence déguerpissent comme des cafards.

Waouh. Dommage que Johnny ne puisse pas rendre les paroles de Bruce plus polies, comme il le fait avec ses e-mails.

Une fois que nous sommes seuls, l'expression de Bruce devient encore plus froide, si c'est seulement possible.

Super. J'ai droit à un traitement spécial.

Une portée de chiots de la taille de papillons remue la queue dans mon ventre quand je demande :

— Est-ce qu'on devrait parler du curriculum de Colossus ?

Au lieu de répondre, Bruce réduit la distance entre nous. Puis il plonge la main dans sa poche et je m'attends à moitié à ce qu'il sorte un flingue pour me tirer dessus.

À cette portée, je n'aurais aucune chance.

Quand je vois ce qu'il sort à la place, je me dis que j'aurais préféré un pistolet.

C'est mon vibromasseur.

Merde.

Avec toutes ces présentations, je l'avais oublié, mais une nouvelle vague d'embarras colore mes joues de la même nuance rouge que les fesses d'un babouin.

Bruce secoue l'Écureuil d'un air accusateur.

— Colossus aurait pu s'étrangler avec et mourir.

CHAPITRE 8
BRUCE

Lilly baisse timidement les yeux vers le chien. Son visage écarlate me fait penser à des fesses qu'on aurait fouettées – pour une raison inconnue.

Bordel. La dernière chose dont j'ai envie, c'est de devenir un milliardaire cliché obsédé par les fessées.

— Vous avez raison, répond-elle. C'était une erreur de ma part, de poser la boîte qui contenait les jouets par terre.

Elle a une boîte entière de ces trucs ? Je n'ai jamais été autant excédé et excité à la fois, pas même quand j'ai vu une femme nue parmi la foule des manifestants qui avaient pris position devant Wall Street, il y a des années.

Je prends une inspiration pour me calmer et fourre le jouet dans la petite main de Lilly.

— Assurez-vous que ça n'arrive plus *jamais*.

Je lui interdirais bien de se masturber, mais je n'ai

pas besoin de lire le manuel des ressources humaines pour savoir que ce genre de choses n'est pas sous mon contrôle… malheureusement.

— Je suis désolée, marmonne-t-elle.

Son visage prend une teinte cramoisie encore plus sublime.

Était-ce une excuse ? De sa bouche ? Je ferais mieux de vendre tout mon stock de jus d'orange, parce qu'il va neiger en Floride.

Lilly fait un pas résolu en arrière. Elle a dû se rendre compte qu'on était si proches l'un de l'autre qu'elle risquait d'inhaler un air que j'avais contaminé par ma présence.

Elle prend une grande goulée d'air et fourre le jouet dans sa poche.

Enfin. Le voir dans ses mains était bien trop intéressant pour mon sexe – ce qui est d'autant plus inapproprié que ce machin a mis la vie de Colossus en danger.

— J'ai des friandises, maintenant, reprend-elle en secouant une boîte dans une tentative évidente pour dissiper la tension dans l'air. Si je dois lui ôter quelque chose de la bouche… qu'il n'aura pas attrapé par ma faute, cette fois… ça m'aidera.

Colossus lève les yeux vers elle, arborant une expression qu'il maîtrise à la perfection : un mélange entre affamé et en adoration. Je suis sûr qu'il sent les biscuits aux flocons d'avoine dans cette boîte et qu'il en a envie. Désespérément.

Je résiste à l'envie de lui arracher la boîte des mains et m'oblige à prendre un ton calme.

— Ne lui donnez pas trop à manger.

Elle cache la boîte derrière son dos.

— Bob m'a déjà expliqué votre point de vue là-dessus… qui est très sain. Je ferai un suivi du nombre de friandises qu'il mange et je me coordonnerai avec Bob pour ajuster l'apport en calories du petit bonhomme.

Je suis agacé à l'idée que « Bob » lui ait parlé de ce que j'avais prévu.

Une seconde, je suis jaloux ?

Non. C'est comme quand Bob prend un air maussade à chaque fois que je lui dis que j'ai cuisiné quelque chose. Personne n'aime qu'on empiète sur son boulot.

— Donc, fais-je en m'asseyant sur le tabouret le plus proche. Vous aviez commencé à m'expliquer ce que vous prévoyiez pour son apprentissage.

Elle grimpe sur un tabouret à côté de moi. Une fois assise, ses jambes pendent au-dessus du sol.

— J'imagine que l'entraîner à faire ses besoins où il faut est la priorité ? demande-t-elle avec un geste vers les tapis absorbants autour de nous.

— C'est exact.

La pauvre Mme Campbell mérite bien de ne plus avoir à changer ces trucs toutes les deux heures.

— Comment vous allez vous y prendre ?

Elle regarde son petit élève.

— Les chiots font leurs besoins après les repas, les

périodes de jeu et les siestes. Ils ont aussi quelques tics révélateurs avant ça. Je vais apprendre ceux de Colossus pour pouvoir le sortir dès qu'il en a besoin. Je lui donnerai une friandise quand il aura fait son affaire, ce qui devrait l'aider à apprendre qu'il vaut mieux faire ça dehors.

C'est agaçant, mais ça me paraît raisonnable.

— Ça l'empêchera d'avoir des accidents dans la maison ?

— Ça aidera, répond-elle. Mais il faut aussi qu'il ait le sentiment que ce manoir est sa tanière, parce que les chiens ont l'instinct de ne pas faire leurs besoins dans leur tanière.

Hmm.

— Comment on fait ça ?

Elle regarde autour d'elle.

— On pourrait ne lui laisser l'accès qu'à une toute petite partie de la maison, puis agrandir l'espace petit à petit. Peut-être en se servant de barrières pour bébé, d'une caisse ou…

— Non.

J'ai déjà refusé d'embaucher un autre éducateur parce qu'il insistait avec cette histoire de caisse pour éduquer le chiot. Ça ressemble un peu trop à une prison pour chien à mon goût.

— Colossus aura accès à toute la maison dès le départ. Fin de l'histoire.

J'aime faire les cent pas dans le manoir et cet idiot de chien gémit quand il ne peut pas me rejoindre.

Elle soupire.

— Vous comptez ingérer dans tout le processus d'apprentissage ?

Je hausse les épaules.

— Seulement si vous avez des idées d'éducation ridicules.

Ses sourcils si particuliers se rejoignent au milieu de son front.

— Je suppose qu'on pourrait créer plusieurs endroits sûrs pour lui à travers la maison. Mettre un panier pour chien dans chaque pièce, avec des jouets. Il aura peut-être la sensation d'être dans une tanière, comme ça.

— Bien, répondis-je. Trouvez d'autres solutions comme celle-là.

— Très bien, articule-t-elle entre ses dents.

Elle semble avoir envie d'attraper le couteau à viande le plus proche pour rejouer une scène de *Scream...* avec mes parties intimes.

En parlant de danger.

— Suivez-moi, lancé-je à Lilly, avant de prendre le risque de lui tourner le dos malgré la menace du couteau.

Colossus et elle me suivent jusqu'au garage.

— C'est ici que je conserve tout ce qui est lié à la promenade du chien, expliqué-je.

Lilly examine ma collection de voitures avec des yeux ronds.

— Ah oui ?

Elle regarde dans le meuble de rangement réservé à cette tâche.

— C'est quoi ça ?

Elle pointe du doigt une veste spéciale imperméable aux griffes que j'ai fait fabriquer pour Colossus – dotée de pointes style crête.

— C'est pour sa sécurité. Des aigles, des faucons et des hiboux ont déjà été repérés sur mon domaine.

— Ah.

Elle examine la veste d'un air étonnamment approbateur.

Je suppose que c'est le bon moment pour lui montrer le gadget que j'ai créé plus tôt dans la journée. C'est pour elle : un casque de vélo pour enfant étincelant avec une crête assortie à celle sur la veste du chien.

— Ça devrait décourager encore plus les oiseaux, expliqué-je en lui tendant le casque.

Elle le regarde, bouche bée.

— C'est pour moi ?

— Oui. Ça devrait vous protéger, tous les deux.

Et si quelqu'un a l'air ridicule en le portant, ce n'est que du bonus.

Elle continue de regarder le casque sans le prendre.

Avec un soupir, je m'avance vers elle et dépose le casque sur sa petite tête avec délicatesse, avant de le sangler sous son menton gracieux.

Merde. Elle sent encore les cerises et l'encens, et j'identifie enfin ce parfum floral : des roses.

Elle lève les yeux vers moi, les lèvres entrouvertes. Des lèvres qui sont comme des sirènes entonnant leur chant diabolique. Ma respiration accélère et une chaleur me parcourt le corps tandis qu'une force magnétique m'attire vers elle.

Mes lèvres sont à quelques centimètres des siennes quand je me rends compte qu'elle retient son souffle, comme si elle craignait que je l'étrangle. Ses yeux sont écarquillés et emplis de quelque chose qui ressemble un peu trop à de la panique.

Merde.

Qu'est-ce que je fabrique ?

Je me redresse d'un coup et examine avec attention ce foutu casque – comme si c'était ce que je voulais faire depuis le début.

Hélas, même si elle ressemble désormais à une figurante de *Mad Max*, elle est toujours extrêmement sexy.

Elle me regarde en clignant des paupières et se touche les lèvres, comme sur pilote automatique. Puis elle sort son téléphone et utilise la caméra frontale pour se regarder.

Un son agacé s'échappe de sa bouche si tentante.

— Autre chose ? lâche-t-elle d'un ton neutre. Je devrais peut-être me couvrir de goudron et de plumes avant chaque promenade, pour que les oiseaux me prennent pour l'une des leurs ?

— En fait, oui.

Je prends un klaxon et le lui fourre entre les mains.

— Servez-vous de ça si vous voyez ne serait-ce qu'une ombre. Ça devrait effrayer les oiseaux, et j'ai demandé aux agents de sécurité de venir à votre secours s'ils l'entendent.

Je viendrai aussi, avec un fusil, mais elle n'a pas besoin de le savoir.

Elle secoue la tête d'un air exaspéré, remuant les pointes sur son casque repousse-oiseaux.

— Quoi d'autre ?

— N'approchez pas des lacs, dis-je. Il y a des alligators.

Elle ricane.

— Contrairement à vous, je suis née en Floride.

Voilà qui est mieux. Il m'est bien plus facile de me retenir d'embrasser cette bouche quand elle débite des trucs pareils.

— Qu'est-ce qui vous fait dire que je ne suis pas né ici ?

Elle grimace.

— Si je vous dis que je me suis renseignée sur vous, ça gonflera votre égo déjà aussi gros qu'un molosse ?

— Non.

Et pourtant, l'idée qu'elle ait envie d'en apprendre plus sur moi a quelque chose d'attrayant.

— Tout ce que je sais, c'est que vous avez travaillé à Wall Street pendant la majeure partie de votre carrière, dit-elle. Vu que c'est à New York, j'ai supposé que vous n'étiez pas originaire de Floride.

— Ça vaut peut-être mieux, dis-je. « Originaire de Floride », ça fait penser aux gens qui reçoivent des amendes pour conduite en état d'ivresse sur une tondeuse à gazon… avant de tenter de vendre de la meth au policier durant l'arrestation.

Elle étrécit les yeux.

— Tout comme « New-Yorkais » fait penser à des gens malpolis, pitoyables, qui parlent fort, snobs et accros à leur boulot.

Je ricane.

— Malpolis ? C'est juste comme ça que les étrangers appellent l'efficacité avec laquelle les New-Yorkais s'expriment. Pitoyables ? Je n'avais jamais entendu ça. Qui parlent fort ? C'est une ville bruyante. Snobs ? C'est ce que les gens qui manquent de goût disent de ceux qui en ont. Pour ce qui est du terme « accro à son boulot », c'est précisément comme ça que les paresseux qualifient ceux qui travaillent dur, qui sont motivés et ambitieux.

Pour ce qui est du dernier point, je le sais d'expérience. Ce n'est pas parce que je travaille quatre-vingts heures par semaine que les gens ont le droit de me comparer à un junkie. Si les personnes autour de moi étaient plus compétentes, je me ferais un plaisir de moins travailler.

— C'est ça, rétorque Lilly d'un ton narquois. J'avais oublié « chicaneurs ».

Elle a le culot de me traiter de chicaneur, *moi* ?

— J'ai l'impression que les habitants de Floride sont comme des casseroles. Nous autres bouilloires new-yorkaises avons un terme pour qualifier ça : « couillon ».

— Ce terme ne s'applique pas plutôt aux hommes ? rétorque-t-elle.

Je hausse les épaules.

— Si, mais quand le terme correspond si bien, on peut faire des exceptions.

Est-ce qu'elle vient de taper du pied ?

— Bref, reprend-elle, et je sens qu'elle fait un effort pour rester courtoise. Si vous avez fini de m'insulter, je crois que Colossus et moi allons partir en promenade.

— Excellente idée, dis-je en ouvrant la porte du garage. Et n'oubliez pas de rester loin de ces lacs.

Elle s'éloigne à grands pas, la laisse à la main et sans même un merci.

Je ne plaisantais pas au sujet des alligators. Certains sont si gros qu'ils ne mangeraient pas que le chien – ils la dévoreraient aussi pour le dessert.

Une image indésirable se faufile dans mon cerveau, de *moi* en train de la dévorer – et pas de manière cannibale.

Putain.

D'un coup, je suis à nouveau en érection.

CHAPITRE 9
LILLY

Quand la porte de garage se referme, je regarde le chiot à mes pieds.

— J'ai rêvé, ou Bruce et moi avons failli nous embrasser ?

Colossus penche la tête.

Vous embrasser ? C'est un peu comme quand on se renifle le derrière ? Quoi qu'il en soit, je ne suis pas un expert. Maintenant, aucun rapport, mais est-ce que je peux vous appeler maman et papa ?

Ça ne pouvait en aucun cas être un presque-baiser. Il voulait sûrement m'arracher la tête à coups de dents. Même quand je suis le plus attirante, je n'ai rien qui puisse intéresser un milliardaire, et avec le casque hideux qu'il m'oblige à porter, aucun homme sain d'esprit n'aurait envie d'approcher de moi.

Je scrute le paysage sublime, les sentiers, les jardins et les lacs au loin.

Tout est désert.

Tant mieux. Personne n'est là pour être témoin de ma honte.

Quelqu'un se racle la gorge derrière un buisson en forme de sphère.

Et moi qui espérais que personne ne me verrait avec ce couvre-chef ridicule.

Le type qui apparaît doit avoir à peu près l'âge de mon père, et je n'avais jamais vu une peau aussi burinée par le soleil en dehors des films de pirate.

— Bonjour, dit-il. Je suis monsieur Hornigold, le paysagiste.

C'est un terme chic pour dire « jardinier » ?

— Je suis Lilly, dis-je. L'instructrice canine.

Colossus grogne sur le nouvel arrivé. Zut. Je vais devoir me dépêcher de le socialiser, ou ça ne fera qu'empirer.

— Je sais qui vous êtes, répond-il. M. Roxford voulait que je vous dise que si le chiot faisait une grosse commission, vous n'avez pas à la ramasser. L'un de mes hommes s'en chargera.

— Compris, acquiescé-je avec un sourire forcé.

Il est sérieux ? Il faut être vraiment riche, pour avoir des « hommes » qui nettoient après votre chien à votre place.

Les grognements s'intensifient.

Mauvais signe.

— Hé, lancé-je au jardinier. Ça vous dérangerait de m'aider à éduquer le chien pendant une minute ?

Il hoche la tête, l'air réticent.

— Tenez, dis-je en lui jetant un morceau de biscuit. Tendez-le au chien sur votre paume ouverte.

Il s'agenouille et fait ce que je lui demande, mais il a l'air si effrayé qu'on croirait qu'il est face à un pitbull enragé.

Colossus arrête de grogner et approche du biscuit.

— Oui, l'encouragé-je. Ça paie, d'être amical.

Le chiot mange le biscuit et renifle la main du type une seconde.

— Je peux partir, maintenant ? demande le jardinier.

— Oui. Merci.

Pendant que l'homme s'éloigne, Colossus me regarde d'un air perplexe.

Je croyais qu'il était le mal incarné, mais c'est impossible. Les biscuits aux flocons d'avoine sont comme des crucifix ; ils repoussent le mal.

Je lui souris et tire légèrement sur la laisse.

— Allons-y, dis-je.

Colossus souffle un peu et trottine vers le coin d'herbe le plus proche, avant de se laisser tomber sur le ventre et de se mettre à déchiqueter une feuille morte.

— C'est un comportement de chat, remarqué-je d'un ton sévère. Les chiens se promènent.

Il m'ignore.

— Allons-y, insisté-je en tirant sur la laisse.

Non. De toute évidence, on ne lui a pas appris à être promené en laisse.

Je soupire. Ça ne me fait pas plaisir de devoir envenimer la situation si vite, mais je ne peux pas faire autrement. Je sors un autre morceau de biscuit et le lui montre.

Comme avec le jardinier, le chien change aussitôt de comportement. Il bondit sur ses pattes, rive son regard au mien comme un hypnotiseur cinglé et remue la queue.

— Bon contact visuel, approuvé-je. D'habitude, je dois apprendre aux chiots à faire ça.

Il remue la queue plus fort.

Ça veut dire que j'ai droit au biscuit ? S'il te plaît ? S'il te plaît, s'il te plaît, s'il te plaît ?

Je garde le biscuit dans la main et fais un pas en avant, puis un autre, tendant la friandise comme un appât.

Le chien fait quelques pas aussi, sans jamais quitter des yeux l'objet de son désir.

— Bon chien, dis-je en lui donnant une petite miette.

Il comprend l'idée et marche un peu plus, toujours sans regarder la route.

Au bout du sentier, la nature l'appelle enfin et Colossus court vers un palmier, avant de lever sa petite patte si haut que c'en est comique.

— Bon chien, le félicité-je. Tu es un si bon chien.

Je lui donne un plus gros morceau de biscuit pour bien faire passer le message.

Il émet un grognement satisfait tout en dévorant sa récompense, puis se dirige vers un coin d'herbe pour la plus grosse commission.

— Oui. Beau travail, m'exclamé-je avec

enthousiasme en lui donnant un autre morceau de biscuit.

Il s'attaque à la friandise avec voracité, comme s'il mourait de faim depuis une semaine.

Hmm. C'est peut-être le chien le plus motivé par la nourriture que j'aie jamais rencontré, ce qui le rendra plus facile à éduquer.

Malgré ce qu'a dit le jardinier, j'ai très envie de nettoyer après le chien. Mais je résiste.

— On peut rentrer, maintenant, annoncé-je à Colossus.

Je l'attire vers le garage à l'aide de quelques morceaux de biscuit supplémentaires.

Nous retirons notre accoutrement de punk et je le ramène dans la maison. Il s'élance aussitôt en avant et je dois courir pour le rattraper.

— Mec ! m'exclamé-je. Où était toute cette énergie pendant la promenade ?

Il ne s'arrête pas.

Je le pourchasse jusqu'à la bibliothèque, où il accourt vers Bruce. Ce dernier est assis sur un fauteuil inclinable confortable, en train de lire un livre.

Mince. Comment se fait-il que ce livre le rende encore plus sexy ? C'est encore plus bizarre sachant que je suis plus une gameuse qu'une lectrice.

Quand il remarque le chien, mon employeur glacial arbore un autre large sourire – et il est aussi magnifique que la dernière fois.

Je me racle la gorge.

Son sourire s'évanouit si vite que je commence à me

demander si je ne l'ai pas imaginé. Il range son livre avant que j'aie pu en voir le titre.

— Je n'ai l'occasion de lire que pendant quelques précieuses minutes par jour, grogne-t-il. C'est trop demander de ne pas être perturbé ?

— Colossus a couru ici après notre promenade, me défends-je. Vous auriez préféré que je le laisse errer dans la maison sans surveillance ?

— Comment s'est passée la promenade ? demande-t-il, ignorant ma question.

— Elle était instructive, dis-je. Entre autres choses, je vais devoir apprendre à Colossus à marcher comme un bon chien.

Bruce se masse la tempe.

— Je croyais juste qu'il n'aimait pas se promener avec moi.

— Vous l'avez déjà promené ? m'étonné-je.

Bruce se redresse de toute sa hauteur massive et croise les bras sur sa poitrine puissante.

— Pourquoi est-ce si surprenant ?

— Parce que vous avez des employés pour tout. Pourquoi pas ça ?

— Je le promène de manière régulière.

Vu la colère avec laquelle il articule ces mots, c'est un miracle que Colossus ne se remette pas à pleurnicher.

— Comme je l'ai dit, je croyais que c'était à cause de la façon dont je tenais la laisse.

Je pince les lèvres.

— Vous la teniez comment ?

Bruce lève les yeux au ciel.

— Comment vous voulez que je vous montre ?

Hmm.

— Je pense que vous auriez bien besoin d'une leçon que je prodigue à tous mes clients.

Ils trouvent tous ça un peu bizarre, mais il n'a pas besoin de le savoir.

Il étrécit les yeux.

— Une leçon pour apprendre à promener un chien ?

— Exactement. Une promenade est une collaboration entre le chien et l'humain. Si les deux savent quoi faire, ça marche mieux.

Il regarde sa montre.

— Vous pouvez caser cette leçon en vingt minutes ?

Je hoche la tête.

— Nous aurons besoin de la laisse et d'un peu d'espace – moquetté, dans l'idéal.

— Suivez-moi, ordonne-t-il.

Il retourne dans le garage chercher la laisse, puis m'emmène vers l'une des rares portes fermées de la maison.

— Tu n'entres pas, dit-il à Colossus d'un ton ferme avant d'ouvrir la porte.

Le chiot penche la tête sans donner le moindre signe qu'il comprend.

— L'ordre requis ici est « reste ici », expliqué-je. Il ne le connaît pas encore.

Avec un soupir, Bruce s'accroupit, et l'air sérieux, explique à Colossus :

— Le tapis dans cette pièce est une antiquité du dix-septième siècle et coûte des millions.

Quoi ? Je ne crois pas avoir envie de marcher sur un objet pareil, encore moins d'autoriser un chiot à le faire.

— J'ai une idée.

Je sors un morceau de biscuit et l'émiette dans ma main.

— Ça le tiendra occupé.

Je jette des miettes dans tout le couloir et Colossus pète un câble, s'efforçant de toutes les récupérer.

— Joli tour, avoue Bruce.

Il ouvre la porte et me laisse entrer en premier.

J'hésite. Je regarde ce qui ressemble à un tapis persan, avec des motifs de cercles et de feuilles.

— Je peux marcher dessus ? demandé-je en approchant le pied du bord.

— Sans chaussures, ordonne Bruce.

Il retire ses mocassins en guise de démonstration – au cas où je serais lente à la détente.

Merde.

Est-ce que je porte ma chaussette trouée ?

Je retire mes baskets pour vérifier.

Oui.

Une seule solution – retirer aussi les chaussettes.

Bruce regarde mes pieds nus, troublé.

— C'est pour la leçon ?

— Bien sûr, mens-je en avançant sur le tapis.

Waouh. Il est si chaud et confortable sous mes pieds qu'on croirait que c'est un nuage.

C'est peut-être de là que vient la légende des tapis volants ?

— Et maintenant ? demande Bruce.

Je prends une inspiration.

— Maintenant, je fais semblant d'être le chien – et vous me promenez.

J'ai bien entendu ? Elle va faire semblant d'être un chien ?

C'est peut-être une manière très étrange, autodénigrante et farceuse de se traiter de chienne ?

Non. Elle parle de manière littérale. Pourquoi aurait-elle formé une boucle avec le bout de la laisse, avant de l'enrouler autour de sa taille, sinon ?

Bordel. La corde se resserre sous ses petits seins fermes, les redressant et permettant à mon sexe déjà hyperactif de les admirer.

— Tenez, dit-elle en me tendant la poignée de la laisse.

Hébété, je la prends, n'arrivant toujours pas à en croire mes yeux.

Je suis loin de me douter que ce n'est que le début.

Elle s'agenouille devant moi, comme si elle s'apprêtait à réaliser mes fantasmes les plus récents.

Puis elle se met à quatre pattes – le début d'encore plus de fantasmes.

Qu'est-ce. Qu'elle. Fout ?

Est-ce une tentative de séduction ? Ses fesses aux courbes parfaites sont exposées, ce qui semble corroborer cette théorie… mais pourquoi la laisse ? Est-ce qu'elle me prend pour un milliardaire fétichiste cliché ?

— Maintenant, dit-elle par-dessus son épaule. Montrez-moi votre technique avec la laisse.

Ce n'est peut-être pas du BDSM. Autrement, ce qu'elle est en train de faire serait considéré comme de la domination de soumis. Malgré tout, quel que soit ce fétiche, il se peut qu'il me plaise. Mon sexe est si dur que c'en est presque douloureux.

Elle fait un pas à quatre pattes. Puis un autre. Ses fesses remuent de manière si tentante que j'ai envie de grogner – ou de réduire ce jean en lambeaux.

Au prochain pas, la laisse se tend.

— Vous êtes censé marcher avec moi, rappelle-t-elle. Soit ça, soit appuyer sur le bouton pour donner un peu de mou à la laisse.

Je la regarde, bouche bée.

— Qu'est-ce que vous faites, bordel ?

— Je suis le chien et vous êtes le maître, explique-t-elle.

Son ton sarcastique apaise un peu ma libido – d'un ou deux pour cent maximum.

— J'avais compris, rétorqué-je. Mais pourquoi structurer la leçon de cette manière ?

Rien que d'imaginer qu'elle ait pu faire ça avec d'autres clients – des hommes – je suis furieux… ce qui est tout aussi illogique que ce besoin soudain de lui ordonner de ne plus faire ça qu'avec moi, à partir de maintenant.

Elle tourne la tête et lève les yeux, exactement comme elle le ferait si on était en train de le faire dans la position du chien.

— Ma philosophie d'éducation est basée sur la Règle d'Or : ne rien faire faire aux chiens que je ne sois pas moi-même prête à expérimenter.

— C'est logique, de manière un peu tordue, admets-je avec réticence.

En fait, je respecte une philosophie similaire, et c'est la raison pour laquelle le chien mange des aliments préparés par mon chef, par exemple.

— Et vous m'avez dit que vous ne pouviez pas me décrire la façon dont vous utilisiez la laisse, continue-t-elle. Vous pouvez me montrer, maintenant.

— Très bien, articulé-je, les dents serrées.

— Enfin, lâche-t-elle en levant les yeux au ciel. Maintenant, promenez-moi, et ensuite on échangera nos places.

Elle veut que je me mette à quatre pattes ? C'est un tout autre fétiche, du genre qui ne m'attire pas du tout.

Un problème à la fois. Je rajuste mon érection pour pouvoir marcher lentement derrière elle.

— Prêt.

Elle se met à ramper à quatre pattes. Je la suis, en gardant la laisse détendue.

— Excellent, dit-elle. Maintenant, faisons comme si vous ne vouliez pas que j'aille là-bas, dit-elle avec un geste vers le bout du tapis. Parce qu'il y a un écureuil ou quelque chose que je ne dois pas manger.

Je tire sur la laisse, comme je l'aurais fait avec Colossus dans un tel scénario.

— Non, lâche-t-elle d'un ton sévère. C'est trop fort. Vous risquez de l'étrangler.

Je serre les dents.

— Peut-être s'il portait un collier, mais il a un harnais. Au pire, je le soulèverais.

— Vous devriez apprendre une technique qui s'applique à tous les chiens. Et si quelqu'un vous demandait de promener son chien plus gros ?

Elle marque un point. Je me suis retrouvé coincé avec ce chien, je pourrais très bien me retrouver avec un autre, un jour.

Apparemment, je ne peux pas dire non à certaines personnes.

— Avancez à nouveau vers l'écureuil, ordonné-je.

Elle s'exécute et je pourrais jurer la voir secouer le derrière en marchant – un mouvement qui provoque des ondes de choc dans mon sexe palpitant.

Avec un immense effort de volonté, je tire légèrement sur la laisse.

— C'est mieux, dit-elle. Mais une simple petite pression sur la laisse devrait suffire.

Je fais de mon mieux pour suivre son conseil.

— C'est presque ça, dit-elle.

Je lève les yeux au ciel et fais comme si une plume

était tombée sur ma main – me causant un très léger mouvement.

— Oui, lance-t-elle d'un ton excité. Exactement comme ça.

Bien sûr. D'abord elle se met à quatre pattes, puis elle s'exclame comme si on était en train de la baiser. Si un membre de mon personnel entrait dans la pièce à ce moment précis, il serait convaincu que je la harcèle, alors qu'en vérité, ce serait plutôt le contraire.

— Montrez-moi ce que vous feriez si je me couchais dans l'herbe.

Elle joint l'action à la parole et se couche – imitant très bien la façon dont Colossus me rend fou durant les promenades.

— Viens, lâché-je d'un ton bourru avec une micropression sur la laisse. Allons-y.

Elle se remet à quatre pattes et se met à avancer, alors je garde la laisse détendue.

— Erreur, dit-elle d'un ton sévère.

— Comment ça ?

Et ne se rend-elle pas compte qu'elle est dans une position parfaite pour recevoir une fessée sur le derrière ?

— Quand il fait ce que vous voulez, vous devez lui donner une stimulation positive.

— Bonne fille, grogné-je entre mes dents.

Elle s'arrête et me lance un regard bouillonnant par-dessus son épaule.

— Vous vous rendez bien compte que les chiens ne parlent pas beaucoup l'anglais, peut-être même pas du tout ? Ils se réfèrent au ton de la voix, et le vôtre sous-entend « je vais t'assassiner ».

Je remplis mes poumons d'air, expire pour me détendre, puis répète en faisant comme si je parlais à une enfant :

— Bonne fille.

— C'est mieux, approuve-t-elle. Même si, à la façon dont il lève la patte pour faire pipi, je pense que Colossus s'identifie comme un garçon… même si c'est toujours difficile d'être sûr.

— Je n'essayais pas d'être woke, rétorqué-je. C'est *vous* que je stimulais.

— Dans ce cas-là, ne me traitez pas de « fille », réplique-t-elle en se mettant sur ses pieds. À votre tour.

Non, aboie Bruce.

Hé, c'est bien dans l'esprit de son rôle de chien, au moins.

— Se mettre à la place de votre chien est la meilleure façon d'apprendre, expliqué-je.

Il pince les lèvres en une ligne blanche.

— Je vais me contenter de mon imagination.

Je me frotte les sourcils, parce que je sens une migraine arriver, avant de me rappeler que je ne devrais pas attirer son attention à cet endroit. Des gens comme Frida Kahlo sont célèbres pour leurs sourcils proéminents, mais je considère les miens comme des répulsifs à hommes.

Non pas que je me soucie de ce que pense cet homme précis.

Non. C'est même tout l'opposé. En fait, je devrais peut-être les ébouriffer devant lui ?

— Quoi, vous n'avez pas de répartie cinglante à me lancer ? demande-t-il.

J'émets un rire sans joie.

— Les gens comme vous ont de l'imagination ?

— Et les gens comme vous ont-ils le moindre tact ?

Il descend du tapis et glisse les pieds dans ses chaussures.

— J'ai assez de tact pour ne pas vous traiter de connard, marmonné-je en remettant les miennes.

— Il vous reste dix minutes, annonce-t-il. Marchons et parlons.

Je soupire.

— De quoi ?

Sans répondre, Bruce ouvre la porte. Sans surprise, Colossus attend dans le couloir en remuant la queue à cent à l'heure.

Je ferme la porte derrière nous avant que le chiot ravage le tapis à un million de dollars, puis je lui souris.

— Lequel de nous deux t'a le plus manqué ?

Comme en réponse, ce petit traître donne un coup de patte joueur sur le mocassin de Bruce, avant de cambrer le derrière.

— Cette pose signifie qu'il veut jouer, expliqué-je. Et oui, c'est ce qui a inspiré la pose de yoga.

Bruce plonge la main dans sa veste de costume et en sort un singe en peluche de la taille d'une souris.

— Attrape, dit-il en lançant le jouet.

Colossus s'élance après lui, mais ne le ramène pas.

— Je peux lui apprendre ça, proposé-je.

Bruce soupire.

— Encore un truc que je croyais que les chiens faisaient naturellement.

— Certains comprennent tout seuls, acquiescé-je. Je vais juste accélérer le processus.

— Très bien, répond-il. C'est de ça que je voulais vous parler. Quelles autres leçons avez-vous prévues ?

— Je pensais à « assis ». Puis « lâche ça ».

— Quoi d'autre ?

Il ramasse le jouet abandonné par Colossus et me le tend.

Quand je le prends, nos doigts s'effleurent – et j'ai l'impression qu'un éclair parcourt tout mon corps, chatouillant mes muscles et détraquant mes sens.

Qu'est-ce que c'était que ça ? Est-ce qu'on a récupéré trop d'électricité statique sur ce tapis au prix invraisemblable ?

Je bégaie un peu, puis je me mets à marcher et parler, énumérant tout ce que je peux apprendre aux chiens en général, ainsi que les avantages et les inconvénients de familiariser Colossus avec chaque compétence.

— Vous êtes toujours aussi indécise ? m'interrompt Bruce au milieu de mon explication sur les bénéfices d'apprendre l'ordre « couché » à Colossus.

— Pourquoi cette question ?

C'est vrai, mais il s'en est rendu compte presque sans aucune preuve, et c'est très agaçant.

— Parce qu'en général, une experte se contente de vous donner un plan d'action. En m'énumérant tous les avantages et les inconvénients, vous donnez l'impression de vouloir que je décide à votre place. C'est un peu comme si je vous demandais dans quoi ma banque devrait investir.

Je suis à deux doigts d'ajouter « ou quelle maison voler », mais je me retiens juste à temps.

— Très bien, lâché-je à la place. Je vais décider.

Ça va nécessiter beaucoup d'angoisse et d'effort, mais je peux le faire.

J'espère.

— Pourquoi ne pas juste lui apprendre tout ce que vous savez ? demande Bruce.

Nous entrons dans une pièce qui semble exclusivement dédiée aux vidéoconférences – avec un écran géant fixé au mur et une caméra sophistiquée pointée vers une chaise confortable au milieu.

Je hausse les épaules.

— Quand un gros chien se frotte contre quelqu'un, c'est un problème. Si un chihuahua fait la même chose, c'est considéré comme mignon.

Bruce ouvre l'ordinateur portable le plus proche.

— Apprenez-lui tout ce qui est considéré comme un bon comportement pour les chiens, quelle que soit leur taille.

J'éprouve un soudain élan de soulagement. Si j'apprends tout, je n'aurai pas à faire une sélection, et ça m'évitera d'avoir à prendre des décisions.

Bruce s'assoit sur la chaise comme si c'était un trône, puis se penche pour prendre Colossus, qui semble connaître la procédure, parce qu'il se fait une joie de sauter sur les mains tendues de Bruce.

À la vue de cette petite créature blottie dans ces grandes mains, quelque chose se serre dans ma poitrine – ce qui est ridicule.

— Vous pouvez prendre une heure de pause, me lance Bruce d'un ton impérieux.

Hé, c'est toujours plus poli que « vous êtes congédiée ».

Je me retourne pour partir quand un appel vidéo apparaît sur l'écran face auquel je me trouve – Bruce doit accepter l'appel, parce que quelqu'un apparaît sur l'écran.

C'est une femme sublime aux cheveux noirs qui semblent sortir d'une pub pour shampoing, des yeux bleus de pub pour le mascara et un front lisse digne d'une pub pour le Botox.

Hmm. Ce n'est peut-être pas un appel, finalement. C'est peut-être un film, et cette femme est la dernière starlette à la mode ?

— Brucy, mon chéri, lance-t-elle d'un ton enjoué. Qui est-ce ?

Elle me pointe du doigt.

Donc... c'est bien un appel, finalement. Et je comprends mieux, maintenant. Bruce et elle doivent être en couple – c'est logique, sachant qu'en dehors d'Hollywood et des podiums, on ne trouve généralement ce genre de femmes qu'au bras des milliardaires.

— C'est Lilly, répond Bruce.

Il se tourne vers moi et ajoute :

— Voici Angela. Elle est investie dans la vie de

Colossus, alors elle aura peut-être des questions à vous poser à un moment donné.

Une jalousie irrationnelle me brûle la poitrine. Je dois commencer à me sentir possessive avec Colossus, et ça me dérange qu'elle ait plus le droit de se revendiquer comme étant la mère du petit bonhomme que moi.

Merde. Ils me regardent tous les deux, attendant une réaction.

— C'est un plaisir de vous rencontrer, Angela, articulé-je entre mes dents.

— Pareil pour moi, répond-elle. Je suis contente que Cacahuète ait enfin une nounou.

Colossus dresse les oreilles. Il croit sûrement avoir entendu « beurre de cacahuète ».

Qui est donc ce Cacahuète ? Puisqu'elle vient de mentionner une nounou, je suppose que c'est un enfant. Le leur ? Je n'aime pas beaucoup cette idée… uniquement parce que les enfants compliquent l'éducation des chiens, bien sûr.

Mais attendez une seconde. S'ils ont un enfant, où est-il ou elle ? Et puis j'espère vraiment que Cacahuète n'est qu'un surnom, comme Brucy.

— Combien de fois je vais devoir te le répéter ? grommelle Bruce à Angela. Il s'appelle Colossus, maintenant.

Une seconde.

Cacahuète est Colossus… mais ça voudrait dire…

— Je ne suis pas une nounou pour chien, lancé-je

d'un ton indigné. Ça n'existe même pas. Je suis une spécialiste de l'éducation canine.

Angela m'examine en plissant les yeux.

— Quelle est la différence ?

Je plisse les yeux à mon tour.

— On m'embauche quand on veut apprendre à son chien à devenir la nounou de son enfant. Et je suppose que si les nounous pour chien existaient, on les embaucherait quand on est trop occupé pour être un bon parent pour son chien.

Le regard d'Angela devient glacial – elle doit avoir appris ça de Bruce.

— Il arrive qu'on adopte un chien, mais que la vie ait d'autres projets.

J'ouvre la bouche pour contester violemment, mais Bruce déclare :

— Lilly s'apprêtait à partir.

Ah. C'est vrai. Je suis congédiée. Je lève le menton et sors de la pièce à grands pas.

Si ces deux-là se reproduisent, leur progéniture sera l'engeance de Satan.

CHAPITRE 12
BRUCE

Dès que Lilly est sortie de la pièce en roulant des hanches, Angela annonce :

— Celle-là est différente du reste de tes employés.

— Ah oui ?

Je caresse la tête en forme de pomme de Colossus et il ferme les yeux d'un air béat.

— Elle est attirante, explique Angela. Ce qui est suspect. Et fougueuse... ce que je ne te croyais pas capable de tolérer.

Je ricane.

— Tu es juste sur la défensive.

Angela a acheté ce chien pour elle, au départ. Puis au bout de presque deux semaines, elle m'a supplié de le prendre – et je n'ai pas pu refuser. C'est ce qu'elle voulait dire quand elle a lancé à Lilly « la vie a d'autres projets ».

Angela pousse un soupir théâtral.

— Tu es d'une franchise brutale, comme d'habitude. Je me demande ce que *Lilly* pense de ça.

Ça ne va pas recommencer.

— Abraham Lincoln est vénéré pour son honnêteté. Pourquoi suis-je toujours réprimandé pour la mienne ?

Elle renifle.

— Je parie que quand sa femme lui demandait si sa robe la grossissait, même Abraham l'honnête répondait non, quelle que soit la vérité. Ça s'appelle un pieux mensonge, et c'est ce qui permet à notre société de fonctionner.

Je soupire.

— Tu mens assez pour nous deux.

— Ce n'est pas juste. Je suis toujours honnête avec *toi*.

Je ne peux m'empêcher de sourire.

— Ce doit être le plus gros mensonge de la journée.

Elle lève les yeux au ciel.

— Eh bien, voilà une vérité : cette Lilly va t'attirer des problèmes.

— On est au moins d'accord là-dessus, acquiescé-je. Mais comme tu le sais, je n'ai pas beaucoup de temps, alors si on parlait de cet idiot de chien ?

— Ne l'écoute pas, dit-elle à Colossus en minaudant. Tu es un génie.

— Ouais. Un génie qui a mangé la moitié d'un rouleau de papier toilette, l'autre jour.

— Papa et moi t'aimons, continue Angela comme si

elle s'adressait à un bébé. S'il ne te le dit pas, c'est parce que c'est un gros grincheux qui ne me le dit même pas à moi.

— D'après ses papiers, son « papa » était un vainqueur de compétitions nommé Toby, rétorqué-je.

— Non, proteste Angela. C'était juste le donneur de sperme.

Comment se fait-il que même après des années passées à me disputer avec elle, je n'aie toujours pas compris que c'est une perte de temps ? Je change de sujet.

— Quoi qu'il en soit, le chien va bien. Lilly a de grands projets pour son éducation.

Le pari fonctionne et la conversation diverge vers Colossus et tout ce qui le concerne. Après lui avoir raconté les derniers événements, je lui demande si elle se plaît aux Hamptons – son arrêt actuel dans son itinéraire très chargé.

— Ça ressemble étonnamment à ton Palm Beach, répond-elle en plissant le nez. Tout le monde fait monter ses haies plus haut que son voisin.

— Ça me rappelle un truc, lancé-je. Je devrais faire planter des haies de douze mètres autour de *mon* domaine.

Elle lève les yeux au ciel.

— Il est déjà assez isolé comme ça. Tu n'as pas besoin de plus d'intimité.

Je hausse les épaules.

— S'il y a une compétition sur la hauteur des haies, j'ai l'intention de la remporter.

— D'abord la collection de voitures, et maintenant ça, répond Angela. On pourrait croire que tu essaies de compenser pour quelque chose.

— Sérieux ?

— Désolée, lâche Angela d'un ton penaud. C'était un coup bas.

— Je vais raccrocher.

— Attends, lance-t-elle. Tu as parlé à tes parents aujourd'hui ?

— Non, dis-je. Je n'ai pas parlé à *nos* parents.

— Dans ce cas, ce sera une surprise, dit-elle d'un ton triomphant. Je vais venir te rendre visite.

Je fronce les sourcils.

— Avec Humphrey ?

— Bien sûr.

Merde. Je sais que c'est typique, pour un frère, de désapprouver toute personne sortant avec ma sœur, mais dans ce cas précis, c'est justifié, parce que Humphrey est l'incarnation d'un connard.

— Et pour son allergie aux chiens ? demandé-je.

Angela a rencontré Humphrey quelques jours après avoir adopté Colossus, et il n'a pas fallu longtemps avant qu'ils décident de partir jouer les globe-trotters ensemble – sans le chien.

— On s'installera à l'hôtel, répond-elle. Et quand on te rendra visite, ta Lilly pourra garder le chien à distance de Humphrey. Et il prendra des antihistaminiques.

Je pousse un soupir exaspéré. Je croyais que l'un des

avantages d'avoir un chien était de ne plus avoir à me retrouver dans la même pièce qu'Humphrey.

— Tu n'aimes pas quand je crache sur les gens avec qui tu sors, rappelle Angela.

— Ce que tu fais quand même, répliqué-je. À chaque fois.

Elle hausse les épaules.

— Ce n'est pas ma faute si tu es un aimant à ordures croqueuses de diamants.

Je lance un regard appuyé à ma montre.

— On n'a plus beaucoup de temps.

Ce n'est même pas une excuse. C'est l'heure du dîner pour Colossus et moi, et je n'ai pas encore délégué cette tâche à Lilly.

Angela prend un air boudeur.

— Tu n'as pas envie de discuter de ta vie amoureuse, c'est tout. Ou de ton absence de vie amoureuse, plutôt.

Je tapote le verre de ma montre et lui fais signe au revoir.

— Ça fait combien de temps ? insiste-t-elle. Un an ? Deux ?

Je me contente de raccrocher. La dernière chose dont j'ai besoin, c'est qu'on me dise que j'ai besoin d'une femme bien dans ma vie – quoi que ça puisse vouloir dire.

Colossus baisse la tête et gémit.

Je le pose par terre.

— Tu as faim ?

Nous savons tous les deux que cette question est

rhétorique. Le chiot sort de la pièce en trombes comme s'il était attaqué par des abeilles, puis il fonce comme une torpille vers la cuisine.

Même en marchant vite, j'ai du mal à tenir le rythme.

Quand j'arrive dans la cuisine, je ralentis.

Il y a toujours un risque pour que je surprenne quelqu'un en train de mâcher, ici, comme la fois où je suis tombé sur le chef en train de goûter sa sauce Alfredo, ou celle où…

Et voilà.

Lilly me tourne le dos, assise sur un tabouret et une fourchette à la main. Un morceau de gnocchi est planté dessus. Elle a des écouteurs dans les oreilles et ne nous remarque pas, le chien et moi.

Avant que j'aie pu détourner les yeux, elle plonge la fourchette dans sa bouche et se met à mâcher.

Je grimace, m'attendant au flot d'adrénaline et à la vague de dégoût habituels.

Je ne ressens rien de tout ça.

Qu'est-ce qui se passe ? Jusqu'à maintenant, la seule créature que je tolérais de voir manger, c'était le chien – et je me disais que c'était a) parce qu'il avale presque sans mâcher, et b) parce qu'il termine sa nourriture en une nanoseconde.

Avec une fascination morbide, j'attends qu'elle plante sa fourchette dans un autre gnocchi.

Était-ce un gémissement ?

Ouais.

Elle apprécie *beaucoup* son repas.

Et encore une fois, je n'éprouve rien.

Enfin, pour être honnête, mon cœur s'est mis à battre plus vite, mais ce n'est pas pour les raisons habituelles. Ce sont ses gémissements. Je ne m'étais jamais rendu compte que manger avec entrain pouvait être aussi séduisant.

Hmm. Est-ce pour ça que je semble immunisé contre sa mastication ? Est-ce le fameux « effet de pont suspendu » dont parle la psychologie, selon lequel les hommes trouvent les femmes plus attirantes après avoir reçu un flot d'adrénaline causé par la traversée d'un pont ? Ouais. Ça doit être ça. Des câbles se sont emmêlés dans mon cerveau, et mon corps croit que je suis excité au lieu d'éprouver ma réaction de fuite habituelle.

Lilly sirote avidement son verre avec une paille.

En temps normal, j'aurais sauté au plafond, et pourtant je vais bien… pour être plus précis, je suis encore plus excité.

Je sens des pattes me tapoter le mollet.

Ah.

C'est vrai.

Le chien me rappelle pourquoi je suis ici.

Je me dirige vers le frigo et récupère le bol de sauce soja qu'on utilise en guise d'assiette pour chien. Le chef s'est surpassé, comme d'habitude, et a disposé chaque morceau avec élégance.

Du coin de l'œil, je vois Lilly retirer ses écouteurs.

— Hé, lance-t-elle. Il va manger ?

Je dépose le bol au sol en réponse.

Tel Flash, Colossus se précipite et dévore le repas en un clin d'œil. Même si j'ai déjà vu cette scène, je secoue la tête. Pourquoi est-ce que je demande au chef de perdre son temps à rendre les plats du chien aussi présentables ?

Lilly écarquille tellement les yeux qu'ils semblent proportionnels avec ses sourcils… pour un instant, en tout cas.

— J'ai déjà vu des chiens manger vite, mais celui-là pourrait entrer dans le Guinness des records.

Il se passe alors quelque chose de vraiment ridicule. Mes poumons se gonflent de fierté, comme si le fait de manger vite était une performance équivalente au fait de résoudre une équation du second degré, de calculer une dérivée ou de programmer un magnétoscope.

— Il va *trop* vite, grommelé-je. Parfois, il est si rapide qu'il se rend malade.

Elle hoche la tête d'un air entendu.

— Il existe des produits sur le marché capables de le faire ralentir.

— Ah oui ?

Elle sort son téléphone, effectue une recherche et me montre quelque chose qui ressemble à une ruche d'abeilles bleue.

— Ça s'appelle un tapis de léchage, explique-t-elle. Si vous écrasez sa nourriture ou la passez au mixeur, vous pouvez l'étaler sur ce truc et il devra prendre son temps pour la lécher.

— Je croyais que vous respectiez la Règle d'Or,

remarqué-je. Ça m'a l'air frustrant, de lécher sa nourriture.

D'un autre côté, la prochaine fois que quelqu'un insistera pour organiser une réunion autour d'un déjeuner avec moi, je pourrais le faire manger comme ça ; ça éliminerait tous les bruits de mastication.

Elle se hérisse.

— Évidemment, on ne peut pas toujours agir selon ce qu'un humain penserait de telle ou telle chose. On ne renifle pas les derrières, par exemple, mais les chiens adorent ça.

— Vous êtes en train de dire que je dois procurer des derrières à renifler à mon chien ?

— Non, répond-elle. Enfin, oui, pour la socialisation, vous devriez lui faire rencontrer d'autres chiens, mais j'essayais de vous expliquer que les chiens trouvaient l'acte de lécher très apaisant.

Je me promets de revenir au sujet de la socialisation et sors mon téléphone pour acheter plusieurs sortes de tapis de léchage différents pour les tester.

— Super, dit-elle quand je lui annonce ce que j'ai fait. Je vais travailler avec Bob pour ralentir le chien dès qu'ils seront arrivés.

Je grimace.

— Vous pouvez l'appeler Chef, au moins ?

Elle lève les yeux au ciel, mais répond :

— Très bien.

Un compromis ? Mercure doit être en rétrograde.

— Bref, lâché-je en me dirigeant vers le four où

mon assiette est conservée au chaud. Je vais vous laisser profiter de votre repas.

— Ah. Oui.

Elle prend son assiette d'un geste brusque.

— On m'a prévenue de ne pas manger en votre auguste présence.

— Qui vous a prévenue ? demandé-je.

Mon personnel ne devrait pas parler de ça.

Elle fait un pas en arrière.

— Personne.

Je pointe le plafond du doigt.

— Il y a une caméra de surveillance là-haut, alors je *pourrais* le découvrir par moi-même.

C'est du bluff, ou en tout cas, je ne regarde jamais les vidéos personnellement – je risquerais d'y voir des gens en train de mâcher. Mais je *pourrais* demander à un agent de sécurité de les passer au peigne fin si j'en avais envie.

— Alors, regardez votre foutue caméra, réplique-t-elle. Mais laissez-moi en dehors de ça.

Colossus émet un son plaintif.

Putain.

Je prends une grande inspiration et me prépare à désamorcer la situation.

— Ce n'est pas grave s'ils vous l'ont dit. Vous l'auriez découvert tôt ou tard… et un accord de non-divulgation est inclus dans le contrat que vous avez signé.

— C'est vrai ?

— Oui.

Et c'est tant mieux, parce que je confie rarement ce que je m'apprête à lui dire à d'autres gens. Jamais, même.

Elle me regarde, intriguée.

— Donc… qu'est-ce que je ne dois pas divulguer ?

Je prends une autre inspiration.

— Je souffre de misophonie.

CHAPITRE 13
LILLY

J'ai l'impression d'être un postérieur qu'aucun chien ne voudra jamais renifler. Connard ou pas, cet homme souffre d'un vrai trouble, et je me suis moquée de lui.

Se méprenant sur mon silence, il reprend :

— C'est quand quelqu'un a une réaction négative à certains sons précis. Comme des ongles sur un tableau noir. Dans mon cas, ce sont les bruits de mastication ou quand quelqu'un boit bruyamment.

Il grimace à ces derniers mots.

— Je sais, dis-je. J'ai fait un test ADN et l'un des résultats m'a expliqué ce que c'était, affirmant que j'avais peu de chances d'en souffrir.

Il hoche la tête.

— Le gène impliqué est le TENM2. Je n'ai pas passé ce test, vu que je ne vois pas quel serait l'intérêt. Quand on souffre de ce dont je souffre, on le sait.

Ouais. Je me sens un peu plus coupable à chaque

seconde qui passe. Comment fait-il pour sortir en rencard avec cette femme sexy de la vidéo, s'il ne tolère pas le bruit des gens qui mangent ? Comment participe-t-il aux dîners de fêtes avec sa famille ? Ou aux déjeuners d'affaires ?

— Je suis désolée, marmonné-je.

Il hausse les épaules.

— Ce n'est pas votre faute.

— Je voulais dire que je suis désolée de m'être moquée de vous à ce sujet. Et d'avoir commencé à manger dans la cuisine alors que je savais que c'était l'heure de votre repas. Je n'ai pas réfléchi.

Ou bien une partie de moi avait envie de l'énerver. Ou de le voir – mais je ne vais pas me psychanalyser maintenant.

Il lance un regard à mon assiette.

— Pour être honnête, pour une raison étrange, vous voir manger n'a rien déclenché.

Ah.

— C'est déjà arrivé ?

Il secoue la tête.

— Ça ne me fait rien de voir le chien manger, mais c'est à peu près tout.

Je devrais me sentir spéciale, ou est-ce qu'il vient de me comparer à un chien ?

— Eh bien, lâché-je. Si vous voulez qu'on mange ensemble, ça ne me dérange pas.

Une seconde. Qu'est-ce que je raconte ? Qu'est-ce que je ferai s'il accepte mon offre ? Mais il ne va pas le faire, bien sûr. Il n'a certainement pas envie de passer du temps avec…

— OK, répond-il sans hésiter.

— OK ?

Il pose son assiette à côté de la mienne sur le bar.

— Essayons. Si je deviens irritable ou…

— Vous êtes toujours irritable.

Il pousse un soupir.

— Vous êtes mal placée pour parler.

— Désolée, dis-je. Continuez.

— Si je sens arriver des symptômes, je m'en irai.

— D'accord.

Qui aurait cru qu'au lieu de hurler sur ma némésis, je me retrouverais à dîner avec lui ?

Je m'assois, mets à manger dans ma bouche et commence à mâcher de manière gênée. Ça n'a pas l'air de le déranger, mais je demande :

— Vous vous sentez comment ?

— Très bien, répond-il.

Oserais-je lui demander si c'est grâce à ma compagnie ?

— J'ai toujours été jaloux des gens qui arrivent à manger pendant les réunions de boulot, continue-t-il. Les repas sont mes périodes de la journée les moins productives… quand je ne dors pas, en tout cas.

Et voilà. Ce n'est pas ma compagnie qu'il apprécie… l'accro au boulot accueille juste cette opportunité d'effectuer plusieurs tâches à la fois. La meilleure question serait plutôt : pourquoi est-ce que ça me dérange autant ? Je ne sais pas, mais ma voix est un peu tendue quand je demande :

— Vous vouliez parler de quelque chose en relation avec l'éducation canine ?

— La socialisation, répond-il. Vous l'avez mentionnée plus tôt. Je veux plus de détails.

Après avoir énoncé cette requête, il remplit sa bouche de gnocchi – et bon sang, sa façon de mâcher me donne encore plus faim.

— Laissez-moi d'abord vous expliquer pourquoi c'est important, proposé-je. Les chiens bien socialisés sont moins angoissés et mènent donc une vie plus heureuse. Ils sont aussi de meilleure compagnie parce qu'ils ne réagissent pas de manière négative quand ils se retrouvent dans certaines situations.

Il avale sa nourriture.

— Vous allez le socialiser, alors. En quoi ça consiste ?

Je souris à Colossus – il est assis et a la tête levée vers nous, quémandant de la nourriture.

— Je ne sais pas si ça compte comme de la socialisation, mais il doit être à l'aise avec autant de nouveaux sons, odeurs, vues et textures que possible.

Il ne faudrait pas qu'il devienne comme Ablette, qui refusait de marcher sur le sable parce que j'avais oublié de couvrir ce domaine.

Bruce hoche la tête, m'encourageant à continuer.

— Il doit aussi être présenté à beaucoup de gens, d'abord un par un, puis en groupe. Puisqu'il adore la nourriture, ces gens pourront lui donner des friandises pour qu'il fasse des associations positives.

— OK, acquiesce Bruce.

Mais il semble moins ravi à cette idée – sûrement parce que c'est un misanthrope et que ce que je viens de décrire implique d'être entouré de gens.

— Ces personnes doivent être aussi variées que possible, expliqué-je. La forme physique, l'âge, l'origine ethnique et les handicaps doivent être différents, ainsi que le type de vêtements. Si vous n'exposez pas Colossus à la diversité, vous risquez de vous retrouver avec un chien qui aboie aux personnes en fauteuil roulant, ou sur les enfants, ou quiconque portant des lunettes de soleil tout en tenant un parapluie.

— Logique, répond-il. Ces gens devront venir chez moi ?

Je secoue la tête.

— Le plus naturel serait de les rencontrer dehors, en terrain neutre. Mais comme nous sommes dans un domaine privé, je ne suis pas sûre…

— Je prendrai les dispositions nécessaires, m'interrompt-il. Quoi d'autre ?

— C'est la même chose avec les animaux, dis-je. Il ne faudrait pas qu'il stresse s'il rencontre un autre chien, un chat ou un écureuil.

Il se gratte le menton.

— Je vais voir ce que je peux faire.

— C'est à peu près tout.

Je termine mon assiette et regarde sa réaction à mes mastications.

Rien.

Je pose ma fourchette.

— Autre chose ?

Il regarde Colossus, qui supplie du mieux qu'il peut.

— J'aimerais qu'il puisse tenir toute la nuit sans avoir d'accident.

Je réprime l'envie de jeter un morceau de nourriture au petit mendiant.

— Tant que sa vessie ne se sera pas développée, il devra être promené la nuit.

— Je m'en chargerai, dans ce cas, déclare Bruce.

— J'avais l'intention de le faire, dis-je. Où est-ce qu'il dort, en ce moment ?

Bruce mange une autre bouchée et répond :

— Dans ma chambre.

Dans. Sa. Chambre ? Mais ça veut dire…

Oubliez ça. Le plus gros mystère, c'est pourquoi ? Et comment se fait-il…

— Ce foutu chien pleurniche si je l'empêche d'entrer, explique Bruce, sur la défensive.

Ça répond à l'une de mes millions de questions.

Pour me laisser le temps de digérer ça, j'emporte mon assiette vers l'évier, la rince et la mets dans le lave-vaisselle.

— Ne faites pas ça, la prochaine fois, dit Bruce. Mme Campbell se chargera de débarrasser.

Je lève les yeux au ciel.

— On m'a appris à toujours nettoyer après moi.

Il ricane.

— Pourquoi utiliser le lave-vaisselle, dans ce cas ?

— Comment je vais pouvoir le promener la nuit s'il est dans votre chambre ? lâché-je.

Bruce hausse les sourcils.

— Pourquoi ne pas mettre une alarme, venir et faire sortir le chien ?

— Dans votre *chambre,* répété-je en insistant sur le dernier mot.

Il faut bien être un homme pour mettre aussi longtemps à comprendre le problème, dans ce scénario, mais à en juger par le « oh » que forment ses lèvres, je crois qu'il a enfin saisi.

— Il n'y aura rien d'inapproprié, assure-t-il.

Il n'est pas obligé d'être *aussi* certain – comme si j'étais la femme la moins attirante qu'il ait jamais rencontrée.

— Vous dormez nu ? m'enquis-je, me mettant aussitôt à rougir.

Il soupire.

— Ce n'est pas une nécessité.

Oh, les images que suscite cette réponse. Des images salaces qui donnent l'eau à la bouche.

— OK. Pas de nudité.

Même si je regrette déjà cette requête.

— Autre chose ? demande-t-il. De quel côté je devrais dormir ?

Je ne daigne pas répondre et scrute les deux grosses tasses sur le plan de travail. Elles sont remplies d'un liquide épais – moitié blanc, moitié rouge.

— C'est la panna cotta, dit Bruce quand il suit mon

regard. Si vous aimez ça, vous pouvez prendre la mienne.

Est-ce qu'il vient de se montrer gentil ?

Je prends une cuillère, m'assure de prendre un peu des deux couleurs et fourre le délice fondant dans ma bouche.

Waouh. C'est si bon.

Le chien me regarde d'un air suppliant.

Donne-moi ça. Ça ressemble à un biscuit liquide. Je suis prêt à tout pour l'avoir – même à te laisser me brosser les dents ensuite.

Je secoue la tête. Il y a du raisin dans la partie rouge de ce plat, et c'est toxique pour les chiens.

Je regarde Bruce plutôt que le chiot et prends une autre cuillerée. Cette fois, j'aspire le délice dans la cuillère avec un peu trop d'ardeur, émettant un bruit de succion, bien que très faible.

Bruce tressaille comme s'il avait reçu un coup et bondit sur ses pieds, les poings serrés. Colossus cache sa queue entre ses pattes et émet une plainte piteuse.

— Je suis *vraiment* désolée, marmonné-je avant de repousser le reste du dessert aussi loin de moi que possible. C'était un accident.

Que je devrais m'efforcer d'éviter de réitérer en sa compagnie, tout autant que de roter, me curer le nez ou péter.

Bruce ferme les yeux, prend une grande inspiration et la relâche, l'air songeur.

— Vous n'avez pas fait ça pour me tester ?

— Non, assuré-je en montrant mes joues brûlantes. Ça vous soulage si je vous dis que je suis embarrassée ?

Il se rassoit et prend une autre inspiration pour se calmer.

— De moins en moins de gens considèrent ça impoli, d'aspirer bruyamment sa nourriture à table. Bientôt, on fera comme au Japon.

Je hausse un sourcil, exprimant la question évidente.

— Les Japonais considèrent qu'il est acceptable – et peut-être même désirable – d'aspirer les ramen, le soba ou le udon.

Il frissonne.

— Ils sirotent aussi leur soupe directement dans le bol.

— Je devine que vous n'êtes pas près de partir en voyage là-bas ?

— Plus jamais, répond-il. Pour faire bonne mesure, j'évite toute l'Asie. Et durant les téléconférences, j'ai pour règle d'interdire les gens de manger.

— Je comprendrais si vous ne vouliez plus jamais manger avec moi, dis-je. Mais si vous voulez, je peux me contenter de faire une croix sur les desserts liquides et les soupes tant que je suis votre employée.

Pourquoi je parle encore ? Qu'est-ce qui me fait croire qu'il aura encore envie de manger avec moi – sa domestique ? Je n'en ai pas envie non plus, pas vraiment, pas si...

— Pas de milk-shakes non plus, dit-il. Et si vous buvez quelque chose, utilisez une paille. Mais arrêtez-vous à environ trois quarts du verre, avant de le remplir ou de le vider.

— Et pour ce qui est des huîtres crues ?

Il plisse le nez.

— Après m'avoir fait un sermon sur le norovirus, l'hépatite A *et* la salmonellose, le chef a pris sur lui de cuire les huîtres.

— Quelle horreur, lâché-je. Un homme riche qui ne mange pas d'huîtres crues ? Bientôt, il va interdire le caviar.

— Le caviar n'est pas cru. C'est saumuré, et il arrive donc qu'il y en ait au menu, répond Bruce avec sérieux. Mais le chef est contre les sashimis… même si quelqu'un attrapait et tuait le poisson sous ses yeux.

J'émets un petit rire.

— Vous ne vous méfiez pas des sashimis, vous… sachant que ça vient du Japon ?

Avant qu'il ait pu répondre, j'entends un hoquet féminin bruyant derrière moi.

Oh merde. Est-ce la petite amie de l'appel vidéo ?

Non.

C'est Prudence. Elle regarde la panna cotta que j'ai entamée comme si c'était un engin explosif, et je ne comprends pas pourquoi.

— Je crois que je ferais mieux d'aller promener Colossus, lancé-je d'un ton gêné.

Je n'ai vraiment pas envie d'expliquer pourquoi j'ai enfreint le plus gros tabou de cette maison dès mon premier jour.

Bruce retrouve son comportement glacial – ce qui

me fait me rendre compte qu'il avait disparu, à la fin de notre conversation.

— Viens, dis-je au chiot.

Il ne bouge pas.

Ah. C'est vrai. Il y a de la nourriture dans le coin.

— Tiens, dis-je en sortant un morceau de biscuit.

Oh, bon sang, toute l'attention de la créature poilue est focalisée sur moi, d'un seul coup.

Donne. Donne. Tu ne peux pas sortir ça sans partager. Je vais mourir de faim ici même, je le jure.

— Tu pourras l'avoir quand tu auras enfilé ton harnais, chantonné-je.

Je ne sais pas s'il comprend, mais il me suit jusqu'au garage et attend patiemment que je lui enfile son attirail.

— Bon chien.

Je lui donne la friandise et il manque de me mordre le doigt tant il le dévore avidement.

— Tu vas devoir apprendre à faire ça poliment, remarqué-je avant d'enfiler mon casque ridicule.

———

Quand nous rentrons au manoir, Colossus s'élance en courant dès qu'il est libre – et je le pourchasse jusqu'à la bibliothèque, comme la dernière fois.

Bruce est là, encore en train de lire, sauf que cette fois, je parviens à voir le titre du livre, ce qui me pousse à m'exclamer d'une voix surexcitée :

— Vous lisez *The Witcher* ?

Bruce referme le livre d'un geste agacé – je me souviens alors qu'il m'a expliqué ne s'autoriser « que quelques précieuses minutes de lecture par jour ».

— Oui, répond-il d'une voix un peu moins irritée que je m'y attendais. C'est ma série de livres préférée.

— Waouh.

C'est tout ce que je parviens à dire.

Bruce soulève le chiot à ses pieds et le dépose sur ses genoux.

— Vous êtes fan d'Andrzej Sapkowski ?

Je fronce les sourcils.

— Qui ?

Bruce lève les yeux au ciel et indique la couverture du livre.

Je me sens bête, parce que j'aurais dû deviner qu'il parlait de l'auteur du livre.

— S'il avait quoi que ce soit à voir avec mon jeu vidéo préféré de tous les temps, alors oui, je suis fan.

— Quel jeu ? s'enquiert Bruce.

Il caresse Colossus derrière l'oreille et la petite boule de poils ferme les yeux de béatitude.

Je le dévisage.

— Vous plaisantez, hein ?

Bruce secoue la tête.

— Vous êtes un fan des livres du *Witcher* et vous n'avez jamais joué aux jeux ?

Il soupire.

— Précisez de quoi vous me parlez. Le jeu de cartes, de plateau, ou…

— Le jeu vidéo, dis-je. Vous en avez entendu parler ?

Il grimace.

— Ouais. Ils sont ce par quoi votre génération a remplacé les livres.

— Vous n'avez pas soixante-dix ans. On est de la même génération, répliqué-je. Le premier jeu vidéo au monde a été créé en 1958. C'est très vieux, même pour une relique comme vous.

— Très bien, concède-t-il. Vous aimez les jeux vidéo *The Witcher*.

— *The Witcher 3,* pour être plus précise. Ou plus spécifiquement encore, je pense que c'est le meilleur jeu des années 2010. Oui, j'étais déjà née à l'époque.

Il hausse les épaules.

— Jamais entendu parler.

CHAPITRE 14

BRUCE

Vous avez vécu dans une grotte ? demande-t-elle.

Ses sourcils s'animent tellement que je m'attends à moitié à ce qu'ils se joignent à la conversation.

Je lui lance un regard dur – ce qui est plus facile que d'habitude, parce que je suis assis et elle debout et que nos yeux sont presque à la même hauteur.

— C'est culotté, venant de la personne qui ne connaissait pas le nom de l'auteur de son « jeu préféré ».

Avec un soupir agacé, elle sort son téléphone et fait une recherche.

— Non, répond-elle. Les livres sont bien sortis en premier, mais l'auteur a vendu ses droits au développeur des jeux. Il n'a rien écrit pour eux ensuite.

— Et voilà, lâché-je. Aucune chance pour que ces jeux soient un tant soit peu aussi bons que les livres.

Elle étrécit les yeux.

— *The Witcher 3* est un chef-d'œuvre.

— Si vous le dites.

Elle tourne les talons.

— Je vais vous le prouver.

Elle sort d'un pas furieux avant que j'aie eu le temps de répondre.

Je regarde Colossus.

— Comment elle compte me prouver ça ?

Le chiot se contente de remuer la queue. Il aime être sur mes genoux le soir, et ne se soucie de rien d'autre.

Je prends mon livre et reprends ma lecture, jusqu'à ce que j'entende de petits pas trottiner, puis un raclement de gorge irrité.

— Oui ?

Je repose le livre pour ce qui me semble être la centième fois.

Elle me fourre quelque chose dans les mains – un gadget qui ressemble à un gros smartphone, avec une manette de jeu vidéo fixée de chaque côté.

— Jouez à *ça* et je vous mets au défi de me dire que ce n'est pas le meilleur jeu du monde.

Je regarde l'écran et vois le personnage de Geralt, alias le Witcher, généré par ordinateur. Il se tient à côté d'un cheval.

— Ils ont bien retranscrit les cheveux, admets-je. Et il a deux épées. Je suppose que le cheval s'appelle Ablette.

— Il y a aussi des magiciennes sexy, répond-elle d'une voix si aguicheuse qu'elle fait pulser mon sexe.

— Triss et Yennefer ? demandé-je sans pouvoir m'en empêcher.

L'air d'un chat content de sa bêtise, elle demande :

— Ça veut dire que vous allez jouer ?

Je lui tends mon livre.

— Seulement si vous lisez ça.

Elle le prend entre son pouce et son index comme si elle avait peur qu'il la morde.

— Ça fait longtemps que je n'ai pas lu de livre.

Je fais claquer ma langue.

— Raison de plus pour lire quelque chose maintenant, avant que votre cerveau s'atrophie de manière permanente... comme tous ceux de votre génération à la faible capacité d'attention.

— Dit l'ancêtre, réplique-t-elle d'un ton sarcastique.

Elle feuillette les pages, l'air incertaine.

— Écoutez, dis-je. La dernière fois que j'ai joué à un jeu vidéo, c'était au lycée.

Elle s'anime bien plus à ces mots.

— C'était quel jeu ?

— *Super Mario Sunshine.*

— Sur GameCube ? demande-t-elle d'un ton surexcité.

— Je crois. Je dois même encore l'avoir quelque part en réserve.

Ses yeux se mettent à pétiller.

— J'avais une GameCube aussi, et ce jeu était mon préféré, à l'école primaire.

— L'école primaire ?

Si elle voulait me faire sentir vieux, c'est mission accomplie.

— Oui, acquiesce-t-elle avant d'indiquer l'objet dans mes mains. C'est aussi une console Nintendo.

Je retourne le gadget et lis ce qui est écrit au dos.

— Une Nintendo Switch ?

— Vous n'en avez jamais entendu parler ?

Elle secoue la tête.

— Vous vivez *vraiment* dans une grotte.

Je soupire.

— Si être un adulte signifie vitre dans une grotte, alors je plaide coupable.

— Je suis une adulte aussi.

Comme si elle ne connaissait pas le concept de l'ironie, elle accompagne cette déclaration d'une tape de son petit pied.

— Vous allez lire ce livre ou pas ?

Je lui tends la console de jeux, vu que je suis certain qu'elle va refuser.

Elle serre le livre plus fort.

— Je ne m'engagerai à le finir que si vous jurez de terminer le jeu.

— Marché conclu.

Elle sourit d'un air triomphant.

— Vous savez qu'il dure une centaine d'heures, hein ?

— Quoi ?

Je manque de faire tomber cette foutue console.

— Vous aurez fini le livre dix fois plus vite.

— Vous revenez déjà sur votre promesse ? demande-t-elle en me tendant le livre.

— Non. Ça vous a peut-être pris tout ce temps pour finir le jeu, mais je suis sûr que si je me concentre, je pourrai aller plus vite.

Elle sourit.

— Bonne chance.

— Je n'ai pas besoin de chance.

Son sourire s'élargit.

— Voilà ce que je veux entendre. Oh, et vous pouvez jouer en « facile » si vous voulez.

— Voilà pourquoi les livres sont mieux, remarqué-je d'un ton entendu. Il n'y a pas de raccourcis.

Elle ouvre la bouche pour rétorquer quelque chose, mais Mme Campbell nous interrompt une fois de plus. Cette fois, elle apporte un plateau avec mon digestif du soir.

— Bon, dit Lilly. Je ferais mieux d'y aller.

— Vous vous souvenez où est votre chambre ? m'enquis-je.

— Oui, répond-elle, mais elle n'a pas l'air très sûre.

Je prends mon verre sur le plateau.

— Vous pouvez lui montrer où c'est ? demandé-je à Mme Campbell. Et lui indiquer où dort Colossus ?

— Bien sûr, répond-elle.

— Amusez-vous bien, lance Lilly avec un signe de tête vers le jeu vidéo dans ma main.

J'attends qu'elles soient parties avant de trouver le moyen de rejoindre l'écran « nouvelle partie ».

Une partie de moi est excitée, mais c'est peut-être

juste le contrecoup de la présence de Lilly. Quoi qu'il en soit, je ne remets jamais rien à plus tard si ça peut être fait aussitôt, et rien ne vaut le présent pour me familiariser avec la version siliconée du Witcher.

Ça va occuper mon créneau horaire réservé à la lecture – autrement dit, il ne me reste que quelques minutes avant de devoir me remettre au boulot.

Pendant que Prudence m'accompagne de ma chambre à celle de Bruce, je mémorise le chemin pour pouvoir le refaire quand je serai à moitié endormie.

— Sois prudente quand tu approcheras du chien, conseille Prudence en ouvrant les plus grandes doubles portes que j'aie vues dans ce manoir – peut-être même de toute ma vie. Il peut être bruyant quand il est pris par surprise.

— Logique. Je suis bruyante aussi, quand je suis prise par surprise.

Elle sourit et me fait signe d'entrer. Je pénètre dans la pièce et examine les alentours, bouche bée.

La chambre de Bruce fait la taille de la maison de nombreuses personnes, et pourtant, le seul meuble présent est l'énorme lit raffiné – une réplique minuscule de ce même lit est située à quelques pas de là.

— C'est le truc le plus mignon que j'ai jamais vu, avoué-je. Mais pourquoi ?

— Pourquoi quoi, ma chère ? demande Prudence.

J'indique le lit miniature.

— Pourquoi le lit du chien ressemble à celui de Bruce ?

Elle tourne la tête de manière furtive pour s'assurer qu'on est seules.

— Je ne sais pas trop, admet-elle à voix basse. Je crois que le chiot voulait dormir dans le lit de M. Roxford, il s'est dit que le panier pour chien ne devait pas être assez confortable, alors il s'est fait livrer une réplique de son propre lit.

— Ça a marché ? demandé-je dans un murmure.

— Peut-être. Ou alors le petit bonhomme s'est habitué à dormir sans son maître… difficile de savoir.

Je la remercie de m'avoir montré le chemin et repars vers ma chambre.

Puisque mes affaires sont presque toutes encore dans leurs cartons, je décide de m'installer un peu, mais une fois de plus, ce déluge de décisions imminentes freine mes progrès.

Je me rends aussi compte que je n'ai pas apporté de panier à linge sale, je vais devoir en demander un à Prudence. Pour l'instant, mes vêtements sales devront rester en tas sur le sol.

Je bâille, vais tester ma salle de bain et découvre que la douche prodigue des massages incroyables et que le carrelage au sol est merveilleusement chaud quand on marche dessus pied nu.

Les 0,01 pour cent les plus riches vivent très bien, je dois l'avouer. Je ferais mieux de ne pas trop m'y habituer.

Après ma douche, je me mets au lit, où je découvre que mes draps sont en soie – ou un truc tout aussi divin.

Quand je ferme les yeux, les pensées se bousculent dans ma tête – je songe surtout que ce matin, j'étais en mission pour hurler sur la personnification du mal, et que j'ai terminé la journée dans son lit.

Ou l'un de ses lits, en tout cas.

La situation de mes parents passe soudain au premier plan de mon esprit. Ils ont acheté leur première maison juste avant ma naissance. Elle était presque remboursée, mais quand mon père a eu besoin de se faire opérer, mes parents ont dû rediriger leur argent pour payer les factures médicales. La santé de mon père ne lui permettait pas de reprendre le boulot, et ma mère a perdu son travail parce qu'elle devait s'occuper de lui. J'ai essayé de les aider autant que je pouvais, mais mon boulot me permettait à peine de payer mes propres factures. Dans la banque de Bruce, personne n'en avait rien à foutre de notre situation, et mes parents ont perdu leur maison.

Une douleur me contracte la poitrine quand je pense à tous ces souvenirs que je ne revivrai jamais – pas même si j'arrive à aider mes parents à acheter une autre maison, avec l'argent que je vais gagner ici.

À cause de Bruce, ma maison d'enfance est perdue pour toujours.

Grr.

Je n'arriverai jamais à m'endormir avec toutes ces pensées en tête.

J'ouvre les yeux et prends *The Witcher*, avant de commencer à lire.

Hmm. C'est étonnamment bien, même pour quelqu'un qui n'a plus ouvert de livre depuis longtemps. C'est peut-être parce que c'est une série de nouvelles, qui ne requièrent pas une capacité d'attention aussi longue que pour un roman.

Je termine la première histoire sans voir le temps passer. Je cligne des paupières et regarde le réveil – avant de me donner une tape sur la tête. Je dois me réveiller au milieu de la nuit pour promener le chien, alors si je veux pouvoir me reposer un peu avant ça, je devrais déjà être en train de dormir.

Je mets une alarme et ferme à nouveau les yeux, mais le sommeil me fuit – parce que je redoute d'entrer dans la chambre de Bruce dans quelques heures, cette fois.

OK.

Quand je termine la deuxième nouvelle, je dois admettre avec réticence que le livre est mieux que le jeu, autant qu'on puisse comparer deux matériaux aussi différents, en tout cas. La version livresque de Geralt est plus cool, plus tourmentée, plus grise, moralement parlant, et plus sexy – et ça vient d'une personne qui s'est peut-être masturbée en regardant la scène du jeu vidéo où il prend un bain.

Bien sûr, je n'admettrai jamais ça à Bruce, ça va sans dire.

Bordel. Je ne devrais pas penser à Bruce – pas si je veux réussir à dormir un peu.

Je ferme les yeux avec hésitation, et repense aussitôt au moment où on a failli s'embrasser.

OK.

Je vais lire encore un peu.

Et encore, jusqu'à ce que je me rende compte qu'il est déjà l'heure de sortir le chien.

Je me lève, enfile des vêtements et emprunte le chemin jusqu'à la chambre de Bruce.

Je prends une inspiration pour me calmer et ouvre les grandes portes.

Waouh. Il fait si noir que j'ai l'impression d'être entrée dans un trou noir. D'habitude, toutes les pièces contiennent au moins un gadget doté d'une LED allumée, ou bien la lueur de la lune traverse la fenêtre.

Bon, très bien. Je sors mon téléphone et m'en sers de lampe pour me repérer jusqu'à la réplique de lit minuscule. Je suis à mi-chemin quand je vois deux petites lueurs vertes – les yeux de Colossus.

Je souris et agite mon téléphone vers lui, ce qui doit être une erreur, parce qu'il se met à aboyer bruyamment. Bien trop fort pour une créature de cette taille.

Merde. C'est mauvais signe.

Ses aboiements ressemblent au hurlement d'un petit louveteau – ce serait adorable si on n'était pas dans la chambre de ma némésis et employeur, au beau milieu de la nuit.

Zut. Qu'est-ce que je fais ?

Je suis fichue.

— Alexa, allume la lumière dans la chambre ! s'écrie Bruce par-dessus les aboiements.

Je me retrouve aveuglée un instant.

Le prochain aboiement de Colossus est un peu moins sonore, puis il se tait.

L'impression qu'une guillotine s'apprête à s'abattre sur ma nuque, je me tourne vers le grand lit avec réticence, plissant les yeux à cause des lumières vives au plafond – je sens alors ma mâchoire se décrocher.

Bruce est dressé au-dessus de moi, vêtu uniquement d'un boxer ajusté. Chaque muscle ciselé de son corps puissant est crispé de colère.

CHAPITRE 16
LILLY

Mais ce n'est peut-être pas de la colère. Est-ce qu'on peut avoir une érection en étant en colère ? Aucune idée, mais celle sous ce boxer est de proportion épique. Elle est si grosse que je n'arrive pas à croire que ce sous-vêtement arrive à la contenir.

Étant petite, je me suis déjà sentie éclipsée par le passé – mais jamais par quelque chose qui, techniquement, est plus petit que moi. Pourtant, son sexe me fait cet effet.

Comment Bruce peut-il encore avoir assez de sang dans le corps pour fonctionner – et fléchir tous ces muscles ? Il devrait continuer d'appeler son chien Cacahuète et plutôt nommer son pénis Colossus. Ou Titan. Ou…

— Qu'est-ce qui se passe ? demande Bruce.

Je recule d'un pas.

— Je suis ici pour Titan. Colossus, je veux dire.

Je dois mobiliser toute ma volonté pour lever les yeux vers le visage de Bruce au lieu de regarder son Titan.

— Alexa, abaisse la luminosité dans la chambre, grogne Bruce.

L'éclairage baisse d'intensité.

Quand je vois l'expression meurtrière dans les yeux glacés de Bruce, je fais un autre pas en arrière.

— Je suis désolée, marmonné-je. Je crois que Colossus a été pris par surprise.

Bruce s'avance d'un pas furieux vers un placard et s'enveloppe dans une robe de chambre.

La déception que je ressens est presque proportionnelle à Titan – ce qui est stupide, bien sûr.

— Je croyais que vous étiez une professionnelle, lance Bruce d'un ton lugubre.

— Comment ça ? demandé-je.

C'est comme si cet homme avait le superpouvoir de m'exaspérer.

— Ce que je veux dire, c'est qu'un éducateur canin devrait être capable de venir chercher son élève sans lui faire péter les plombs sous le coup du stress.

Il a raison, et je le déteste encore plus pour ça.

— Je suis désolée. La prochaine fois, j'entrouvrirai la porte et j'utiliserai un biscuit pour l'attirer hors de la pièce.

En fait, j'aurais sûrement pensé à ça plus tôt, si je n'avais pas été aussi endormie.

Bruce secoue la tête.

— On va déplacer son lit dans *votre* chambre.

— Très bien, lâché-je. On peut y aller, maintenant ?

Il me fait un signe impérieux de la main pour me congédier.

— Assurez-vous de porter votre protection. Les hiboux chassent la nuit.

Je lève les yeux au ciel et me tourne vers Colossus.

La petite boule de poils remue la queue, tous ses aboiements oubliés.

— Viens, dis-je.

Il trottine vers moi et je le mène au garage pour l'équiper.

Dehors, l'air nocturne est imprégné d'une délicieuse odeur, et la pleine lune illumine joliment le domaine, rendant cette promenade agréable malgré l'heure tardive. Colossus fait son affaire rapidement – il est sûrement pressé de retourner au lit. Je le soulève et l'emporte dans la chambre de Bruce, où j'ouvre les portes aussi doucement que possible.

Hmm.

Une lumière est allumée dans la pièce.

J'entre avec prudence et reste bouche bée en en découvrant la source.

Bruce joue sur ma Switch… au lit.

— *The Witcher 3 ?* lancé-je.

Il émet un grognement affirmatif.

— Ça vous plaît, jusqu'ici ?

Nouveau grognement.

Je suppose qu'il ne voulait pas être réveillé une deuxième fois et qu'il a décidé de tuer le temps en jouant – c'est exactement ce que j'aurais fait, à sa place.

Sans prononcer un mot de plus, je dépose Colossus au sol et décampe.

Une fois revenue dans ma chambre, je me dirige sans honte vers ma boîte de sex-toys, parce que je ne vois qu'une solution pour arriver à dormir un peu : une visite dans la bat-cave.

Non. Ça risque de me faire penser à Batman, et il s'appelle Bruce – je n'ai pas envie de l'imaginer pendant que je fais ça. Je préfère songer à autre chose, comme le Witcher généré par ordinateur.

Ouais. C'est mon ticket de sortie. Avec ça en tête, je me lance dans un ménage à moi.

Pourquoi ce foutu jeu est-il aussi addictif ?

Je m'oblige à éteindre la console, me couche sur le dos et songe à ce qui s'est passé plus tôt.

Une seconde j'étais en Lilly dans un rêve, la suivante elle était devant moi.

Pourquoi ai-je fait ce rêve ? Et pourquoi était-elle aussi magnifique, plantée devant moi à mon réveil ?

Ce doit être ce fichu effet de pont suspendu qui m'embrouille encore la tête. Les aboiements m'ont réveillé en sursaut, et elle était là. Ce doit être ça, parce que je n'accepterai aucune autre explication pour la façon dont mon corps a réagi.

Je me tourne sur le flanc gauche, m'empare de mon oreiller et prie pour m'endormir.

Non.

J'aurai peut-être plus de chance de l'autre côté ?

C'est encore pire.

Après m'être retourné dans tous les sens pendant ce qui me paraît une heure, je décide qu'il est temps de recourir à un des deux remèdes maison qui m'aident à dormir : soit manger un truc, soit me masturber.

Prendre un en-cas me semble être la meilleure option, puisqu'il y a peu de chances pour que ça me fasse penser à Lilly – ce qui serait contre-productif, si l'objectif est de la balayer de mes pensées.

J'enfile ma robe de chambre et me dirige vers le frigo. Je ne suis pas surpris d'entendre le trottinement de petites pattes poilues derrière moi. Colossus ne rate jamais une occasion d'aller à la cuisine – plus depuis qu'il a compris que c'était là que se cachaient ses friandises.

Quand nous approchons de la cuisine, il passe devant moi en courant, ce qui est étrange.

Quand j'entre dans la pièce, je comprends.

C'est Lilly. Elle est debout dans la cuisine, nous tournant le dos.

Je me frotte les yeux sans en avoir conscience, l'impression d'être reparti dans un rêve érotique.

Lilly porte un genre de barboteuse constitué d'un haut fin à bretelles et d'un short minuscule – autrement dit, la majeure partie de son dos, ses bras et ses épaules sont délicieusement dénudés, tout comme ses jambes lisses et sexy.

Une bosse se forme sous ma robe de chambre. Évidemment, putain. C'était une *énorme* erreur de venir ici.

Je peux peut-être faire machine arrière avant…

Colossus se précipite vers elle et quand il arrive devant le frigo, il lève la tête et pleurniche.

Bizarre. Il ne fait pas ça, d'habitude.

— Je suis désolée, lui dit-elle, l'air très coupable. J'étais juste curieuse.

De quoi elle parle ?

Non. Je m'en fous. Mieux vaut que je parte.

Je fais un léger pas en arrière, mais elle doit l'entendre, ou sentir l'air vibrer à cause de ma foutue érection – parce qu'elle se retourne.

Putain.

Si je trouvais sa tenue sexy de dos, de face, elle me donne plus ou moins les couilles bleues.

Puisque je suis grillé, je m'assure de mettre la table entre son champ de vision et mon entrejambe, puis j'utilise ma meilleure défense dans ce genre de situation : l'attaque.

— Qu'est-ce que vous faites ici ?

Elle regarde le chien d'un air coupable.

— Je n'arrivais pas à dormir, alors je suis venue ici pour manger un morceau. Quand j'ai vu *sa* nourriture dans le frigo, j'étais curieuse, alors j'ai…

— Vous mangez de la bouffe pour chien ? demandé-je, incrédule.

Elle remet le bol qu'elle tenait à la main dans le frigo.

— Elle est concoctée par un chef cuisinier privé, avec des ingrédients adaptés aux humains. Je voulais juste goûter.

Le chien pleurniche plus fort – ce son me provoque un tiraillement dans la poitrine et m'oblige à m'avancer vers le frigo pour prendre le bol en question. Avec un bruit sourd, je le pose au sol.

Comme d'habitude, le chiot attaque le repas comme si c'était son premier après avoir jeûné pendant un an.

— C'est une erreur, marmonne Lilly entre ses dents.

Je baisse les yeux sur elle – et le regrette aussitôt. Sa barboteuse est ample au niveau du buste et elle ne porte pas de soutien-gorge, alors j'ai un aperçu de ses petits seins délicieusement dressés. Je repère même un téton rose pâle, et il est aussi dur qu'un caillou – sans doute à cause du froid qui émane du frigo.

Pourquoi me suis-je autant rapproché d'elle ? Pour une créature aussi minuscule, elle exsude un champ de gravité puissant qui m'attire – mais ce serait la pire idée du monde de céder.

— En quoi c'était une erreur ? demandé-je.

Me mettre encore plus sur la défensive est ma meilleure solution, au point où j'en suis.

Elle lève son adorable menton.

— Colossus a pleurniché et vous l'avez nourri aussitôt après. C'est une stimulation positive. Maintenant, il aura plus tendance à faire ça la prochaine fois qu'il veut quelque chose.

Merde. Elle a raison.

— Je devrais le lui reprendre ?

Elle baisse les yeux.

— Trop tard.

Ouais. Il a tout fini – et c'était son petit déjeuner.

— C'est l'étagère des en-cas pour humains, l'informé-je en indiquant la section du frigo que je visais.

Est-ce qu'elle vient de regarder la bosse sous ma robe de chambre ?

Merde. J'avais oublié.

Penser à des choses rebutantes serait futile, je détourne donc son attention en prenant à manger. Le problème, c'est qu'elle tend la main vers le même aliment en même temps que moi – et nos doigts s'effleurent.

Si mon sexe avait une voix, il rugirait de frustration.

Elle hoquette, prend un bâtonnet épinard-artichaut et le fourre dans sa bouche, comme si elle craignait que je lui vole.

Encore une fois, j'éprouve une réaction sexuelle plutôt que de vouloir m'enfuir, comme chaque fois que je vois des gens manger – mais pour ma défense, à quoi peut-on s'attendre d'autre quand elle referme les lèvres autour d'un objet à la forme si phallique ?

— Ça vous dérange de me voir manger ? demande-t-elle après avoir dégluti. Prévenez-moi si c'est comme la panna cotta.

— Je vous le dirai.

Je prends l'un des œufs mimosas à l'avocat. Comme elle, je l'avale presque sans mâcher.

— Bien, dit-elle en regardant mes lèvres avec intensité.

Sa voix a pris une note essoufflée qui fait tressaillir mon sexe.

Bordel. Je dois m'éloigner. Tout de suite. Mais pour une raison inconnue, mes pieds refusent de bouger. Nous nous dévisageons, séparés d'à peine trente centimètres, et mon cœur accélère tandis que le moment se déploie – comme j'ai envie que sa fente se déploie autour de mon sexe.

Non, qu'est-ce que je raconte ? Je dois arrêter ça. Tout de suite. *Bougez, pieds. Reculez tout de suite.* Mais ils désobéissent et font plutôt un tout petit pas en avant. J'entends sa respiration se coincer dans sa gorge, je vois ses yeux s'écarquiller quand elle se rend compte de ce qui se passe. Et puis... oh, putain, je me retrouve soudain en train d'embrasser ces lèvres douces et tentantes et – bordel de merde – elle me rend mon baiser. Elle enroule ses bras délicats autour de mon cou et m'escalade presque comme un bébé koala grimperait sur un eucalyptus – je n'ai jamais rien connu d'aussi sexy.

Un aboiement soudain m'arrache au baiser.

Je m'écarte et Lilly fait un bond en arrière, comme si elle s'était brûlée.

Pour une éducatrice canine, les aboiements la rendent bien nerveuse.

La source de ce son est mon chien, bien sûr, mais il n'est pas en détresse, comme je l'ai cru au début. En fait, il nous observe d'un air surexcité et remue la queue autant qu'il peut. À mon avis, il a cru que ce baiser était une forme de jeu et voulait participer.

Lilly et moi nous dévisageons, la respiration irrégulière, puis nous lâchons à l'unisson :

— C'était une erreur.

Je fronce aussitôt les sourcils, et une partie de la chaleur quitte mon corps. Je sais pourquoi j'ai dit ça, mais pourquoi le dit-elle, elle ? C'est moi, son employeur, pas le contraire, et ce n'est pas elle qui...

— Une erreur ? siffle Lilly.

Ses yeux se plissent en fentes, comme ceux d'un renard.

Avant que j'aie pu rétorquer quoi que ce soit, elle tourne les talons et s'éloigne d'un pas vif.

Je baisse les yeux sur le chiot pour voir s'il a compris ce qui vient de se passer.

J'en doute. Il regarde le dos en train de s'éloigner de Lilly, l'air déçu.

Je prends une grande inspiration et la relâche lentement, puis je prends le chien dans mes bras pour me calmer un peu plus. Ça fonctionne — c'est incroyable, l'effet que peut avoir une petite boule de poils sur notre état d'esprit. Il est un peu comme un Xanax qui mange et fait caca.

Je fais de mon mieux pour ne pas penser à ce baiser et le ramène dans la chambre. Je le dépose dans son lit, puis je plonge dans le mien. Je ferme les yeux et essaie de dormir, mais sans le chien pour me distraire, le baiser revient au premier plan de mon esprit. Ainsi que ses retombées. Plus je réfléchis à ces dernières, plus je me sens en colère.

Pourquoi a-t-elle dit que c'était une erreur ? À en

croire *Forbes,* je suis un bon parti, pas quelqu'un qu'on traite comme un champignon au pied.

Elle est peut-être socialiste, ou un autre groupe en « -iste » qui déteste les riches ?

Je n'en sais rien, mais je suis au moins sûr d'une chose : il ne doit plus jamais y avoir de baiser.

CHAPITRE 18
LILLY

Une erreur ?

Comment ose-t-il dire que m'embrasser était une erreur ? Il n'a pas embrassé sa némésis, lui. Il n'a pas embrassé un homme qui semble déjà avoir une petite amie... ou peut-être même une femme.

Je plonge dans mon lit avec colère et donne une tape sur l'oreiller, souhaitant que ce soit son visage.

Ce qui m'énerve le plus, c'est que ce baiser était d'un niveau stratosphérique.

C'était le meilleur que j'aie jamais connu.

Je n'aurais jamais cru qu'un baiser pouvait être aussi incroyable.

Super. Je suis encore plus excitée, maintenant.

Bon, c'est inévitable. Il est temps de me masturber furieusement jusqu'à sombrer dans le sommeil.

Quand j'entre dans la cuisine pour le petit déjeuner, la chance n'est pas de mon côté. Bruce – que j'espérais éviter – est là, et il entame ses œufs Bénédicte.

— Bonjour, dit-il. Je suis content que vous soyez là. J'aimerais discuter de ce que vous avez prévu aujourd'hui.

C'est comme ça qu'il veut la jouer ? En faisant semblant que rien ne s'est passé ?

Très bien. J'en suis soulagée, à vrai dire. La dernière chose dont j'ai envie, c'est de revivre cette humiliation.

— Bonjour, lancé-je avec un engouement forcé. Colossus et moi allons travailler sur l'ordre « assis ».

En entendant son nom, Colossus s'éloigne des pieds de Bruce et court vers moi en remuant la queue.

— Salut, roucoulé-je. Je t'ai manqué ?

Comme en réponse, Colossus se couche sur le dos, exposant son ventre dépourvu de poils.

S'il te plaît, s'il te plaît, je veux une grattouille sur le ventre. Et un biscuit. Peut-être les deux en même temps ?

Je m'accroupis et me fais un plaisir de remplir mes devoirs relatifs à son ventre, puis je prends mes œufs Bénédicte et m'assois sur la chaise à côté de Bruce.

— On va aussi se promener, continué-je. Et je vais lui apprendre à prendre une friandise qu'on lui tend de manière polie.

Bruce hoche la tête d'un air approbateur et je lui explique ce que j'ai prévu d'autre pour la journée, si le temps me le permet.

Tout en parlant, j'observe Bruce à la recherche de signes que ma façon de manger le dérange, mais il semble aller bien. Pourquoi cela me fait-il me sentir spéciale – surtout après le fiasco d'hier soir ?

— Vous êtes socialiste ? demande-t-il soudain.

Je manque de m'étrangler avec ma prochaine bouchée.

— Une socialiste ?

Il me pointe avec sa fourchette.

— Un socialiste, c'est quelqu'un qui pense que les concepts tels que la production et la distribution devraient être gérés par le gouvernement plutôt que des entreprises privées.

— Je sais ce que c'est, rétorqué-je entre mes dents.

— Donc vous admettez en être une ? s'enquiert-il. Ne vous en faites pas. Je ne vous empêcherai pas de travailler avec Colossus pour autant.

Je regarde le chien avec un sourire narquois.

— Vous êtes sûr ? Et si je lui apprenais « travailleurs chihuahuas du monde, unissez-vous ! » ?

— Vous pensez aux communistes, me corrige-t-il. Dites-moi que vous n'en êtes pas une.

— Je ne crois pas.

Je coupe mon repas en petits morceaux avec des gestes furieux.

— Par contre, je pense que les gens comme vous ont trop d'argent.

Il lève les yeux au ciel.

— Ça s'appelle de la jalousie.

Il croit qu'il y a matière à plaisanter ? Sans vraiment le vouloir, je lâche :

— Si quelqu'un connaît une période difficile, je

trouve injuste que votre banque lui prenne sa maison. Si ça fait de moi une socialiste, qu'il en soit ainsi.

— C'est un scénario particulièrement merdique, remarque-t-il d'un ton solennel. Raison pour laquelle, dans *ma* banque, j'ai implémenté un programme de déferrement pour les personnes qualifiées, au lieu du système d'indulgence.

— Un quoi ?

Et pourquoi mes parents n'étaient-ils pas au courant de ça ?

— Le système d'indulgence, c'est quand quelqu'un se voit accorder du temps sans avoir à payer son hypothèque, mais que les intérêts s'accroissent. Le programme de déferrement est similaire, mais sans l'augmentation des intérêts.

— Mais quand même, dis-je en plantant ma fourchette dans un œuf et en le portant à ma bouche. Même votre banque angélique finira par les mettre dehors.

Tout en mâchant, je le mets mentalement au défi de le nier.

Il hausse les épaules.

— C'est malheureux, mais ce n'est pas comme si on avait le choix. Si les gens ne remboursent pas leur prêt, on risque de faire faillite – et comment les autres pourraient faire des prêts, après ça ?

— Et voilà, lâché-je. Tout ce qui compte, c'est l'argent, et pas la vie des gens.

Il pousse un soupir frustré.

— Les banques ne mettent pas un flingue sur la tête

des gens pour leur faire acheter des maisons. Il y a toujours la location, mais tout le monde veut être propriétaire, parce qu'il espère que le prix de sa maison grandira – autrement dit, eux aussi veulent se faire de l'argent dans le futur.

Je suis si énervée que j'oublie de mâcher ma prochaine bouchée avec soin, mais il n'a pas l'air de s'en rendre compte.

— C'est mal, de vouloir la sécurité financière quand on est plus âgé ? demandé-je.

— Pas du tout. Mais devinez quoi ? Vous avez besoin des banques pour…

Quelqu'un laisse tomber une fourchette, bruyamment.

C'est Bob, le chef cuisinier. Il me regarde manger avec une expression horrifiée.

— Je crois qu'il est temps que je m'en aille, dis-je sans m'adresser à personne en particulier.

Je fourre mon restant d'œuf dans ma bouche et attire Colossus avec une miette de biscuit pour qu'on aille se promener.

Derrière moi, j'entends Bruce expliquer à Bob que je suis l'exception à sa « règle des repas en solitaire » – ce qui déclenche à nouveau cette sensation ridicule d'être spéciale. Mais quand j'enfile le casque à crête sur ma tête, je ne me sens plus spéciale, pas sans guillemets sarcastiques autour du mot, en tout cas.

Dès qu'on est dehors, Colossus se met à renifler un buisson, puis lève la patte.

— Bon chien, dis-je.

Mais avant que j'aie pu lui donner une friandise, il lève à nouveau la patte quelques centimètres sur la gauche. Dès qu'il a terminé, il renifle son œuvre et recommence.

— Waouh, lâché-je avec un sourire. Tu avais vraiment envie de marquer ton territoire ici.

Le chiot lève les yeux vers moi, tête penchée.

Évidemment. Je crée une œuvre d'art en pipi – ou comme les critiques d'art appelleraient ça : une œuvre de pipi.

Je lui donne une friandise pour le féliciter, puis je commence à marcher sur le sentier... avant de m'arrêter net, parce qu'une femme séduisante en tenue professionnelle s'avance vers nous – avec de hauts talons, sur le gravier.

Qu'est-ce que ça veut dire ? C'est un domaine privé, alors qu'est-ce qu'elle fait ici ? Est-ce une autre conquête de Bruce ?

— Bonjour, dis-je quand nous sommes assez proches pour que je n'aie pas à hurler.

Même si l'idée de lui hurler dessus est assez tentante.

— Salut, répond-elle d'un ton enjoué. Vous devez être Lilly.

— C'est moi, acquiescé-je. Qui êtes-vous ?

— Je suis Gertrude, répond-elle. Je travaille pour M. Roxford.

Elle regarde Colossus.

— Il m'a dit que le chien devait apprendre la sociabilité, et que je serais la première « inconnue » que le petit bonhomme allait rencontrer.

Ah.

— Vous êtes banquière ?

— Oui, mais je ferais n'importe quoi pour M. Roxford.

Autrement dit, quand il dit « saute », elle saute. Très intéressant.

— Tenez, dis-je en lui jetant un biscuit. Quand il se rapprochera de vous, donnez-lui ça, parlez-lui comme à un bébé et ne faites aucun mouvement brusque.

Nous continuons de marcher.

Quand nous approchons de la femme, Colossus devient plus hésitant – jusqu'à ce qu'il remarque le biscuit dans ses mains. Il a l'air tiraillé, maintenant. Il veut la friandise, mais cette dernière est dans la main d'une inconnue.

— Vas-y, l'encouragé-je d'un ton réconfortant. C'est une gentille dame.

Sûrement.

— Salut, petit bonhomme, roucoule-t-elle. Viens chercher.

Elle agite le biscuit.

L'air d'avoir pris sa décision, Colossus lève bravement le menton et fait un pas déterminé vers la femme. Puis un autre.

— Tiens.

Elle lui tend un morceau de friandise.

Il remue la queue et accepte l'offrande.

Elle recommence et tente de le caresser – il la laisse faire.

Waouh. Il apprend vite. Quand le biscuit est

presque terminé, il semble avoir accepté cette femme en tant que nouvelle meilleure amie.

— Merci, dis-je quand je juge la leçon assimilée. Je vais m'assurer que Bruce sache que vous avez fait de l'excellent boulot.

Elle regarde le chiot d'un air rayonnant, puis moi, avant de se diriger vers une voiture garée non loin.

Quand nous reprenons notre promenade, je remarque une autre voiture garée non loin de là. Cette fois, un homme en sort.

Un autre banquier ?

Ouais.

Ce type-là est plus bavard que la femme, j'apprends donc ce que Bruce a fait – il a recruté toute la branche locale de sa banque dans ce projet de socialisation de chiot.

— Bref, conclut l'homme. Le salaire est très bon, ce chien est adorable et c'est sympa d'avoir une occasion de se faire remarquer par le grand patron.

Je donne une friandise à l'homme et les mêmes instructions qu'à la femme, ce qui permet à la rencontre de se passer plus en douceur.

Sans surprise, une autre voiture se gare dès qu'on a fini. L'homme à l'intérieur porte de grosses lunettes de soleil, et il s'avère qu'il a un bras prosthétique.

Cette rencontre se passe encore mieux, même si je ne donne qu'une moitié de friandise à cet homme-là.

Je commence à croire que Colossus est un chien amical, en réalité. Il fallait juste qu'il en prenne conscience.

La prochaine personne est une vieille dame aux cheveux bleus coiffés comme un pissenlit. Le suivant est un adolescent avec des tresses. Je leur donne un morceau de biscuit un peu plus petit à chaque fois et Colossus se lie d'amitié avec eux, ainsi qu'avec les personnes qui suivent.

Je dois au moins reconnaître un peu de mérite à la banque de Bruce, avec réticence. Une grande diversité de personnes y travaille… dans les branches locales, en tout cas.

— Prêt à rentrer ? demandé-je au chiot quand il semble n'y avoir plus aucune rencontre disponible.

Il regarde au loin avec regret. Je crois qu'il a accidentellement appris une leçon aujourd'hui – il peut se passer des trucs marrants, lors d'une promenade. Enfin, au-delà des reniflements et des créations d'œuvres de pipi.

Quand nous nous retournons, nous découvrons une autre surprise.

Prudence arrive vers nous, et derrière elle marche tout le reste du personnel de Bruce.

— On a entendu dire que tu lui apprenais à être plus amical, dit Prudence d'une voix timide. Est-ce qu'on peut participer aussi ?

— Bien sûr, dis-je en lui jetant un quart de biscuit. Donnez-lui ça et voyez ce qui se passe.

Le pot-de-vin – la friandise, je veux dire – fonctionne comme un charme et Colossus s'empresse d'accepter l'amitié de Prudence, puis de Bob et Johnny.

— M. Roxford sera très content, remarque Johnny après s'être lié d'amitié avec le chien.

— Pourquoi ? m'enquis-je.

— Personne n'a de moustache dans les branches locales, explique-t-il en entortillant la sienne avec fierté. Il m'a dit que c'était ma responsabilité de représenter toute notre communauté.

Ouais. Maintenant, si Colossus rencontre un jour un dictateur moustachu – parce que la plupart d'entre eux en ont une – il restera d'un calme olympien. Ça ne le dérangera pas non plus d'être caressé par un méchant à moustache sur le tournage d'un film de James Bond appelé *Le chihuahua qui m'aimait*.

Avec un sourire, je remercie Johnny et attire Colossus dans le garage avec un dernier morceau de biscuit.

Tout en retirant mon casque ridicule, je me promets de ne jamais me montrer dans la branche locale de la banque de Bruce – même si je ne peux pas faire grand-chose pour faire oublier ma honte à Prudence et aux autres.

Comme d'habitude, Colossus court retrouver Bruce dès qu'on entre dans le manoir, mais quand il se rend compte que je vais à la cuisine, il pivote et vient avec moi.

— Comment peux-tu ne pas être repu ? demandé-je. Avec toutes les friandises que tu as mangées, tu vas sûrement pouvoir sauter le déjeuner.

Colossus rapproche ses oreilles pointues au sommet de sa tête.

Repu ? Je pense que cette sensation est un mythe, comme les Chupacabras, le monstre du loch Ness ou les biscuits comestibles sans sucre.

Je regarde dans le frigo, cherchant un aliment moins calorique avec lequel continuer mon apprentissage, et je tombe sur les concombres à l'air plus frais que j'en ai jamais vu.

Hmm. Bruce a mentionné que Colossus mangeait des concombres, et si c'est vrai, le chien bénéficiera d'une hydratation bienvenue, après sa promenade, en plus de savourer une friandise.

Ablette n'aurait jamais mangé de concombre, alors l'affirmation de Bruce me laisse un peu sceptique.

J'en coupe un petit morceau et le tends au chien.

Waouh. Il manque de m'arracher le doigt dans son empressement à prendre le bout de concombre. Colossus le dévore avec des sons bien audibles signalant une satisfaction profonde, comme un cannibale qui aurait mis la main sur le foie (sûrement) délicieux de Bruce.

— Tu aimes ça, hein ? demandé-je à Colossus.

Sans même que je lui demande, il pose les fesses au sol et me regarde droit dans les yeux – une exécution parfaite de l'ordre « assis ».

Est-ce que j'ai envie de renifler le gros tas laissé par un ours quand il fait caca dans les bois ?

Je lui donne un autre morceau de concombre et prononce le mot « assis » dans l'espoir qu'il associe ce qu'il a déjà fait naturellement avec cet ordre.

Il dévore le concombre avec le même enthousiasme.

J'en coupe un autre morceau et l'approche de son nez, avant de le lever un peu au-dessus de lui – un geste qui pousse les canidés à s'asseoir naturellement. En même temps, je prononce l'ordre.

Oui !

Il s'assoit. Je le félicite à la fois verbalement et avec un morceau de légume cadeau – ou de fruit, si vous êtes pointilleux sur la botanique.

Je répète l'exercice.

Il s'assoit encore.

Et encore.

— Waouh, lâché-je après la cinquième tentative réussie. Tu apprends vite.

Il regarde le plan de travail – où se trouve le reste du concombre – d'un air appuyé, avant de reporter son attention sur moi.

La lune n'est-elle pas faite de fromage ? Le soleil n'est-il pas un gros biscuit tout juste sorti du four ?

Avec un sourire, je coupe le reste du concombre et nous nous entraînons encore un peu à l'ordre « assis » – en n'utilisant que le mot, cette fois.

— Je pense que tu as compris, dis-je quand il ne reste plus qu'un petit morceau de la friandise.

— Compris quoi ? demande Bruce, me faisant sursauter.

Comment un homme aussi massif a-t-il pu se faufiler vers moi de manière aussi furtive ? Ils enseignent le ninjutsu, à l'école des milliardaires ?

— Il a appris l'ordre « assis », expliqué-je.

Colossus – qui s'est levé pour accueillir Bruce –

laisse retomber son derrière poilu sur le sol, avant d'observer ma réaction.

Je lui donne le dernier bout de concombre et lève les yeux à temps pour voir Bruce sourire – c'est aussi saisissant que d'habitude.

— Quelque chose me dit qu'il a été malin.

Ah oui ?

— Nous avons rencontré certains de vos employés, dis-je en me déplaçant d'un pied sur l'autre. Et il s'est lié d'amitié avec eux tous.

Bruce s'accroupit devant le chiot.

— C'est vrai ? Bon chien.

Colossus lève son petit menton et remue la queue autant qu'il peut. À ma stupéfaction, Bruce se met à caresser son chiot sous ledit menton.

Le chien semble apprécier ces caresses encore plus que la nourriture – et je me demande si je me suis trompée, s'agissant des sentiments de Bruce pour Colossus.

Aussi inconcevable que ça puisse paraître, il y a une chance pour que cet homme à l'air impitoyable aime ce chien.

CHAPITRE 19
BRUCE

Entre « assis » et les retours dithyrambiques de mes employés au sujet du caractère « amical » de Colossus quand ils l'ont vu aujourd'hui, ma poitrine gonfle de fierté. Je me sens aussi un peu bête, parce que mon chien vient juste d'apprendre la politesse de base, ce n'est pas comme si mon fils avait obtenu son diplôme avec mention.

Je me rends compte que je suis encore en train de caresser le chien devant Lilly, et qu'elle risque de désapprouver pour une raison d'éducatrice canine ou une autre. Je me redresse.

Hmm. Elle me regarde d'un drôle d'air, mais je ne sais pas si c'est réprobateur ou pas.

— Vous voulez prendre une pause ? proposé-je.

Elle penche la tête, un tic qu'elle a sûrement appris de l'un de ses élèves poilus.

— De quoi ?

— De lui, dis-je en pointant du doigt.

Ses sourcils s'animent et se rejoignent au milieu de son front.

— Pourquoi ?

Je réprime une autre vague d'irritation. D'abord elle fait comme si ce baiser hors du commun n'était jamais arrivé, et maintenant elle remet en doute ma tentative pour être cordial.

— Je vais vidéojouer un peu, articulé-je entre mes dents. Colossus aime s'asseoir sur mes genoux pendant que je fais ça. Ou c'est ce qu'il fait quand je lis, en tout cas. Je me disais…

— Le terme approprié est « jouer aux jeux vidéo », m'interrompt-elle. C'est comme ça que nous autres les « enfants » appelons ça, de nos jours.

Je lui tourne le dos.

— Je vais faire ça, et mon chien vient avec moi.

— Il va bientôt devoir être promené.

Elle semble désapprouver que je lui accorde une pause – et c'est moi qu'on traite d'accro au boulot.

— Je m'en chargerai, dis-je.

Je sens mon sexe remuer quand je me rappelle comment elle m'a enseigné la technique pour promener le chien.

Elle acquiesce avec réticence.

Tout en m'éloignant, je me demande une seconde si Colossus va choisir de rester avec elle au lieu de venir avec moi. Elle l'a beaucoup nourri et il s'avère que son affection est facile à acheter.

Mais non.

J'entends le cliquetis reconnaissable de ses petites griffes sur le plancher de bois.

Une seconde.

Je baisse la tête.

Ouais.

La marée de tapis absorbant a été retirée. Je suppose que Mme Campbell lui fait confiance, maintenant – ou bien elle fait confiance à Lilly pour faire son boulot. Quoi qu'il en soit, un marché est un marché, je sors donc mon téléphone et m'assure que Lilly reçoive ce bonus que je lui ai promis.

Quand j'entre dans la salle multimédia, je n'ai même pas le temps de prendre la console de jeu avant qu'un appel vidéo de ma mère apparaisse sur mon téléphone.

Je dépose Colossus sur mes genoux et décroche.

— Salut, maman.

Son visage ressemble énormément à celui d'Angela… à moins qu'il soit plus exact de dire ça dans l'autre sens ? La biologie a clairement joué un petit rôle dans leur ressemblance, mais les similitudes les plus grandes, et les plus étranges, sont apparues quand ma sœur a convaincu ma mère d'employer son chirurgien esthétique. Ou bien c'était le contraire ?

— Brucy, mon chéri, comment vas-tu ? demande-t-elle.

Même si elle ne fume plus depuis quarante ans, elle parle comme si elle n'avait jamais arrêté.

— Je vais bien. Et toi ?

Je tourne le téléphone pour montrer Colossus sur mes genoux. Sans surprise, au lieu de répondre à ma question, ma mère s'extasie sur son « petit-fils » mignon pendant ce qui me semble durer une heure.

— Ma pause est bientôt finie, prévins-je en tapotant la montre à mon poignet. Tu avais une raison spécifique de m'appeler ?

Je n'ajoute pas qu'en général, elle en a une.

— Je ne peux pas appeler mon fils juste parce que j'en ai envie ?

Je ne sais pas si c'est l'œuvre de la biologie ou de la chirurgie esthétique, mais ma mère pince les lèvres exactement comme le fait ma sœur.

Je soupire.

— Bien sûr que tu peux.

— Tant mieux, répond-elle. Mais il se trouve que je voulais te parler d'un truc.

Je le savais.

Elle esquisse un sourire malicieux.

— Ou devrais-je dire… de quelqu'un ?

Certaines personnes sont incapables de fermer leur bouche.

— Qu'est-ce qu'Angela t'a raconté ?

— Que tu t'étais trouvé une *jolie* nounou pour chien, répond ma mère. Et qu'Angela la déteste déjà.

Je ricane.

— Je pense qu'il n'existe aucune femme au monde qu'Angela approuverait.

Ma mère hoche la tête avec sagesse.

— J'ai confiance en ta capacité à cerner les gens, alors si tu apprécies cette femme, je l'apprécierai aussi.

J'entends ce qu'elle ne dit pas à voix haute – *surtout si ça m'apporte des petits-enfants.*

— Lilly n'est qu'une employée, assuré-je d'un ton ferme.

— Lilly, répète ma mère en remuant un sourcil.

Je ne savais même pas que c'était possible, avec tout ce Botox.

— Ce n'est donc pas Mlle Quel-Que-Soit-Son-Nom-De-Famille ?

C'est comme ça que les rumeurs se répandent, mieux vaut tuer ça dans l'œuf.

— Elle insiste pour se montrer affreusement informelle.

— Et tu acceptes ça ? s'étonne ma mère en agitant à nouveau les sourcils. Le mariage est pour quand ?

— Je dois y aller, annoncé-je, m'apprêtant à raccrocher.

— Attends ! s'exclame ma mère. Je t'avais dit qu'on allait passer te voir ?

Ma paupière droite tressaille.

— Vous allez quoi ?

— Ton père et moi ne vous avons plus revus depuis une éternité, Angela et toi, explique-t-elle.

Elle a dit ça d'un ton un peu trop accusateur, sachant que cette « éternité » n'a duré que deux mois, dans mon cas.

— Puisque vous allez vous retrouver au même endroit, pour une fois, on a décidé que c'était le moment parfait pour vous rendre visite.

Vu que je suis sans voix, je me contente de hocher la

tête pendant que ma mère m'explique leur itinéraire – ayant déjà conclu à mon acceptation inévitable.

— Tu es impatient ? demande-t-elle une fois qu'elle a terminé.

— Oui, dis-je avec un soupir. Mais je ferais mieux de me remettre au boulot. J'ai un projet qui me passionne vraiment et qui…

— Tu es toujours passionné par ton travail, répond ma mère d'un ton désapprobateur. Qu'est-ce que c'est, cette fois ?

Je lui explique que créer notre propre cryptomonnaie nous aidera à implanter des banques dans des parties du monde où il est en général difficile de le faire – et elle me donne son opinion à ce sujet en tant que philanthrope.

— Merci, lui dis-je quand elle a terminé. Mais ne te méprends pas. J'ai l'intention de gagner de l'argent avec ça, au bout du compte.

— Si tu te fais de l'argent en enrichissant la vie des gens, pourquoi pas ? répond-elle.

Je souris.

— Tout à fait.

— Je ferais mieux de te laisser, dit-elle. Mais essaie de répondre à mes e-mails.

— Bien sûr, promets-je.

Je vais devoir déléguer cette tâche à quelqu'un d'autre que mon assistant, parce qu'il est trop sensible. Peut-être *son* assistant ? Plus de quatre-vingt-dix pour cent des vidéos que ma mère envoie aux gens sont des extraits effroyables de quelqu'un en train de faire éclater ses boutons. En fait, elle est tellement obsédée par cette activité dégoûtante qu'elle a fait une école de médecine et est devenue dermatologue spécialisée dans ce « traitement » spécifique.

— N'oublie pas de chouchouter mon petit-fils, dit-elle avec un sourire. On se voit bientôt.

Sur ces mots, elle raccroche.

Je sors Colossus et utilise les techniques de laisse que Lilly m'a apprises – celles qui me donneront des rêves érotiques pendant des années.

Je ne sais pas si c'est à cause de mes nouvelles compétences ou de l'apprentissage général du chien, mais la promenade se passe mieux, cette fois.

À mon retour, je dépose le chiot par terre et le regarde dans les yeux.

— Prêt à retourner avec Lilly ?

Il devient surexcité, ce qui suggère fortement qu'il vient d'entendre « Tu veux un en-cas ? ».

Je le laisse me suivre pendant que je cherche Lilly, mais elle n'est nulle part en vue.

— Tu es un chien, dis-je quand je suis à deux doigts d'abandonner. Trouve Lilly.

Colossus remue la queue et se précipite en avant. Je le suis, certain qu'il me mène à son endroit préféré – la cuisine.

Mais non. Nous dépassons la cuisine, la salle multimédia et la bibliothèque, avant d'emprunter un couloir qui mène à la salle de sport – un endroit où il est rarement allé.

Curieux.

J'entre dans la pièce.

Oh merde.

Lilly est bien ici – en train de faire du yoga. Plus spécifiquement, elle pratique le chien tête en bas. Ou pour le dire autrement, elle est penchée au niveau de la taille, comme si elle était prête pour des ébats brutaux.

Ma respiration se coince dans ma gorge.

Ses fesses fermes sont ahurissantes, dans ce pantalon de yoga moulant. Spontanément, un film pornographique se lance dans ma tête, dans lequel je passe en mode homme des cavernes et réduis ce pantalon de yoga en lambeaux.

Et voilà. J'ai la plus grosse érection de ma vie. Je n'ai jamais pris de Viagra, mais je parie que c'est ce qui se passe quand on en fait une overdose.

Comme pour me narguer, Lilly passe à une position accroupie – et c'est à ça qu'elle ressemblerait en cow-girl inversée, si elle rebondissait sur mon sexe.

Assez. Je me comporte comme un pervers. Mieux vaut partir d'ici avant qu'elle m'ait remarqué, pour courir directement sous une douche froide.

Je fais un pas en arrière, mais c'est trop tard. Le chien remue la queue et se précipite vers le tapis de yoga de Lilly. En un clin d'œil, il est sur le dos devant elle, la suppliant de lui caresser le ventre.

Lilly se redresse et scrute le miroir le plus proche jusqu'à repérer mon reflet. Elle s'agenouille (faisant à nouveau tressaillir mon sexe) et gratte le ventre de Colossus.

— Quand est-ce que tu as largué Bruce ?

— Je sais que vous m'avez vu, grogné-je.

— Quoi ? demande-t-elle.

Elle approche son oreille de la gueule de Colossus comme si elle l'avait entendu murmurer quelque chose – et se fait lécher l'oreille pour sa peine.

— Ah, oui. Il peut être vraiment grincheux, parfois.

— Très drôle, lâché-je.

Elle se tourne enfin vers moi.

— Qu'est-ce que vous faites ici ?

Je m'apprête à lui répondre que le chien m'a mené ici, avant de me rendre compte que ça risque de ressembler à une excuse inventée pour cacher que je suis un pervers voyeur.

Non. Je devrais réfléchir à une meilleure raison.

C'est alors que je prends conscience de quelque chose.

Je suis dans la salle de sport, alors autant dépenser un peu de cette énergie qui parcourt mes veines. OK, ce ne sera peut-être pas aussi efficace qu'une douche froide, mais c'est toujours mieux que rien – et je serai en retard pour ma réunion quoi qu'il arrive.

Ma décision prise, j'annonce :

— Je suis ici pour faire de la boxe.

Les sourcils de Lilly semblent danser la gigue – comme deux chenilles mignonnes sur le point de se transformer en les plus beaux papillons du monde.

— Prudence a mentionné que vous faisiez de la boxe.

— Ah oui ?

J'approche du support le plus proche et prends mes gants.

— Est-ce que tout le monde ici croit que les accords de non-divulgation ne sont que des suggestions polies ?

Lilly grimace.

— Je plaisantais, bien sûr. Elle ne m'a rien dit du tout. J'ai lu que vous faisiez de la boxe sur internet.

— Bien essayé.

Je sors mon téléphone et demande à Johnny de déplacer la réunion à laquelle je suis presque en retard. Le seul avantage à diriger ma propre entreprise, c'est que contrairement à tous les autres, je n'ai pas *besoin* d'être présent aux réunions, sauf si j'en ai envie. Bien sûr, en général, j'en ai envie.

— Bon, dit Lilly. Faites votre truc et je vais essayer le yoga avec chiot.

— Le yoga avec chiot ? répété-je. Ça a un rapport avec la pose du petit chien ?

— Non, répond-elle. C'est exactement ce dont ça a l'air : on fait du yoga entouré de chiots. Ils sont très curieux et câlins, et pour des raisons évidentes, ce type de yoga peut être très apaisant.

Elle prend la pose du cobra – poitrine bombée, dos cambré et bras tendus comme pour faire des pompes, le bas du corps collé au matelas.

De manière prévisible, Colossus pense qu'elle fait tout ça pour lui et saute au creux de son dos pour lui renifler le derrière.

Je ne peux m'empêcher de sourire.

— Les cours de yoga avec chiots incorporent-ils les chiots dans les poses ?

— Oui, et c'est ce que je vais faire aussi, répond-elle en conservant sa position. Quand je ferai la pose du cadavre, je l'encouragerai à monter sur ma poitrine, et pour la pose du lotus, il pourra venir sur mes genoux.

Ce chien a bien de la chance.

— Ça ne me dérange pas tant que Colossus est heureux, et de toute évidence, il s'éclate.

— Super, dit-elle. Je peux faire ça tous les jours, si vous voulez.

— Dites-moi juste quand, dis-je d'une voix ferme.

Pour que je puisse éviter de venir ici en même temps qu'elle, à partir de maintenant.

— OK, répond-elle. Allez boxer, maintenant.

Ah. C'est vrai. Sauf que j'ai un problème. Je ne porte pas mon débardeur habituel. Ni mon short.

Mais après tout, elle ne sait pas ce que je porte quand je m'entraîne, d'habitude. J'ai un caleçon qui pourra passer pour un short, sous ce pantalon, et un tas de gens s'entraînent torse nu.

Voilà. Lilly prend la pose de l'enfant, elle ne peut donc pas me voir. Je me déshabille rapidement, enfile les gants et me mets en position devant le punching-ball.

Quand je commence mon échauffement, je me rends compte que mon arrivée fortuite dans la salle de sport était en fait un heureux hasard. Entre le baiser que j'aimerais oublier et la visite de ma famille qui se profile à l'horizon, j'ai beaucoup d'énergie accumulée en moi – c'est une excellente manière de la dépenser.

Du coin de l'œil, je vois Lilly prendre la pose du pont.

Putain. Comment une position tirée d'une pratique spirituelle ancienne peut ressembler autant à une scène de *Showgirls* ?

Je détourne les yeux de mon éducatrice canine et les rive fermement sur le punching-ball. Je prends une grande inspiration, laisse s'échapper l'air dans un sifflement et enfonce mon poing dans le sac de frappe.

CHAPITRE 20
LILLY

Colossus s'enfuit.

Hmm. A-t-il suivi Bruce ?

Un sifflement attire mon attention – et quand je tourne la tête, toute la sérénité que j'ai accumulée durant cette séance de yoga est balayée par un tsunami d'hormones.

Bruce est torse nu.

Et sans pantalon.

De la sueur perle sur ses muscles saillants.

Par Anubis, même le chien regarde Bruce comme pour dire :

Il a l'air plus masculin qu'une meute de chiens mâles – et tout ça sans avoir à lever la patte.

Bruce donne un coup de poing foudroyant au pauvre sac. Puis un autre.

Même la violence qui tord ses traits est sexy – à tel point que je sens une chaleur indésirable s'accumuler entre mes jambes.

Grr. C'est comme si cet homme faisait exprès d'essayer de me conserver dans un état d'excitation perpétuelle.

Je serre les dents et entame le chat-vache.

Non. Contrairement à toutes les autres fois où j'ai fait ça, je prends une conscience aiguë de mes muscles pelviens – alors je passe au lézard.

Nom d'une pipe. Cette pose est encore pire, et celle du bébé heureux me laisse très insatisfaite. Et me donne envie de ce bébé.

Le problème persiste quand je prends la pose de la charrue, puis de la chandelle, alors je me remets sur mes pieds et tente celle de l'aigle – je me tiens en équilibre sur un pied, croise les bras devant mon corps et recourbe mon pied droit autour de mon mollet gauche.

Oh non.

Avec les jambes croisées comme ça, j'applique une pression sur mon clitoris trop sensible. Si je conserve la poste une seconde de plus, je risque de…

C'est alors que ça arrive. Je jouis au beau milieu de la salle de sport de Bruce – juste devant lui. Bordel de merde. J'ai toujours été excitée par les poils, mais c'est d'un tout autre niveau, cette fois.

Je démêle mes jambes et Dieu merci, aucun gémissement ne s'est échappé de mes lèvres – une prouesse qui m'a demandé un effort de volonté éléphantesque.

— Hé, Colossus, lancé-je d'une voix rauque. Allons apprendre « va chercher ».

Bruce interrompt son massacre pour dire :

— Ses jouets sont près de son lit.

Super. Je vais aller dans la chambre de Bruce.

Au moins, il n'y sera pas.

Je sors de la salle de sport, mais le chien ne me suit pas.

Avec un soupir, je le soulève. Je n'ai pas pensé à amener une friandise ici, et je n'ai donc rien avec quoi l'attirer.

Quand nous sommes dans la chambre de Bruce, je prends quelques jouets et résiste à l'envie puissante de me déshabiller, plonger sur le lit de Bruce et me donner un autre orgasme tout en savourant son parfum sur les draps.

Colossus remarque les jouets et remue la queue.

Bien. Maintenant que j'ai attiré son attention, je l'emmène dans ma chambre et jette le premier jouet – un requin en peluche qui contient un moteur qui lui fait remuer la queue.

Le chiot court après le requin, l'attrape, mais ne le ramène pas.

OK. Je ne vais pas utiliser de nourriture, cette fois. Il a déjà trop mangé aujourd'hui, et puis les jouets sont faits pour s'amuser, et s'il n'a pas envie de jouer, je ne vais pas le forcer. À la place, je fais semblant d'être fascinée par son autre jouet – un petit singe qui couine.

Le pari fonctionne. Dès qu'il remarque à quel point je m'amuse avec le singe, il approche pour l'examiner – avec le requin toujours entre les dents.

Dès qu'il est à ma portée, je le félicite à profusion

pour qu'il sache que je suis contente qu'il soit venu vers moi, puis je jette le singe. Il lâche le requin et court après le nouveau jouet.

Je répète l'opération plusieurs fois, avant d'attendre de voir ce qu'il va faire.

Il me ramène le singe et remue la queue.

— Bon chien, dis-je en prenant le jouet. Merci.

Pas si vite. Il ne lâche pas le jouet – un comportement typique de chien. Au lieu d'aller chercher, il veut jouer à tirer sur le jouet, et pourquoi pas ?

Je joue avec lui, le laissant gagner plusieurs fois. Quand c'est à mon tour de gagner, je jette le jouet.

Il le ramène.

On a déjà parcouru la moitié du chemin.

Nous continuons de jouer comme ça pendant un peu plus longtemps, et je l'observe pour déceler le moindre signe qu'il a besoin d'aller au petit coin – c'est assez courant, après avoir joué. Non. Il se contente de se diriger vers ma pile de vêtements sales et de s'endormir.

Je souris. Ça arrivait souvent avec Ablette aussi, quand c'était un chiot.

Je profite du peu de temps libre que m'offre ce répit pour retirer mes vêtements de yoga, me précipiter à la salle de bain et me rafraîchir, puis m'habiller de manière plus présentable – au cas où je tomberais sur quelqu'un durant le déjeuner.

Personne de spécifique… ça pourrait être n'importe qui.

Une fois habillée, je commence à lire *The Witcher* en attendant que le chiot se réveille. Deux pages plus tard, mon téléphone sonne.

Je décroche aussitôt.

— Allô ? murmuré-je.

— Allô, ouais, répond Aphrodite d'un ton sarcastique. J'exige un rapport complet.

Pour éviter de réveiller Colossus, je vais dans la salle de bain où, avec réticence, je parle du baiser à ma cousine.

Le couinement à l'autre bout du fil est si sonore et aigu que je m'attends à moitié à ce que le chien se réveille même s'il est dans une autre pièce.

— Je te l'avais dit, lance Aphrodite dès qu'elle a repris son souffle. Maintenant, souviens-toi que l'ovulation peut durer entre douze à quarante-huit heures, tu es encore dans cette fenêtre… et tu le seras jusqu'à demain.

— Il fait comme si ce baiser n'était jamais arrivé, dis-je en levant les yeux au ciel. Et jamais je ne le laisserais approcher de mes jambes, de toute façon.

— C'est ça, c'est ça. Il ne se passera rien… tout comme ce baiser n'est jamais arrivé.

Je serre le téléphone plus fort.

— C'est différent.

— Ouais, ouais.

J'arrive à entendre le sourire idiot sur son visage.

— N'oublie pas d'utiliser un préservatif quand ça « n'arrivera pas ». Ou pas… tout dépend des projets que tu « n'as pas ».

— Est-ce qu'il existe un terme similaire à fratricide, mais pour quand on tue sa cousine ? m'enquis-je.

— Hé, je suis de ton côté, réplique-t-elle. Flash info : on est en train de parler d'un milliardaire sexy qui a l'air de bien embrasser, en plus.

— Quand est-ce que je t'ai dit qu'il embrassait bien ?

— Jamais, répond-elle. Mais ce que tu viens de dire en est la preuve.

Mon téléphone sonne, annonçant un appel vidéo de ma mère.

— Je dois y aller, annoncé-je. Ma mère m'appelle.

— Ah oui, répond Aphrodite d'un ton piteux. C'est pour ça que je t'appelais. Il y a une toute petite chance pour que j'aie parlé à ma mère de ton nouveau boulot… et tu sais comment sont les mères.

— Salut, lâché-je avec colère avant de décrocher l'appel de ma mère.

Elle et mon père sont tous les deux à l'autre bout du fil, ce qui ressemble de manière suspicieuse à une réunion de famille.

— Je m'apprêtais justement à vous appeler, dis-je en guise de bonjour.

— Pour nous parler de ton boulot *à domicile* ? demande ma mère d'un ton entendu.

— Oui, c'est ça. Tout s'est passé si vite que…

— Tu as eu le temps d'en parler à Aphrodite, m'interrompt ma mère. Et elle l'a répété à la plus grande commère de la famille.

Ce n'est pas le moment de remettre en question la détentrice de ce titre, mais voilà un petit indice : c'est la personne la plus en colère de n'avoir pas été la première à apprendre une info croustillante.

— Parle-nous de l'homme qui t'a embauchée, demande mon père.

Ma mère se tourne vers lui.

— C'est sexiste. Personne n'a dit que l'employeur riche était un homme.

Mon père soupire.

— Parle-nous de la *personne* qui t'a embauchée.

OK. Autant arracher le pansement tout de suite.

— Bruce Roxford.

Je grimace, m'attendant à de la réprobation, mais leur visage demeure sans expression.

— C'est le propriétaire de cette banque diabolique, précisé-je.

Leur visage est encore plus vide.

Je leur donne le nom de la banque en question.

— Vous savez, ajouté-je. L'endroit où vous avez contracté un prêt.

— Ah, dit ma mère.

— Très bien, renchérit mon père.

Hein ? Très bien ?

— Vous ne devriez pas être bien plus énervés ? Cette banque vous a pris votre maison ?

Ma mère hausse les épaules.

— C'était malheureux, mais ça n'avait rien de personnel.

Ça l'était, pour moi.

— Et puis, reprend mon père. Ils se sont montrés très gentils avec nous, en vérité ; avant l'expulsion, en tout cas.

— C'est un oxymore, rétorqué-je en levant les yeux au ciel.

— Jeune fille, dit ma mère d'un ton sévère. N'insulte pas ton père.

— Ce n'est pas papa, l'oxymore. C'est la phrase « gentils avec nous avant l'expulsion ».

— Mais c'est vrai qu'ils ont été gentils, assure ma mère. D'abord, ils nous ont accordé un délai, puis un déferrement.

Je les regarde, bouche bée.

— Pourquoi c'est la première fois que j'entends parler de ça ?

Mes parents échangent un regard.

— À l'époque, à chaque fois qu'on mentionnait ce fichu prêt, tu essayais de nous donner tout ton argent, finit par répondre ma mère.

— Et tu te lançais dans une diatribe sur l'injustice de la situation, ajoute mon père.

J'aurais pu jurer que mes diatribes concernaient leur banque, et pas la vie en général, mais si c'est comme ça qu'ils s'en souviennent, qui suis-je pour protester ?

— Alors… ça ne vous dérange pas que je travaille pour Bruce Roxford ?

Ma mère me fait un clin d'œil.

— C'est ça. Tu travailles.

— Oui. J'éduque son chien. Qu'est-ce qu'Aphrodite vous a dit ?

Ma mère jette un coup d'œil à mon père.

— Je ne peux pas te le répéter en présence d'un homme.

Argh ! Si elle ne veut pas que papa l'entende, c'est qu'elles ont mentionné l'ovulation, ainsi que l'apparence sexy de Bruce.

Colossus entre dans la salle de bain en trottinant et s'étire devant moi comme un chat.

— Le voilà, lancé-je avec soulagement en tournant la caméra vers le bas. Mon élève.

— Il est si mignon ! couine ma mère.

— Trop petit, grommelle mon père.

Malgré ces paroles, je sais que s'il était là, il câlinerait Colossus tout autant qu'il le faisait avec Ablette, à l'époque.

Colossus se met à renifler d'une manière suspicieuse que je reconnais aussitôt.

— Maman, papa, je dois filer, annoncé-je. Il cherche à aller aux toilettes.

— Tu es dans les toilettes, remarque ma mère.

— Ouais, ça ne lui servira pas à grand-chose.

Je prends le petit bonhomme avant qu'il ait un accident. En général, les chiens n'urinent pas quand ils sont dans vos bras, et ça craindrait s'il me donnait tort cette fois.

— Salut.

Ils me font signe aurevoir et nous raccrochons.

Quand Colossus et moi sommes dehors, il commence à créer ses œuvres de pipi tout le long du magnifique sentier. Puis j'ai comme une impression de déjà-vu quand la même femme séduisante en hauts talons que la veille s'avance vers nous. Je crois qu'elle s'appelle Gertrude.

Mais il y a une différence fondamentale dans cette rencontre. Gertrude a une laisse dans la main, avec un minuscule yorkshire à l'autre bout.

— Vous avez un chien ? lui demandé-je de loin.

Elle hoche la tête.

— L'assistant de M. Roxford a loué des chiens pour tout le monde pour que Colossus puisse se socialiser avec eux.

Waouh. C'est ce qu'on appelle résoudre les problèmes à coups de billets. Où est-ce qu'on peut « louer » des chiens ? Sûrement à quelqu'un de riche, parce que ce yorkshire m'a tout l'air d'avoir un pedigree.

Il est temps de se socialiser. Je regarde dans mes poches et me rends compte que je n'ai pas de friandise sur moi.

Bon, tant pis. C'est pas comme si le petit yorkshire pouvait les tendre à Colossus, de toute façon.

Il s'avère que Colossus *adore* les yorkshires, ou au moins celle-ci, parce qu'il remue la queue et vient la renifler presque aussitôt. Il essaie même de jouer à s'attraper.

— Très mignon, dit Gertrude.

Je suis d'accord, et cette rencontre n'est que le début. La prochaine personne de la branche locale arrive avec un caniche nain – et Colossus l'aime autant que le yorkshire. Pareil pour le shih tzu qui s'ensuit, puis le carlin.

— Tu n'avais peut-être pas besoin de moi pour ça, finalement, dis-je à Colossus après une autre socialisation réussie avec un berger allemand très calme, alias le chien numéro vingt.

— Tu es très amical avec les chiens.

Colossus lève la tête vers moi, haletant après toute cette excitation et étirant les lèvres en ce sourire typique des chihuahuas.

Si les postérieurs humains sentaient aussi bon que ceux des chiens, j'aurais aimé les humains dès le départ aussi. Maintenant, donne-moi un biscuit, s'il te plaît ! Ça fait cent ans que je n'en ai plus eu.

— Tu sais quoi, j'ai un petit creux, moi aussi, dis-je en regardant l'heure.

Effectivement, c'est presque l'heure du déjeuner.

En harmonie avec nos besoins élémentaires, nous faisons un demi-tour serré pour rentrer à la maison. Dès que Colossus est détaché, il se précipite quelque part… sûrement à la cuisine.

Je prends la même direction et découvre Bruce en train de manger.

Il me lance un regard froid.

— Bonjour.

Je regarde autour de moi.

— Le chien est là ?

— Il est censé être avec vous.

D'un coup, la froideur dans son regard se transforme en glace arctique.

J'ouvre la bouche pour expliquer qu'il est parti devant en courant, peut-être pour aller chercher un de ses jouets dans ma chambre, mais le chiot réapparaît à ce moment précis.

Bordel.

Vu ce qu'il a dans la bouche, j'avais à moitié raison. Il est bien parti dans ma chambre pour récupérer quelque chose. Mais ce n'était pas son jouet.

C'était ma culotte.

CHAPITRE 21
BRUCE

J e regarde le morceau de tissu dans la gueule de mon chien, bouche bée.

Est-ce que c'est… ?

Ouais. À en croire la rougeur qui s'est déployée sur le visage de Lilly, c'est bien sa culotte.

Je répète, ce chien a bien de la chance.

Elle fonce la récupérer, mais Colossus décide qu'il veut la garder et esquive ses mains tendues.

— S'il te plaît, dit-elle. Rends-moi ça.

Il remue la queue, mais ne lâche pas la culotte.

Elle doit vraiment être en détresse, parce que la solution est plutôt évidente, et je ne suis même pas éducateur canin.

Je bondis sur mes pieds, me dirige vers le frigo et l'ouvre.

Aussitôt, Colossus lâche la culotte et se précipite pour voir ce que je m'apprête à sortir.

Avec un sourire satisfait, je prends son bol et le dépose au sol.

Comme d'habitude il l'engloutit comme si sa survie dépendait de ce repas.

Lilly saute sur sa culotte, mais j'en ai un meilleur aperçu avant qu'elle la fourre dans sa poche.

C'est un string.

Putain. Ce doit être pour ça que ses fesses étaient si alléchantes, dans ce pantalon de yoga.

Et… je suis à nouveau en érection. Je me rassois à table pour le cacher.

— C'était une bonne idée, marmonne-t-elle.

Elle récupère son déjeuner et le pose à côté de moi.

— Merci.

Je m'apprêtais à la réprimander pour avoir laissé traîner un objet avec lequel mon chien aurait pu s'étrangler, mais ses joues roses me poussent à ravaler mes critiques – en même temps qu'une fourchette de purée de patates douces.

— Ça ne vous dérange toujours pas si je mange ici ? demande-t-elle.

Je secoue la tête, la bouche pleine.

— Le jeu vidéo vous plaît ? s'enquiert-elle.

— C'est addictif, dis-je. Mais pas aussi bien que le matériel d'origine. En parlant de ça, que pensez-vous du livre ?

— Je dois admettre qu'il est génial. Mais je ne suis pas sûre d'avoir envie de le comparer au jeu.

— Bien sûr, dis-je. Parce qu'il l'emporterait.

Elle lève les yeux au ciel.

— Parce que ce serait comme comparer des pommes et des oranges.

— Je ne comprends pas cette expression, répliqué-je. Les pommes sont meilleures, c'est évident.

— C'est le New-Yorkais qui parle, répond-elle. En tant que native de Floride, je suis contractuellement obligée de préférer les oranges.

La conversation dérive vers un autre combat New York contre Floride, mais celui-là est moins échauffé que la dernière fois.

Nous sommes interrompus par Mme Campbell, qui entre dans la pièce avec une pile de carrés verts.

— Ah, les tapis de léchage, dit Lilly. Colossus va enfin pouvoir savourer ses repas.

Curieux, je laisse Lilly étaler un peu de beurre de cacahuète sur l'un des tapis, avant de le tendre au chien pour faire le test.

Intéressant. Il lui faut deux minutes pour faire ce qui lui aurait pris deux secondes en temps normal, et semble déguster sa nourriture au lieu d'être frustré comme je le craignais.

Une fois de plus, Lilly avait raison.

Je vais peut-être lui faire confiance, à partir de maintenant – en ce qui concerne les chiens, en tout cas. Quoi qu'il en soit, c'est très rare, pour moi.

— Je peux vous poser une question privée ? demande Lilly en se remettant à rougir.

— Vous pouvez toujours demander, dis-je à ma grande surprise. Mais rien ne m'obligera à répondre.

— Oubliez ça, dit-elle avec un geste de la main.

— Je ne crois pas que je vais pouvoir. Allez-y, demandez.

Depuis quand fait-elle semblant d'avoir du tact ?

Elle regarde au plafond comme pour chercher l'aide de Dieu.

— Je regrette déjà d'avoir abordé le sujet.

— Abordé *quel* sujet ?

Et pourquoi ma pression sanguine grimpe-t-elle toujours en flèche quand elle est dans le coin ?

— Très bien, lâche-t-elle avant de se mordre la lèvre. Est-ce que votre misophonie vous complique la tâche quand vous voulez sortir en rencard ?

Je fronce les sourcils. C'était peut-être une erreur d'insister. Mais pour une raison inconnue, je me sens poussé à répondre :

— Les gens peuvent sortir en rencard sans avoir à manger ensemble. Il y a les musées. L'opéra. Le golf.

Est-ce que j'en fais trop avec les activités que les gens considèrent comme des clichés de riches ?

— Vous avez raison, répond-elle. Je suis désolée.

Je pousse un soupir.

— Non. Je vois ce que vous voulez dire. J'imagine que ça poserait problème dans une relation sérieuse, surtout après avoir emménagé ensemble, ou ce genre de trucs. Aucune de mes relations n'a jamais été sérieuse, et j'ai toujours rencontré des femmes prêtes à tolérer quelques excentricités – surtout quand elles recevaient des cadeaux couverts de diamants.

Elle lève les yeux au ciel à cette dernière remarque – comme je m'y attendais. Elle a clairement un côté socialiste, ou quel que soit le nom qu'on donne aux gens qui n'aiment pas les riches.

— Donc…, reprend-elle avec prudence. Votre petite amie actuelle ne vous a jamais vu manger ?

Je repose ma fourchette.

— Ma petite amie *actuelle* ?

Qu'est-ce que c'est que cette créature imaginaire ?

— La première mère de Colossus, précise-t-elle timidement. Vous savez… la femme de l'appel vidéo.

— Angela ?

Elle hoche la tête.

J'émets un petit rire.

— C'est ma sœur… et je suis fan du *Witcher*, pas du *Trône de Fer*.

Les joues de Lilly redeviennent écarlates et je réprime l'envie étrange d'en pincer une.

— Maintenant que vous le dites, c'est bien plus logique. Pourquoi auriez-vous adopté son chien, sinon ?

— Ne me lancez pas sur ce sujet. C'est ma sœur, et je me demande encore pourquoi j'ai dit oui.

Elle baisse la tête.

— Je crois que je sais, moi.

Si elle veut dire que le chiot est trop mignon pour résister, elle marque peut-être un point – non pas que je sois prêt à l'admettre à voix haute. Encore moins quand ce petit fauteur de troubles m'écoute. C'est comme ça qu'on se retrouve avec un chien pourri gâté.

— Et vous ? demandé-je.

Elle bat de ses cils épais.

— Quoi, moi ?

Bien tenté.

— Est-ce que le fait d'être socialiste interfère avec *votre* vie amoureuse ?

Elle ricane.

— Je n'ai pas vraiment de vie amoureuse à proprement parler.

Pourquoi est-ce que cette réponse me plaît ?

— Rien de sérieux ? insisté-je. Jamais ?

Une seconde. Je devrais faire marche arrière. Au boulot, le chef des ressources humaines me ferait remarquer que ce genre de question est inapproprié.

Le pire, c'est qu'elle fronce les sourcils – ce qui est très rare, pour elle.

— Je n'ai jamais eu qu'un seul petit ami sérieux, explique-t-elle avant que j'aie pu rétropédaler. Mais ça s'est mal terminé.

Ma nourriture perd soudain toute saveur.

— Qu'est-ce qu'il a fait ?

Et – sans aucun rapport – combien coûte un assassin, de nos jours ?

Mon ton doit être plus abrupt que je le voulais, parce qu'elle a un mouvement de recul.

— Il ne m'a pas fait de mal, ou quoi que ce soit de ce genre… si c'est ce que vous croyez. Il était du genre à s'emporter facilement, et on s'est souvent disputés devant mon chien… qui réagissait exactement comme Colossus l'a fait quand on s'est disputés l'autre jour.

J'éprouve une pointe de culpabilité à ce souvenir et

prends une tranche de concombre dans ma salade pour la lancer à mon chien. Il se fait une joie de la dévorer.

— Mais ensuite, continue-t-elle, quand Ablette est tombé malade…

— Une seconde, l'interromps-je. Vous êtes sortie avec quelqu'un qui s'appelait Ablette ?

Ce serait une trop grosse coïncidence, sachant que ce type a tout l'air du genre que j'ai envie d'écraser.

— Non. C'était le nom de mon défunt chien, précise-t-elle. Mon ex s'appelait Ennis.

Ça ne sonne pas beaucoup mieux – il suffirait d'ajouter un « p » et d'enlever un « n » pour le transformer en « pénis », et ce type ressemble tout à fait à ça. Ou plutôt à une tête de bite, pour être plus précis.

C'est alors que je comprends.

— Ablette est une référence au nom du cheval du *Witcher*, c'est ça ?

Elle est *vraiment* autant fan des jeux que je le suis des livres.

Elle hoche la tête.

— Donc, comme je le disais, quand Ablette a eu besoin d'être opéré, Ennis pensait que c'était gaspiller de l'argent. On a eu une grosse dispute et j'ai fini par décider de rompre avec lui.

Je resserre les doigts autour de ma fourchette.

— Quel genre d'homme fait passer l'argent avant la vie d'un chien ?

— C'est bien une question de riche, répond-elle.

— Touché. Qu'est-ce qui s'est passé ?

— J'ai décidé que cette opération valait la peine de dépenser de l'argent et grâce à ça, Ablette a pu vivre deux merveilleuses années de plus. L'argent le mieux dépensé de ma vie.

— Je vais parler à ma mère, annoncé-je d'un ton ferme. Ça l'intéressera peut-être de lever des fonds pour prêter de l'argent aux gens qui en ont besoin pour financer les soins d'un de leurs proches, qu'il soit humain ou sur quatre pattes.

Son regard s'illumine.

— Excellente idée. J'ai lu des articles sur les actions philanthropiques de vos parents. Je trouve que c'est l'une des choses les plus admirables que peuvent faire les gens riches.

Karl Marx pensait-il la même chose ? Je me demande quel serait son point de vue sur mon projet philanthropique personnel – celui que je me suis récemment senti prêt à affronter.

— Ce ne sont pas mes parents au pluriel, précisé-je plutôt. C'est ma mère qui gère l'aspect philanthropique. En parlant de mes parents… ils vont passer ici. Angela aussi. Avec son *vrai* petit ami. Qui n'est pas moi.

— Ah ah. Mais waouh. C'est si excitant.

— C'est la réaction de quelqu'un qui a une famille normale.

Elle manque de s'étrangler avec sa purée.

— Vous croyez que *ma* famille est normale ? Durant notre dernier séjour à la plage, ma mère a rasé les poils du torse de mon père en forme de soutien-gorge. Il s'est baladé comme s'il portait un bikini en poils d'ours.

Je ne peux m'empêcher de sentir un sourire étirer mes lèvres.

— Il y a quelques années, le meilleur ami de mon père lui a demandé du Tylenol parce qu'il avait la gueule de bois. Pour lui faire une farce, mon père lui a donné une pilule spéciale à quatre cents dollars à la place, qui colore les excréments pour donner l'impression qu'ils sont en or.

Elle écarquille les yeux, alors je continue.

— Et si ça ne vous suffit pas, sachez que ma mère a fait construire une salle des urgences chez mes parents.

— Une seconde, dit Lilly en faisant semblant d'être choquée. Vous n'avez *pas* de salle des urgences sur ce domaine ?

Je souris pour de bon, cette fois.

— Vous avez raison. C'est un oubli impardonnable de ma part. Si je faisais une crise cardiaque, je devrais aller dans le même hôpital que les *vulgum pecus*.

Elle arque l'un de ses sublimes sourcils.

— Les *vulgum pecus* ?

— Ça veut dire la plèbe.

Ou le prolétariat, comme l'appelleraient ses camarades.

Elle frissonne de manière théâtrale.

— Oh non. Vous parlez de ces misérables crasseux qui font partie des 99,999 % ? Je ne voudrais surtout pas avoir à me mêler à des gens comme eux.

— C'est une bonne transition pour ce qu'on va faire cet après-midi, remarqué-je.

Au départ, je comptais l'envoyer faire ça toute seule, mais je suis d'humeur à me joindre à elle, maintenant.

— On va se shooter au caviar ? demande-t-elle. Transformer le caca en diamants ?

Je secoue la tête.

— On va au zoo.

— Oh. Vous n'avez pas peur des *vulgum pecus* qui seront là-bas ?

— Ils ne seront pas un problème, aujourd'hui, dis-je. J'ai réservé tout le parc.

Elle en reste bouche bée.

— Pourquoi ?

Je montre le chien d'un geste – comme toujours, il est assis à mes pieds, cherchant à nous pousser en silence à laisser tomber une bouchée de notre assiette.

— Vous m'avez dit qu'il devait se socialiser avec les animaux.

— Des animaux qu'il pourrait rencontrer dans la vraie vie, comme les chats ou les écureuils. Pas des lions.

Je hausse les épaules.

— J'imagine que s'il est à l'aise avec un lion, il restera calme devant un chat. Et s'il n'a pas peur devant un capybara, aucun autre rongeur ne l'effraiera, que ce soit un écureuil ou un rat new-yorkais.

Elle secoue lentement la tête.

— Très bien, mais pourquoi avoir réservé tout le zoo ?

Je plisse les yeux.

— Comment pourrions-nous garder le contrôle de la situation s'il y a des clients normaux tout autour ?

— Je suppose que c'est logique, d'une manière tordue… dans un univers où vous essayeriez de dépenser autant d'argent que possible.

— Vous pensez qu'on ne devrait pas y aller ?

Rien que de poser la question me déçoit, pour une raison inconnue.

— Vous pouvez vous faire rembourser ? demande-t-elle.

— Bien sûr que non. Le parc est déjà vide.

— Dans ce cas-là…

Elle baisse les yeux sur Colossus et affiche un grand sourire.

— On va au zoo.

CHAPITRE 22
LILLY

Pendant que je m'habille et me maquille pour cette visite au zoo, je me surprends à me sentir un peu trop enthousiaste – comme si je me préparais pour un rencard.

Qu'est-ce qui me prend ? Est-ce parce que j'ai appris que Bruce était célibataire ? Ou parce qu'il m'a confié ses déboires amoureux – à supposer qu'on puisse considérer ce qu'il m'a dit comme des « déboires » ?

Je réfrène mon enthousiasme, mais me mets quand même sur mon trente-et-un – et pourquoi pas ? Il y aura peut-être un gardien de zoo mignon devant l'enclos des gorilles.

Quand je reviens dans la cuisine, le chef est en train d'expliquer les repas qu'il nous a préparés, à Colossus et nous. Il a même découpé un concombre en guise de friandise et fait cuire de petits biscuits.

Colossus lance un regard d'envie à la glacière où sont stockées ses friandises.

— Tu ne viens pas de prendre ton petit déjeuner ? lui demande Bruce.

Colossus détourne les yeux de la glacière pour lancer à son humain un regard qui ferait fondre le cœur de Cruella De Vil, la Méchante Sorcière de l'Ouest et Martha Stewart combinées.

Je veux un goûter, maintenant. Le petit déjeuner était il y a une éternité. Une éternité, je te le dis. Comment est-ce que je pourrais continuer à fonctionner l'estomac vide ?

Bruce secoue la tête d'un air contrit, s'avance vers la glacière et en sort l'une des tranches de concombre.

OK. Il ne prend même plus la peine de le cacher – il est dingue de ce chiot – et c'est aussi sexy que quand il fait de la boxe.

Il le nierait sûrement, si je l'accusais d'être amoureux du chien, mais je reconnais les signes. Je commence à en montrer aussi.

— La limousine est prête, nous informe Johnny tout en prenant la glacière.

Quand nous montons dans la limousine, je pointe du doigt l'objet semblable à un sac qui est fixé au siège et demande ce que c'est à Bruce – même si j'ai bien une théorie.

— Un siège de voiture pour le chien, explique Bruce.

C'est bien ce que je pensais.

— Il a été fait sur mesure et a été soumis à des crash-tests.

Et voilà. Un autre signe qu'il adore ce chien.

Est-ce qu'il a fait avoir un accident à une autre

limousine pour tester ce siège de voiture pour chien ? Ça ne me surprendrait pas. S'il existe plusieurs façons de faire quelque chose, Bruce choisira toujours celle qui coûte le plus cher.

Après avoir sanglé Colossus au siège – il y a des sangles semblables à un harnais, et tout – Bruce s'assoit sur le siège adjacent et m'invite à « mettre ma ceinture », avant de le faire lui-même.

Je suppose qu'il veut que je m'installe aussi près de mon élève que possible – et il se trouve que ça me place aussi juste à côté de Bruce. Je m'assois donc, prête à m'écarter de quelques sièges si Bruce l'exige, parce que c'est presque comique d'être assis aussi près dans une limousine vide.

Non. Soit Bruce s'en fiche, soit ma proximité ne le dérange pas.

Par contre, je ne suis pas sûre que ça ne me dérange pas non plus. J'ai encore des flash-back intermittents de sa séance de boxe, et nous sommes assez proches pour que je sente la chaleur émanant de son corps puissant et détecte le parfum délicieux du concombre sur ses doigts. Ça me donne envie de lécher…

— Est-ce que j'interromps votre programme avec cette visite ? demande Bruce, me tirant de ma rêverie inspirée par mes hormones.

Je hausse les épaules.

— C'est pas comme si j'aidais Colossus à réviser pour ses examens de fin d'année.

Colossus doit savoir qu'on parle de lui, parce qu'il remue la queue.

Je veux bien passer les examens de fin d'année, si j'ai droit à un biscuit en récompense. Et un concombre. Et des grattouilles sur le ventre. Mais surtout un biscuit.

La limousine se met en route et nous roulons en silence pendant une minute ou deux. J'ai l'impression que Bruce le trouve confortable, même si pour moi, il est un peu gênant.

— Qu'est-ce que vous faites pour vous amuser ? lâché-je avant de grimacer aussitôt.

Malgré notre destination aux allures de rencard, ce n'en est pas un – cette question est typique d'un rencard, par contre.

À mon grand soulagement, il ne me réprimande pas pour ma curiosité. Au lieu de ça, il plisse le front, comme si « s'amuser » était un concept auquel il devait réfléchir tout autant qu'au sens de la vie, de l'univers et du nombre quarante-deux.

— Définissez « s'amuser », finit-il par répondre.

Je ricane sans le vouloir.

— On s'amuse quand on fait quelque chose qu'on aime.

— Eh bien… j'aime mon travail.

— Non, rétorqué-je. J'aime éduquer les chiens, mais je ne peux pas répondre « le travail » si quelqu'un me demande ce que je fais pour m'amuser. Je dirais les jeux vidéo. Ou aller jouer au bowling avec ma cousine. Ou aller à la plage pour regarder le soleil se coucher. Ce genre de trucs.

Il lève les yeux au ciel.

— Très bien. La lecture.

C'est à mon tour de lever les yeux au ciel.

— Sans déconner. Laissez-moi deviner – vous aimez les livres du *Witcher*. Je dois être voyante.

— J'aime faire la cuisine, ajoute-t-il avec réticence.

— Voilà qui est mieux.

En moi-même, je me demande pourquoi quelqu'un bénéficiant d'un chef personnel voudrait faire la cuisine. Mais peut-être que je me pose cette question parce que je serais incapable de faire la cuisine même si ma vie en dépendait, et parce que je n'aime pas ça.

— Autre chose ?

Il secoue la tête.

— Je n'ai le temps pour rien d'autre. Je bénéficie de cent douze heures d'éveil par semaine, et je travaille pendant quatre-vingts d'entre elles. Parmi les trente-deux restantes, j'en passe sept à faire du sport et environ vingt et une à manger et à satisfaire mes autres besoins corporels. Ce qui ne me laisse que quatre heures de temps libre, soit environ une demi-heure par jour. La plupart des hobbies requièrent plus de temps, mais la lecture est une activité idéale, tout comme la cuisine.

Je ne sais pas si je devrais me moquer ou avoir pitié d'un milliardaire qui a si peu l'occasion de s'amuser dans sa vie.

— Vous ne faites pas de balades dans votre immense domaine ? demandé-je. Vous ne pêchez pas dans les lacs, vous ne faites pas de kayak ? Vous ne regardez pas de film dans votre cinéma privé ? Vous ne nagez pas…

que ce soit dans votre piscine géante ou sur votre plage privée ? Ou bien…

— Pas le temps, m'interrompt-il. Mais je ferai peut-être tout ça. Un jour.

Je pousse un soupir frustré.

— Tout cet argent est gaspillé, avec vous.

Les muscles de sa mâchoire tressautent.

— Si j'avais envie de m'amuser, je n'aurais pas tout cet argent, réplique-t-il en englobant la limousine chic d'un geste.

Je balaie sa réponse de la main comme si c'était une mouche exaspérante.

— Si vous ne prenez pas le temps de vous amuser, quel est l'intérêt de gagner tout cet argent ? Et puis vos parents sont riches, vous auriez de l'argent même si vous ne travailliez pas comme un dingue.

Il ricane.

— Je crois que vous ne comprenez pas la différence entre les milliardaires comme moi et les millionnaires comme mes parents.

Je n'arrive pas à croire qu'il a dit ça d'un ton sérieux.

— Je suis sûre que cette différence n'est pas aussi vaste que celle qui sépare les millionnaires des gens comme moi.

— Faux, rétorque-t-il. Si vous gagnez un salaire de classe moyenne, vous pouvez accumuler un million en une vingtaine d'années. Pour gagner un milliard, il faudrait vingt-deux mille ans.

— Je crois qu'on a trouvé votre hobby, remarque-t-elle. Les calculs inutiles et l'accumulation de plus d'argent que vous ne pourrez jamais en dépenser.

Il sourit d'un air narquois.

— Le prolétariat a parlé, encore une fois.

— Tout comme la bourgeoisie, répliqué-je avec un soupir contrarié.

La limousine s'arrête et je jette un œil par la vitre.

On n'est pas au zoo. En fait, je crois qu'on n'a même pas encore quitté l'énorme domaine.

— C'est l'héliport, explique Bruce.

Je défais ma ceinture.

— L'hélicoptère était un indice assez flagrant.

— Désolé si on a mis autant de temps à arriver, dit Bruce. J'aurais dû construire l'héliport plus près de la maison.

— Ouais, je déteste ça, moi aussi, quand je dois rouler jusqu'à mon hélicoptère. Quel est le rapport entre l'hélico et le zoo ?

— Il va nous amener là-bas, répond-il avec un sourire.

Je déboucle le harnais de Colossus.

— Vous vous rendez bien compte qu'on vient de parcourir environ la moitié de la distance nécessaire pour se rendre au zoo ?

Il exagère vraiment, avec cette obsession pour tout faire de la manière la plus coûteuse possible.

Bruce déboucle sa ceinture.

— On ne va pas au zoo de Palm Beach.

— Ah non ?

— Je préfère celui de Miami.

Il me tient la portière ouverte pendant que le chauffeur récupère la glacière.

— Miami ? murmuré-je à Colossus. Je m'attendais à moitié à ce qu'il me dise qu'on allait au Zoológico de Chihuahua… au Mexique.

Nous sortons de la voiture et nous dirigeons vers l'hélicoptère, où un pilote nous attend déjà.

— Colossus a déjà pris l'avion ? demandé-je à Bruce pendant qu'on s'assoit.

— Quelques fois, répond-il. Je crois qu'il aime ça.

Hmm. Devrais-je lui admettre que je suis vierge des hélicoptères ?

Non.

Je me contente de m'attacher et ravale mon cœur surexcité dans ma gorge.

Les moteurs rugissent et nous décollons.

Le bruit est si assourdissant qu'il nous est impossible de parler – ce qui ne me dérange pas, vu que j'ai juste envie d'admirer le paysage magnifique en contrebas.

À mon grand étonnement, Bruce sort la Nintendo Switch et se met à jouer à *The Witcher 3*.

Il est un peu trop pourri gâté, on dirait. Même si j'étais déjà montée dans cet hélicoptère un millier de fois, j'aurais quand même envie de regarder par la fenêtre – et je suis la plus grande fan de ce jeu vidéo, pourtant.

L'hélicoptère atteint sa destination bien trop vite et atterrit sur un parking désert qui n'est pas du tout un héliport. Je suis sûre que seuls les gens comme Bruce ont la permission de faire un truc pareil.

Nous nous détachons et abandonnons notre moyen de transport sophistiqué pour nous diriger vers l'entrée du zoo.

Je tiens Colossus en laisse, et il doit déjà sentir les animaux tout proches, parce qu'il remue la queue avec enthousiasme.

Avant qu'on ait pu pénétrer dans le zoo proprement dit, un homme âgé, échevelé et à l'air austère, arrive vers nous avec une désapprobation presque palpable.

— Monsieur Roxford , lâche-t-il d'un ton entre la question et la déclaration.

— Oui, répond Bruce en tendant la main. Et vous êtes ?

— Je suis le *docteur* Smith.

Il prend sa main tendue comme s'il voulait la garder.

— D'après le président, vous avez besoin d'une personne dotée d'un doctorat en zoologie pour votre petit rencard ?

Petit rencard ? Il parle de moi ? Et j'espère que ce « président » est la personne en charge du zoo, et pas de ce pays.

Bruce arrache ses doigts de cette drôle de poignée de main.

— Pardon ?

Le Dr Smith plisse son nez semblable à un bouton.

— J'essayais de vous faire comprendre que j'avais

plus important à faire que de jouer les guides touristiques améliorés.

Je n'ai jamais vu quelqu'un se tromper à ce point de cible vers laquelle diriger sa mauvaise humeur. L'expression de Bruce devient presque arctique, et je m'attends à moitié à voir des gouttes d'eau se condenser sur sa peau, comme une canette de soda qui sort du frigo.

— Il y a eu un malentendu, répond-il, chaque mot dégoulinant de nitrogène liquide. Nous n'avons pas besoin de l'aide d'un peigne-cul pompeux.

Comme pour ponctuer ces paroles, Colossus grogne sur le Dr Smith – il a sans doute senti la colère de Bruce.

— Vous comptez emmener ce rat poilu dans le zoo avec vous ? demande le Dr Smith d'un air horrifié.

Colossus regarde Bruce, puis moi – il doit se demander s'il devrait passer au niveau supérieur et remplacer les grognements par des aboiements.

Je ne suis pas un rat. Je ne trahirais jamais mes camarades, même pour un concombre... peut-être même pas pour un biscuit.

— Écoutez, monsieur, intervins-je.

Mieux vaut empêcher Bruce d'assommer cet idiot, ce qui l'obligerait à payer une somme à sept chiffres pour éviter un procès.

— Vous dites que vous êtes occupé... super ! Et si vous alliez faire ce que vous avez à faire ?

Se faire cuire un œuf, de préférence, mais je n'étais pas difficile.

— C'est ça. Contentez-vous de ne pas entrer dans les enclos, répond le Dr Smith d'un ton sarcastique. Et ne quittez pas cette bestiole des yeux, ou quelque chose la mangera.

Il indique Colossus.

— Merci de vos conseils, dis-je en levant les yeux au ciel. Et si vous alliez pelleter de la merde de gorille, maintenant... ou quelles que soient vos attributions ici ?

L'expression de Bruce se réchauffe aussitôt. Il sort l'un des petits biscuits préparés par le chef et le donne à Colossus. D'un coup, ce dernier pardonne tout... et oublie.

Avec un soupir contrarié, le Dr Smith tourne les talons et s'éloigne. Sans surprise, il marche comme s'il avait un balai dans le cul.

— Après vous, dit Bruce en me faisant signe d'entrer en premier avec Colossus.

Nous nous exécutons et malgré ce départ un peu agaçant, je commence à me sentir excitée.

Cela ne fait que se renforcer quand Bruce me révèle qu'il a loué un vélo pour deux personnes style caddie de golf pour nous permettre de parcourir le parc en pédalant plutôt qu'en marchant.

— Pourquoi ? m'enquis-je.

— Vous savez comme Colossus aime marquer son territoire ?

Je hoche la tête.

— Nous n'irons pas loin, si nous traversons le zoo à pied, mais ceci devrait nous aider. Ça vous dérange ?

— Bien sûr que non, dis-je, et c'est presque vrai.

Si ça me dérangeait, ce serait parce que ce moyen de transport fait beaucoup penser à un rencard. Ou devrais-je plutôt dire que c'est *romantique* ?

— Super.

Bruce attache Colossus sur le compartiment du vélo d'habitude réservé aux enfants.

— Vous voulez conduire ?

Je m'installe de bonne grâce sur le siège de vélo en face du faux guidon.

— Puisque c'est vous qui payez, je peux au moins vous laisser conduire.

D'un autre côté, il a généralement un chauffeur pour l'emmener partout, alors peut-être...

Non.

Je sens qu'il est emballé à l'idée de conduire. Comment expliquer l'enthousiasme avec lequel il se met à pédaler, sinon, faisant avancer le tandem sans mon aide ?

Je commence à l'aider au bout d'une minute, mais nous nous arrêtons très vite, à côté d'un enclos qui semble, vide, au début – il y a juste un fossé autour d'une île au centre de laquelle se dresse un temple indonésien.

Le petit museau de Colossus devient hyperactif, il y a donc clairement un animal à renifler, même si on ne le voit pas.

C'est alors que j'en repère un.

Un tigre.

CHAPITRE 23
BRUCE

Quand elle voit le félin géant, Lilly se raidit, mais Colossus se contente de regarder la machine à tuer avec un air curieux qu'il réserve d'habitude à ses jouets en peluche, aux aspirateurs robots et aux chaussures neuves.

Note à moi-même : si je vais en safari un jour, le chien restera à la maison, parce qu'il risquerait d'aller renifler le postérieur d'un tigre à la première occasion.

Tirée de ses pensées, Lilly récompense le comportement décontracté de Colossus avec une friandise. Puis nous continuons notre chemin, ne nous arrêtant que lorsque nous repérons un crocodile non loin.

Cette fois, Colossus a l'air un peu perturbé par ce qu'il voit, et ça vaut sûrement mieux, sachant que la Floride regorge des cousins alligators de cette créature, et que peu de chihuahuas survivraient à une tentative pour faire ami-ami avec eux. Puis comme pour tenter de prouver qu'il est très mauvais pour différencier les animaux dangereux de ceux qui sont inoffensifs, Colossus se met à aboyer sur un tapir de Malaisie.

— Je sais, mon chéri, dit Lilly d'un ton apaisant. Ce truc ferait mieux de décider s'il est un cochon ou un fourmilier.

Ses paroles parviennent à calmer le chiot, et dès qu'il est silencieux, elle encourage ce comportement avec un biscuit.

— Les tapirs sont des cousins des chevaux et des rhinocéros, en réalité, ne puis-je m'empêcher de préciser.

Lilly me tire la langue.

— Moi qui croyais que j'avais échappé aux leçons ennuyeuses, en nous débarrassant du Dr Smith.

Merde. Devrais-je lui interdire de recommencer ça, ainsi que tout autre geste impliquant sa langue délectable, surtout pendant que j'essaie de pédaler ? Les vélos et les érections ne vont vraiment pas ensemble.

Non, mauvaise idée. Au mieux, je pourrais le lui demander poliment. Mais connaissant son esprit de contradiction, ça reviendrait à lui donner un biscuit. Elle le ferait encore plus.

Colossus se remet à aboyer, devant un orang-outan, cette fois.

— Chut, lui dit Lilly d'un ton rassurant.

Elle se tourne vers moi et dit en souriant :

— Même si on ne peut pas lui en vouloir. Il doit penser que c'est votre chef, tout nu.

J'éclate de rire. Maintenant que Lilly l'a fait

remarquer, je dois avouer que la ressemblance est troublante.

Le chien semble se calmer en m'entendant rire, et Lilly lui redonne une friandise avant qu'on passe à l'enclos des ours lippu.

Bien sûr. Colossus remue la queue en les voyant.

— Vous croyez qu'il est assez intelligent pour lécher les bottes aux animaux dangereux ? demandé-je à Lilly. Et n'importuner que ceux qui ne peuvent pas le manger ?

— Je suis à peu près sûre que le chef... l'orang-outan, je veux dire, pourrais être dangereux pour un chien de la taille de Colossus.

Nous continuons notre route et Colossus me donne tort en exprimant de la joie à la vue des suricates, avant d'aboyer sur un éléphant. Il remue la queue devant l'enclos des lions, mais fait la même chose devant un chameau.

— Il décide peut-être de l'attitude à avoir selon l'odeur ? marmonné-je. Ou la forme des nuages au-dessus de nous ?

Lilly indique quelque chose devant nous d'un geste.

— Le prochain arrêt devrait être intéressant.

Elle a raison. Dans le prochain enclos, nous découvrons des lycaons.

Hmm. Leur odeur doit être assez semblable à celle de chiens ordinaires pour donner envie à Colossus de leur renifler le derrière, parce qu'il a l'air déçu de ne pas avoir le droit de le faire.

Nous pédalons jusqu'au prochain enclos, qui contient les hyènes.

Colossus se met à grogner.

— Je sais, mon chéri, le rassure Lilly. Personne ne les aime. Pas depuis qu'elles ont aidé Scar à réaliser ses plans diaboliques contre Simba et Mufasa.

Mais les hyènes ne se rachètent-elles pas en éliminant Scar, à la fin ?

Quelle que soit sa raison de ne pas les aimer, Colossus semble de mauvaise humeur et aboie sur les gazelles, puis les antilopes, les oryx et les addax.

— Peut-être qu'il ne les aime pas à cause de toutes ces cornes, suggère Lilly avec un grand sourire. Réfléchissez-y : ils sont gros et leurs cornes sont dressées.

J'émets un petit rire et n'ajoute pas que si l'on suit cette logique, Colossus devrait aussi m'aboyer dessus, vu que je suis dressé aussi. La proximité de Lilly m'excite plus qu'un ado qui vient de découvrir internet.

À mesure qu'on avance, les préférences et aversions de Colossus semblent de moins en moins logiques. Il est content de voir l'hippopotame pygmée, mais pas le rhinocéros noir, il aboie sur les gorilles, mais il est ravi de découvrir les chimpanzés – même si ces derniers ont l'air de jouer à la patate chaude avec leurs excréments. Après ça, il remue la queue en repérant les girafes, mais il grogne sur leurs cousins proches, les okapis.

Nous continuons jusqu'à être devant les tortues

géantes des Galápagos – qui se trouvent être en pleins ébats effrénés quand nous approchons.

Lilly rougit et se racle la gorge.

— Eh bien. C'est embarrassant.

Ouais. On dirait deux tanks en train de s'envoyer en l'air au ralenti, et le chien a l'air fasciné par le spectacle, tandis que je me sens juste jaloux.

— Ils en mettent, du temps, remarque Lilly au bout de quelques minutes à les observer d'un air fasciné. Ils doivent pratiquer le tantra de tortues.

— Ce sont les créatures vertébrées les plus anciennes encore existantes, dis-je. Il serait logique que leur coït soit aussi celui qui dure le plus longtemps.

Colossus bâille – il s'est sûrement lassé des reptiles en rut. Je nous conduis vers la prochaine attraction, qui se trouve être l'aigle harpie.

La réaction de Colossus est parfaitement neutre, comme si l'oiseau n'était même pas là.

— Vous croyez qu'il en a marre de voir tous ces animaux ? demandé-je.

— Sûrement, répond Lilly. Et on approche de l'heure du déjeuner.

Elle a raison. J'accélère et nous mène vers un petit coin près d'une rivière, où notre pique-nique est déjà installé.

— Waouh, lâche Lilly en le voyant. C'est sympa.

Si par sympa, elle veut dire inutilement romantique, je ne peux qu'être d'accord. Pour Lilly et moi, une couverture confortable a été étalée dans l'herbe, avec du vin et un véritable buffet de hors-d'œuvre. Pour

Colossus, un espace clos a été créé à l'aide de barrières pour bébé, couvert d'un filet (pour le protéger des oiseaux de proie), et toute une variété d'aliments passés au mixeur et étalés sur des tapis de léchage pour stimuler ses papilles gustatives pendant au moins quelques minutes.

Je m'assois, prends une croquette de truite fumée et fais signe à Lilly de me rejoindre. Elle s'exécute et quand elle dévore une datte fourrée au fromage de chèvre, je fais mon possible pour ne pas garder les yeux rivés sur sa bouche – aussi fascinante soit-elle.

— Ça ne vous a pas dérangé ? demande-t-elle, l'air gêné. Je promets de mâcher un peu plus la prochaine bouchée.

Je la regarde d'un air confus, avant de comprendre.

— Vous parlez de ma misophonie ?

Elle hoche la tête.

— J'avais complètement oublié, avoué-je, ébahi. C'est la première fois que ça m'arrive.

CHAPITRE 24
LILLY

Cet aveu me fait me sentir plus spéciale que les Bérets verts – et ce n'est pas la première fois.

Malgré tout, juste au cas où, je prends la plus petite tomate farcie et la mange en mâchant le moins possible. Puis surtout pour détourner son attention de mes mastications, je demande :

— Quand vous avez dit qu'un milliard constituait beaucoup plus d'argent qu'un million, ça m'a fait me demander... Pourquoi vous avez besoin d'autant d'argent ?

Il réfléchit en mangeant un croûton.

— Je sais que vous pensez qu'il y a une inégalité de revenus aux États-Unis, et je ne dirai pas le contraire, mais si vous regardez le monde d'un point de vue global, vous vous rendrez compte qu'il existe une inégalité bien plus grande – et j'ai envie de faire quelque chose pour arranger ça. Mais pour agir, il faut des milliards à sa disposition, et pas seulement des millions.

Je reste sans voix. Le type que je prenais pour l'équivalent de l'Oncle Picsou se soucie des inégalités de revenus ?

— Qu'est-ce que vous comptez faire, au juste ? me surprends-je à demander.

Il m'explique. Ça devient un peu technique, mais d'après ce que je comprends, il compte créer une cryptomonnaie qui permettra aux gens n'ayant pas accès aux banques de payer électroniquement. Plus important encore, la cryptomonnaie permettra aux riches de faire des dons aux gens directement – Bruce a l'intention de devenir un pionnier dans ce domaine.

— Mais les cryptomonnaies existent déjà, non ? m'enquis-je. Le bitcoin, et tout ça ?

— La mienne sera écoresponsable, explique-t-il. Et plus stable, j'espère.

— Waouh, lâché-je. Ça donne une facette presque angélique à votre addiction au boulot.

— Eh bien, je ferais mieux de tout vous divulguer, dans ce cas. Je m'attends à devenir beaucoup plus riche, quand cet objectif sera accompli… à supposer que je ne décide pas de faire don des revenus que je percevrai grâce à cette initiative.

— Comment ?

Il commence à m'expliquer, mais je ne comprends que vaguement et j'ai trop honte de l'admettre.

— Et vous ? demande-t-il quand il a fini d'employer

son cryptojargon. Vous avez un grand objectif de vie que vous essayez d'accomplir ?

Je ne sais pas si c'est à cause de cette agréable journée qu'on vient de passer ensemble, ou parce que je sens une grosse alchimie se créer entre nous, ou à cause du souvenir de ce baiser, mais je joue cartes sur table – ou sur la couverture, plutôt.

— J'ai envie d'éduquer des chiens d'assistance.

Il fronce les sourcils et la main qui tenait un petit sandwich au concombre se fige à quelques centimètres de sa bouche.

— Je croyais que vous faisiez *déjà* ça. Vous ne m'avez pas dit que vous aviez appris au chien de votre cousine à renifler l'infertilité ?

— Le chien renifle quand une femme est fertile, au contraire, et oui, c'est ce que j'ai fait, mais c'est le seul chien d'assistance que j'ai éduqué jusqu'ici. Désolée si je vous ai donné l'impression d'en avoir éduqué plus. Grâce à l'argent de ce boulot, j'ai l'intention de m'inscrire dans une école spéciale pour obtenir un tas d'accréditations.

Il hoche la tête d'un air approbateur.

— Faites-moi savoir si vous avez besoin d'être payée d'avance pour financer cette école et le reste. Et maintenant que Colossus est socialisé, je peux faire en sorte que quelqu'un parmi mes domestiques le surveille pendant quelques heures par jour, si vous voulez étudier.

Par Anubis, s'il compte expérimenter la gentillesse, et durant un pique-nique aussi romantique, en plus, je ne pourrais être tenue responsable de mes actes (ou de la disparition de ma culotte).

— Oh, et si vous trouvez une spécialisation de chien d'assistance à apprendre à Colossus, je serais ravie de l'entendre, ajoute-t-il.

Une idée me vient d'un coup.

— Pourquoi pas quelque chose en rapport avec votre misophonie ?

Merde. Ce rappel idiot semble faire s'évaporer sa bonne humeur.

— Comment un chien pourrait-il m'aider avec ça ?

— À vous de me le dire, dis-je. Il pourrait vous procurer un soutien émotionnel quand vous en avez besoin, ou bien je pourrais lui apprendre à aboyer sur tous ceux qui mâchent à proximité de vous. Comme ça, vous ne serez pas le seul à être dérangé par un son agaçant.

— Vous pourriez lui apprendre ça ? demande-t-il avec intérêt.

Je hoche la tête.

— La nourriture attire déjà son attention, et on sait qu'il peut aboyer, on l'a vu tout à l'heure, alors combiner les deux ne devrait pas être bien difficile.

Un éclat malicieux fait briller ses yeux.

— Vous pensez pouvoir faire ça en combien de temps ?

Je hausse les épaules.

— Pour quand en avez-vous besoin ?

— Demain, répond-il.

— Pourquoi ?

Il soupire.

— Ma famille ne respecte pas vraiment mon trouble. Ce serait sympa si Colossus surveillait leur comportement.

Il y a beaucoup d'infos contenues dans cette remarque, mais je n'ai pas le temps de le psychanalyser. Je tente frénétiquement de trouver le meilleur régime d'entraînement… sans succès. Sauf si…

— Et si on trichait ?

Bruce arque un sourcil.

— Je pourrais lui apprendre à aboyer quand il remarque un geste précis, expliqué-je. Puis je ferais ce geste discrètement si quelqu'un mange en votre présence… mais on leur dirait qu'il aboie parce que c'est un chien d'assistance pour misophone.

Il récompense ma proposition par l'un de ces rares sourires qui transforment son visage en la définition du mot « séduisant ».

— Pourquoi pas ce geste-là ? suggère-t-il en se massant la tempe avec l'index droit.

— Je pense que je peux lui apprendre à aboyer devant ce geste très rapidement. Peut-être même dès ce soir. Je dois juste découvrir ce qui le fait aboyer en ce moment pour réitérer ce comportement.

— L'alcool à brûler, répond-il. J'en ai mis, une fois, après m'être coupé en me rasant. Il s'est mis à aboyer comme si j'étais un gorille.

— Il doit détester l'odeur, approuvé-je en levant les pouces.

— C'est ce que je me suis dit.

Je tends la main vers une petite quesadilla et il fait pareil – nos doigts s'effleurent.

Oh, waouh. Le monstre de Frankenstein a dû ressentir la même chose après cette décharge électrique qui l'a ramené à la vie.

La quesadilla oubliée, nous nous penchons l'un vers l'autre, attirés par l'énergie qui vient de passer entre nos doigts.

Je m'humidifie les lèvres. Il m'observe d'un air avide, puis penche la tête. Juste au moment où nos lèvres se touchent, nous entendons un gémissement canin.

Nous nous écartons d'un bond, comme deux aimants aux polarités inversées.

Je rougis et me retourne, découvrant – sans surprise – que ces plaintes piteuses venaient de l'enclos de Colossus. Il doit avoir terminé ses tapis de léchage, et a dû se sentir laissé de côté quand il a vu qu'on s'apprêtait à s'embrasser.

— Il veut sûrement rentrer à la maison, dit Bruce.

Ouais. Bien sûr. C'est le chien qui veut rentrer à la maison, et pas son père qui regrette encore une fois d'avoir failli embrasser « la domestique ».

Je touche mes lèvres insatisfaites.

— Super. Ça me donnera plus de temps pour notre entraînement.

Bruce saute sur ses pieds et me tend la main pour m'aider à me lever. Je fais semblant de ne pas voir l'appendice qu'il me propose et me lève toute seule, puis je récupère Colossus dans l'enclos et lui enfile son harnais.

Nous ne parlons pas beaucoup, durant le trajet de retour vers l'hélicoptère, et le vacarme durant le vol ne nous permet pas d'interagir non plus.

— Vous avez de l'alcool à brûler, ici ? demandé-je à Bruce quand nous entrons dans la limousine. J'aimerais prendre de l'avance sur l'apprentissage.

Et si ça nous évite d'avoir à discuter – ou à nous sentir tentés de nous embrasser – c'est encore mieux.

Il fouille dans le kit de premier secours, mais il s'avère qu'il contient une pommade antibiotique à la place de l'alcool à brûler, en guise de désinfectant. Il se penche par-dessus le bar, attrape une bouteille d'Absolut Crystal et demande à Colossus :

— Tu aboierais sur de la vodka ?

Colossus remue la queue. Il a sans doute entendu « Tu veux un biscuit » ?

— Faisons le test, proposé-je en préparant un biscuit. Ouvrez la bouteille, plongez une serviette dedans et laissez-le la renifler.

Il a presque terminé la préparation quand j'ajoute :

— Portez le doigt à votre tempe de façon à ce qu'il vous voie faire.

Bruce laisse Colossus renifler la vodka. Le chiot aboie.

Cette odeur est un affront à ma perception olfactive – et ça vient de quelqu'un qui se délecte de l'arôme d'un postérieur.

Un peu trop tard, Bruce se touche la tempe et je donne un biscuit à Colossus.

— Essayons juste le geste à la tempe, maintenant, suggéré-je.

Bruce s'exécute, mais ça ne marche pas encore, alors nous reprenons la vodka plusieurs fois d'affilée.

À la fin du trajet en limousine, Colossus commence à comprendre ce qu'on essaie de faire et aboie parfois quand Bruce se touche la tempe.

— On va y travailler un peu plus pendant le restant de la journée, dis-je quand nous nous arrêtons.

— Oui, répond Bruce d'une voix impérieuse. Faites donc ça.

———

— Prêt à aller te coucher ? demandé-je à Colossus quand je me surprends à bâiller pour la dixième fois.

Il penche la tête et me fait ses yeux de chien battu.

D'accord, mais je peux demander des rêves dans lesquels je mangerai des biscuits ?

— Ne me regarde pas comme ça, lancé-je quand la tristesse dans les yeux du chiot s'intensifie. Très bien. Un de plus, mais c'est le dernier, d'accord ?

Je porte mon doigt à ma tempe.

Le chien aboie d'un air triomphant et accepte fièrement sa friandise. Il maîtrise désormais à la perfection ce tour, et il est prêt à apprendre à aboyer sous différentes conditions.

Je regarde l'horloge.

Il est largement l'heure d'aller se coucher.

— Va dormir.

J'indique la minuscule réplique du lit de Bruce, que quelqu'un a eu l'obligeance d'apporter ici pendant qu'on était au zoo.

— C'est ta nouvelle chambre.

Colossus approche pour renifler le lit, puis attrape les draps avec ses dents et essaie de les traîner – sans succès.

Il veut peut-être que j'écarte le lit du mur ? Je le déplace un peu, mais il continue d'essayer de le traîner.

Bizarre. Est-ce que c'est un genre de rituel, ou une façon bizarre de se blottir au lit ? Il se prépare peut-être à s'envoyer en l'air avec le lit ? Il arrivait parfois qu'Ablette se frotte contre son lit. Et contre le pouf à côté de mon fauteuil inclinable. Et contre le balai.

Je laisse Colossus faire ce dont il a envie, me déshabille, prends ma chemise de nuit et entre dans la salle de bain pour prendre une douche. Quand l'eau chaude se déverse sur ma peau, je ferme les yeux, mais des images indésirables pénètrent dans mon esprit – qui impliquent Bruce, ses lèvres et d'autres parties de son corps.

Ça suffit. Quand je serai couchée, je soulagerai une partie de la tension sexuelle avec l'un de mes jouets.

Mon plan décidé, je sors de la douche, me sèche et enfile la chemise de nuit – avant de me souvenir que je ne me suis pas encore brossé les dents. Je suis à la moitié du brossage quand j'entends une plainte à briser le cœur, qui ressemble étrangement à un pleur de bébé.

J'avale le dentifrice et accours pied nu pour voir ce qui se passe.

L'air malheureux, Colossus est assis à côté de son lit et pleurniche.

— Je suis là, lui dis-je d'une voix apaisante. Va dormir.

Il ne m'écoute pas et rien de ce que j'essaie ne fonctionne – ni les caresses sur le ventre ni les grattouilles derrière l'oreille.

Il est temps de sortir l'artillerie lourde. Je le prends dans mes bras et l'emmène dans mon lit. Si c'est un grand non pour Bruce, il pourra me réprimander plus tard.

Les plaintes continuent. Je commence à soupçonner ce que veut Colossus – le plus gros indice étant son petit nez infailliblement pointé vers la porte.

— Tu veux ton papa ? demandé-je.

Il gémit encore.

— Il doit sûrement déjà dormir, lui fais-je remarquer. Il serait grincheux, si on le réveillait.

Ou il aurait des envies de meurtres.

Nouvelle plainte.

— Sérieux. Ça ne peut vraiment pas attendre demain ?

Non. Le chiot semble inconsolable.

Bon, très bien. Les probabilités pour que je me fasse virer viennent de grimper en flèche. Je glisse mes pieds nus dans mes chaussons, prends Colossus dans une main et son lit dans l'autre, puis traverse le manoir – qui semble avoir grandi rien que pour l'occasion.

Quand j'atteins la chambre de Bruce, je suis haletante et de la sueur perle à mes tempes. Le bon côté, c'est que Colossus se tait, confirmant ma théorie.

— Sois sage, s'il te plaît, supplié-je le chien. Ma meilleure chance de m'en sortir et de te faire entrer en douce, puis de ressortir avant que Bruce se réveille.

J'entrouvre légèrement la porte en priant pour qu'elle ne grince pas.

Zut.

C'est le noir complet, là-dedans, en comparaison avec le couloir.

Je ferme les yeux et leur ordonne de s'ajuster à la pénombre. En même temps, je caresse Colossus, espérant qu'il ne se mettra pas à gémir aussi près du but.

Ma stratégie est payante. Quand je rouvre les yeux, je vois assez bien dans la chambre pour me faufiler à l'intérieur.

Je puise dans le ninja qui dort au fond de moi, retiens mon souffle et avance sur la pointe des pieds vers l'ancien emplacement du lit pour chien.

OK. J'y suis, et jusqu'ici, je n'ai pas été détectée.

Je dépose le lit et place Colossus dedans.

Oui ! J'ai réussi et Bruce ne s'est rendu compte de rien – ou il ne le fera pas avant demain matin, en tout cas.

Je repasse en mode furtif et me tourne vers la porte. C'est à ce moment-là que la grosse perle de sueur sur ma tempe droite devient insupportable et que je l'essuie sans réfléchir.

Colossus se met à aboyer.

Merde.

Je suis une imbécile. Je viens de passer des heures à lui apprendre à aboyer quand il voit quelqu'un se toucher la tempe, et je lui ai donné ce même ordre par inadvertance.

— Alexa, allume les lumières dans la chambre ! s'écrie Bruce.

J'ai une impression de déjà-vu quand je me retrouve aveuglée un instant.

Je me tourne vers ma perte et plisse les paupières pour me protéger de la lumière vive – mes yeux menacent de me sortir de la tête et de se voir pousser une langue pour pouvoir lécher une partie de ce qu'ils voient.

Totalement nu, Bruce est presque sur moi, les yeux plus glacials que jamais, tous ses muscles saillants et Titan en érection, dressé comme l'index réprobateur d'un géant.

Poussée par l'adrénaline, je recule d'un pas, puis un autre… c'est à ce moment-là que je marche sur le bord du lit de Colossus et perds l'équilibre.

J'agite les mains dans tous les sens.

Oh non. Si je tombe sur le petit chien, je le blesserai. Je fais donc la seule chose possible pour le sauver – je me laisse basculer en avant, droit sur Bruce.

CHAPITRE 25
BRUCE

Je vois Lilly battre des bras et visualise presque sa petite tête heurtant le sol – ainsi que les dégâts que ça occasionnerait.

Non. Hors de question que je laisse arriver une chose pareille. L'adrénaline booste mes muscles à un niveau que je n'aurais jamais cru possible et je bondis en avant, parvenant à la rattraper dans mes bras juste à temps.

Malgré tout, je sens qu'elle est pantelante – mais ce n'est rien comparé au cauchemar qui a failli se produire. En fait, quand j'y réfléchis, les Urgences à domicile de ma mère ne me semblent plus aussi frivoles.

Je vais en construire pour moi aussi. Demain à la première heure.

Lilly reprend son souffle et me regarde en clignant des paupières. Ses yeux noisette aux éclats verts sont effrayés et ses sourcils si animés que je ne serais pas surpris qu'ils soient devenus doués de conscience et s'expriment en morse.

— Vous m'avez rattrapée, hoquette-t-elle.

— De peu, dis-je.

N'étant pas certain qu'elle ne s'écroulera pas si je la repose sur ses pieds, je la porte plutôt vers le lit. Une fois qu'elle est couchée en sécurité sur le matelas, je lui demande :

— Vous allez bien ?

Elle hoche la tête.

— Vous êtes droguée ? demandé-je.

Elle me regarde en clignant des cils.

— Droguée ?

Je fais un signe de tête vers Colossus – qui dort déjà à poings fermés, comme si son éducatrice ne venait pas de manquer de se fendre le crâne.

— Vous avez rapporté le chien ici. Vous avez perdu l'équilibre. Les drogues et l'alcool sont les explications les plus probables qui me viennent à l'esprit. De ce que j'en sais, vous n'avez pas le vertige, ou...

— J'ai trébuché, c'est tout, répond-elle en regardant partout sauf vers moi. Vous étiez là, tout nu, et j'ai titubé.

— Oh.

Je me rends compte que je suis toujours nu, et que ce n'est pas socialement acceptable, surtout sachant que mon sexe est toujours...

— Vous manquiez au chien, explique-t-elle en regagnant peu à peu de l'assurance. Il s'est mis à pleurnicher, alors je l'ai ramené ici. Si vous voulez me virer...

— Merci. Je n'aime pas quand il est triste.

Maintenant que je sais qu'elle ne s'apprête pas à faire une overdose et qu'elle va bien, j'étudie sa tenue, ou plutôt son absence de tenue. Je le regrette aussitôt, parce que ça rend mon érection presque douloureuse.

Elle rive son regard au mieux.

— Alors vous tenez vraiment à lui.

Comme pour souligner ces mots, elle scrute délibérément mon corps nu et une rougeur se répand sur ses joues et sous sa chemise de nuit.

Pourquoi est-ce qu'elle m'attire autant ? C'est comme si elle était un biscuit et moi le chien. Sans le vouloir, mes lèvres forment quatre mots.

— Je tiens à lui.

D'un coup, c'est comme si un barrage cédait. Elle se penche vers moi et je réduis la distance en un clin d'œil. Puis ma bouche dévore la sienne et c'est aussi exquis que jamais, mais en plus brut et passionné.

Mais non. Je m'écarte.

— On ne peut pas.

Elle entrouvre les lèvres si roses et tentantes.

— Pourquoi pas ?

Par où commencer ?

— Tu travailles pour moi.

Elle ricane.

— Je n'en ai rien à faire.

— Il y a aussi...

— Je sais que tu en as envie, dit-elle en regardant mon sexe.

— Si j'en ai envie ? J'ai besoin de toi, mais…

Elle secoue la tête avec véhémence.

— Pas de *mais*.

Et puis merde. Je l'embrasse encore, et pas juste ses lèvres, mais aussi son délicieux cou fin, sa clavicule délicate, son épaule gracieuse… la respiration forte, je m'écarte pour lui laisser une chance de recouvrer la raison… mais au lieu de ça, elle se tortille pour se débarrasser de sa chemise de nuit.

— Waouh, marmonné-je avec révérence. Tu es sublime.

— Toi aussi, souffle-t-elle.

C'est alors qu'elle fait le truc le plus sexy que j'ai jamais vu de ma vie – mis à part ses poses de yoga et cet entraînement au maniement de la laisse qu'elle m'a fait subir.

Elle se met à quatre pattes et rampe sur le lit jusqu'à l'endroit où se trouvent les oreillers. Ses petites fesses effrontées sont ce qui se rapproche le plus de la perfection en dehors du cadre des mathématiques.

Est-ce qu'elle se rend compte de ce qu'elle est en train de faire ? Mon cœur cogne dans mes tempes et mes narines se dilatent comme celles d'une bête sauvage.

— Tu as des préservatifs ? murmure-t-elle par-dessus son épaule.

Je manque d'arracher le tiroir de la table de chevet et récupère un préservatif.

— Tu es sûre ? demandé-je dans un grognement grave.

— Certaine.

Elle écarte légèrement les jambes, m'offrant un aperçu de rose.

Bordel de merde. Je vais exploser. Les prochaines secondes sont un peu floues… sûrement parce que mon sexe monopolise tout le sang de mon corps, n'en laissant que très peu pour mon cerveau. Je l'attire à moi et dépose des baisers le long de son corps jusqu'à atteindre la fente rose que j'ai aperçue, puis je me perds dedans, léchant ses replis comme si c'était mon dernier repas.

Elle gémit, m'encourageant à continuer, et je glisse un doigt en elle pour sentir la chaleur veloutée dont je rêve depuis notre rencontre.

Oh merde. C'est encore meilleur que dans mes rêves. J'ai juste envie d'être en elle… mais je résiste. Je dois la faire jouir comme ça.

Ses gémissements deviennent plus désespérés.

Oui ! Je suis à deux doigts de craquer.

Il est temps de porter le coup final. Je rassemble le peu de contrôle qu'il me reste, pose la langue contre le bourgeon de son clitoris tout en pressant mon doigt à peu près au même endroit depuis l'intérieur.

Ses gémissements se transforment en cris, puis son corps se met à trembler et ses parois internes se pressent autour de mon doigt.

Son orgasme débloque quelque chose de primitif au

fond de moi. Je capture son regard, retire mon doigt et le lèche avec minutie.

— Je veux te sentir en moi, souffle-t-elle.

Elle arrache l'emballage du préservatif et en enveloppe mon sexe.

Avec ce qui ressemble à un grognement, je la soulève et la dispose comme je le veux – à quatre pattes, comme quand elle a rampé vers moi.

Elle tend la main, s'empare de mon sexe et le guide vers la terre promise pendant que j'attrape ses fesses avec force.

Je dois mobiliser toute ma volonté pour la pénétrer lentement. Une. Deux fois. Puis quand je la sens céder, je la pilonne de toutes mes forces.

— Oui ! hurle-t-elle.

Je suis à deux doigts de jouir sur le champ. Mais je me retiens. J'arrive à accélérer encore, ruant des hanches comme si nos vies dépendaient de ma capacité à aller plus profond, plus fort… comme si c'était ma raison d'être.

Elle gémit, hurle et crispe les poings autour des draps.

Je grogne de plaisir, sur le point de basculer.

Son prochain gémissement donne l'impression qu'elle souffre, puis ses parois se contractent tout autour de moi, déclenchant une réaction en chaîne qui me fait exploser aussi fort qu'une bombe atomique.

Haletante, elle se laisse retomber sur le lit, sur le ventre, tous les muscles détendus.

Je m'installe à côté d'elle et m'efforce de reprendre mon souffle.

Un assoupissement post-coïtal commence à me submerger. Je réprime un bâillement et étreins Lilly comme si c'était un ours en peluche – en grande partie pour m'assurer qu'elle est encore là. Qu'elle est bien réelle. Pour être sûr que ce qui vient de se passer entre nous n'était pas une redite de mon rêve érotique récurrent sur le thème de Lilly.

Mais non. Elle est très réelle. L'odeur délicieuse de ses cheveux, la chaleur voluptueuse de sa peau – mon cerveau endormi est incapable d'inventer des détails aussi exquis.

Je finis par perdre le combat contre un bâillement et elle m'imite, avant de fondre dans mes bras. Sa respiration ralentit et devient plus égale.

Elle dort. C'est ma dernière pensée avant de m'assoupir à mon tour.

CHAPITRE 26

LILLY

Je me réveille et refuse d'ouvrir les yeux. Comme ça, je peux m'autoriser une seconde à croire que tout ce qui s'est passé était un rêve. D'un autre côté, la réalité est difficile à nier. Par exemple, pourquoi suis-je endolorie d'une manière si révélatrice ? Et quelle est cette masculinité dure, si proche de moi – sans mentionner l'odeur bien reconnaissable de Bruce ?

Je soupire. Impossible de faire autrement. J'ouvre les yeux en clignant des paupières et surprise : je suis enveloppée autour de Bruce comme un boa constrictor.

Le doute n'est plus permis. C'est vraiment arrivé. J'ai couché avec mon patron-némésis, et c'était incroyable.

En fait, ce n'est pas juste, de continuer à le considérer comme ma némésis. Mes parents ne sont pas en colère contre sa banque. Au contraire, ils ont presque l'air reconnaissants pour le déferrement et tout ça. En plus, il bosse sur un projet qui aidera tellement de gens, et – ce qui est presque aussi important à mes yeux – il aime sincèrement Colossus.

Malgré tout, c'est mon patron. C'est indéniable. D'un autre côté, ce n'est pas comme si nous étions dans un environnement professionnel où des gens pourraient croire que j'obtiens des promotions en couchant avec lui. Je ne suis que l'éducatrice canine. Et c'est un boulot temporaire. Quand Colossus aura appris tout ce que j'ai à lui apprendre, je m'en irai.

Mon cœur se serre douloureusement. Il n'aime pas du tout cette idée.

Je dois penser à autre chose. Par exemple, il s'est passé un truc, hier soir, qui n'était pas cohérent non plus avec son statut de némésis – Bruce avait l'air ébranlé à l'idée que je sois blessée. Ou bien il avait juste peur que j'intente un procès ?

Non. Il a assez d'argent pour se permettre de perdre un million dans un procès.

OK, alors si nous ne sommes pas des némésis, que sommes-nous ? Un coup d'un soir ? Sûrement. Mais d'un point de vue purement théorique, est-ce qu'on pourrait avoir une relation plus profonde que celle entre un patron et son employée ?

C'est si facile à imaginer que c'en est effrayant. OK, je ne déclenche pas sa misophonie, ce qui est incroyable. Et le sexe était extraordinaire – et j'ai bien vu qu'il pensait la même chose. Nous aimons le même chien et nous sommes dingues du *Witcher*, même si c'est sous différents formats. Il est d'une franchise brutale, et je déteste les mensonges – ce qui s'accorde plutôt bien. Je suis incapable de faire la cuisine même avec un flingue sur la tempe, mais il dispose d'un chef cuisinier et aime faire la cuisine, en plus. Et puis…

La sonnerie bruyante d'un téléphone me fait redescendre sur terre d'un coup.

Bruce se réveille et tend la main vers l'objet agaçant.

— Allô ?

Le ton de sa voix sous-entend : « Il y a intérêt à ce que ce soit important. »

— Ici ? demande-t-il. Déjà ?

Il raccroche, pousse quelques jurons très créatifs, puis se tourne vers moi.

— Pour une raison incompréhensible, mes parents ont pris un vol de nuit. Ils viennent de passer le portail de sécurité.

Hmm… ça veut dire que ce n'est pas le bon moment pour lui demander ce que signifiait la nuit dernière, pour lui ? À supposer que j'arrive d'abord à comprendre ce qu'elle signifiait pour moi.

Bruce bondit du lit et s'empresse de s'habiller. Je fais pareil. Je suis en train d'enfiler ma chemise de nuit quand je prends soudain conscience de quelque chose.

— Je n'ai pas promené Colossus au milieu de la nuit, dis-je d'un ton coupable. Il a sûrement eu un accident.

— Non. Je l'ai promené, répond Bruce tout en boutonnant sa chemise.

— C'est vrai ?

Il hoche la tête.

— Je me suis réveillé pour aller aux toilettes vers trois heures et j'en ai profité.

— Tu aurais dû me réveiller. C'est mon boulot, après tout.

Il me lance un regard indéchiffrable.

— Tu dormais à poings fermés.

— Tu m'as regardée dormir ?

Et pourquoi je trouve ça sexy plutôt que flippant ?

— De toute façon, reprend-il. Si tu l'avais promené, il aurait risqué de croire que tu essayais de le sortir de ma chambre encore une fois et de s'agiter.

Je me mords la lèvre.

— C'est assez plausible.

— Je vais aller accueillir ma famille, annonce Bruce en se dirigeant vers la porte.

Par-dessus son épaule, il ajoute :

— Tu devrais t'habiller un peu plus avant de les rencontrer.

Je rougis. M'habiller plus... sans déconner. Je tourne la tête vers ma chambre, mais vois Colossus ouvrir les yeux et remuer la queue.

— Salut, lui lancé-je. Tu as bien dormi ?

Il roule sur le dos, demandant une grattouille sur le ventre.

L'honneur de me caresser te coûtera un biscuit. Non, deux biscuits. En fait, trois, ce serait encore mieux.

Il me suit jusqu'à ma chambre et m'observe avec curiosité pendant que je me rends assez présentable pour rencontrer la famille de Bruce. J'ai presque fini quand je vois Colossus renifler le pied de mon lit de manière suspicieuse.

— Oh, non, tu ne vas pas faire ça, lui dis-je d'un ton sévère avant de le prendre dans mes bras. Il est temps d'aller se promener.

Nous nous faufilons jusqu'au garage et j'entends des voix saluer Bruce avec enthousiasme. Je me dépêche de sortir avant que le chiot ait un accident. À notre retour, Colossus se précipite dans la maison et je le suis – jusqu'à la cuisine.

À l'entrée de la pièce, Colossus s'arrête et penche la tête. Je m'apprête à lui demander ce qui ne va pas quand j'entends Bruce dire :

— Non, on parlera *après* le petit déjeuner. J'ai une réunion.

— C'est encore parce qu'on mâche trop fort ? demande une voix féminine pétulante.

Le chien me regarde d'un air perplexe en l'entendant.

— Vu tes revenus, je m'attendais à ce que tu aies résolu ton problème… d'une manière ou d'une autre.

— Vous ne mâchez pas fort, répond Bruce. Mais j'ai du mal à le tolérer quand même.

— Et pour ce soir ? demande la femme d'un ton encore plus pétulant. On vient de parcourir tout ce chemin pour te voir et…

— Théodora, ma chérie, pourquoi t'embêter à argumenter ? l'interrompt un homme à la voix forte. Tu sais comment est Bruce avec sa Mésopotamie.

J'en ai entendu assez ; je soulève Colossus (qui a l'air

effrayé par ses grands-parents) et débarque dans la pièce.

— J'ai entendu le mot Mésopotamie, lancé-je avec un sourire. C'est le berceau de la civilisation, c'est ça ?

Le coin des yeux de Bruce se plisse d'amusement.

— Lilly, je te présente mes parents, monsieur et madame Roxford, ou Ambrose et Théodora, comme je suis sûr que tu vas insister pour les appeler.

Il se tourne vers ses parents et dit :

— Lilly est l'éducatrice canine dont je vous ai parlé.

Juste l'éducatrice canine ? Très bien.

— C'est un plaisir de vous rencontrer, dis-je en résistant à l'envie de faire une révérence.

Je ne suis pas sûre que des noms comme Ambrose et Théodora soient moins formels que M. et Mme Roxford, mais ce n'est pas comme si nous en étions à une étape de notre relation où je peux me permettre de leur donner des surnoms tels que « A » et « Thé ».

— Tout le plaisir est pour nous, répond Théodora.

Elle m'examine comme une propriétaire de magasin de dépôt-vente regarderait une bague de mariage en zircon cubique.

— Même si je dois avouer que vous êtes plus petite que ce à quoi nous nous attendions.

C'était un « nous » royal ?

— Maman, lâche Bruce d'un ton sévère.

— Pas de problème, assuré-je. J'ai bien conscience de ma drôle de taille.

Théodora me regarde de haut en bas.

— Les femmes petites sont très adorables et ont

beaucoup d'avantages. Elles peuvent sortir avec des hommes de toutes tailles, par exemple. Mais…

— Sérieusement, maman, l'interrompt Bruce. Ça suffit.

J'ai juste envie de savoir si elle a écrit une dissertation sur les personnes verticalement handicapées ?

— On a le droit de s'inquiéter, déclare Théodora.

Même si elle a employé le pluriel, Ambrose s'écarte d'elle, l'air très mal à l'aise. De toute évidence, il n'a pas envie d'être inclus dans ce dont elle parle.

— Compte tenu de sa taille, continue Théodora, elle aura peut-être du mal à accoucher.

Je manque de m'étrangler avec ma langue.

— Accoucher ? De quel bébé ?

Est-elle assez folle pour avoir percé des trous dans les préservatifs de Bruce ?

— Un bébé hypothétique, répond Théodora.

Si on pouvait tomber enceinte rien qu'en rougissant, je pisserais sur un bâton sur le champ.

— Le travail que je fais pour votre fils n'implique pas de telles hypothèses, dis-je d'une voix aussi égale que possible. Et si vous tenez à parler d'hypothèses incongrues, la situation que vous décrivez n'est pas un problème pour moi. Les pelvis trop étroits pour accoucher n'ont rien à voir avec la taille du corps.

Elle arque un sourcil royal et j'ajoute :

— Ma cousine est experte en fertilité, elle aime avoir des conversations non sollicitées au sujet des bébés, elle aussi.

— Mais…, commence Théodora en lançant un bref regard à son fils. Et si le père hypothétique était un homme plutôt large ?

Je crois que je préférerais encore que Colossus apporte l'un de mes sex-toys dans cette pièce – même ça, ce serait moins embarrassant que cette conversation.

— La taille d'un bébé n'est pas déterminée par ça, expliqué-je. Ce n'est pas la taille des parents une fois adultes qui compte, mais celle qu'ils avaient à la naissance.

— C'est encore pire, annonce Théodora. Ma fille, Angela, était un mastodonte de quatre kilos cinq.

Ambrose pose une main sur l'épaule de sa femme.

— Ma chérie, tu oublies que Bruce est milliardaire. Il peut lui offrir les meilleurs soins médicaux au monde, ou embaucher une mère porteuse à la carrure large pour porter ce bébé gigantesque.

Il me regarde d'un air coupable et ajoute :

— Hypothétiquement, je veux dire.

Théodora semble se détendre, même si je ne sais pas si c'est l'effet des mots de son mari ou de sa main sur son épaule. Mon désir d'être engloutie par le sol ne fait que s'accroître.

— Cette conversation est terminée, annonce Bruce.

Il se dirige vers le frigo et en sort trois petits déjeuners ; le sien, celui de Colossus et le mien.

— Tiens, dit-il en me tendant mon assiette. Je crois qu'une longue séance d'entraînement avec Colossus t'attend.

Je suis à la fois reconnaissante et agacée. Je suis contente qu'il m'épargne d'avoir à passer plus de temps avec ses parents, mais d'un autre côté, est-ce qu'il me congédie parce qu'il déteste les voir supposer qu'on est ensemble ?

Peu importe. Je lui prends l'assiette des mains et me dirige vers ma chambre d'un pas lourd.

Quand nous avons terminé nos repas respectifs, je travaille avec Colossus. D'abord, je renforce une partie de ce qu'il sait déjà, puis je lui apprends l'ordre « Reste ici » – qui m'aurait évité cette rencontre dans la cuisine.

Au bout de deux heures, Colossus décide qu'il en a assez et se laisse tomber sur le ventre pour mâchouiller un jouet aussi loin de moi que la chambre fermée le permet.

Très bien. Je peux m'occuper de mon côté. Je prends *The Witcher* pour lire un peu, mais mon téléphone sonne.

Hmm. C'est Aphrodite, comme une médium reniflant les ragots.

J'hésite un instant à décrocher, avant de le faire. J'espère qu'une discussion avec elle m'aidera à mieux comprendre ce qui s'est passé.

— Salut, dis-je d'une voix timide.

— Espèce de petite cochonne, s'exclame Aphrodite. Tu as *déjà* couché avec lui ?

Je soupire.

— Oui.

Elle répond par un couinement si sonore que je dois

écarter le téléphone de mon oreille pour ne pas perdre l'audition.

Colossus lève la tête de son jouet, perplexe.

Ça ressemblait aux couinements d'une souris de Chihuahua. Tu as reçu un appel de la terre natale de ma race ?

Dès qu'elle s'est calmée, ma cousine demande :

— Alors ? C'était comment ?

Je soupire encore.

— Je ne pourrai plus jamais prendre de plaisir avec personne d'autre, c'est officiel.

Le prochain couinement d'Aphrodite a un côté cochon pris dans un piège, et Colossus me lance un autre regard éberlué.

— Raconte-moi tout, dit-elle une fois qu'elle a retrouvé son souffle. *Tout.*

Je n'hésite qu'un instant avant de m'exécuter, m'arrêtant de temps en temps pour la laisser couiner. Je mentionne les baisers (oui, au pluriel), la visite au zoo, et tout ce que je suis assez à l'aise pour lui confier sur le grand moment (oui, j'ai utilisé un moyen de contraception). Je termine par ma rencontre avec ses parents, avant de demander :

— Donc… qu'est-ce que ça veut dire, d'après toi ?

— Ça veut dire que j'avais raison, lance-t-elle d'un ton triomphant.

— Ouais, ouais, dis-je en levant les yeux au ciel. Qu'est-ce que tu penses que ça veut dire pour Bruce ?

Elle prend une inspiration.

— Qu'est-ce qu'il t'a dit ce matin ?

— Rien. Ses parents sont arrivés en avance.

— Eh bien, dans ce cas, qu'est-ce que *tu* en penses, toi ? demande-t-elle. Sachant qu'il t'a emmenée en rencard avant de prendre d'assaut ta forteresse rose.

Je lance un regard interrogateur à mon téléphone.

— Quel rencard ?

— Le zoo ?

— C'était pour le chien.

En parlant de ça, je jette un œil à Colossus et vois qu'il est en train de faire la sieste.

— C'est ça. Le chien, rétorque-t-elle avec des guillemets bien audibles. Tout le monde emmène Fido au zoo… avec l'éducatrice canine canon. Le pique-nique romantique était aussi pour le chien ?

Est-ce qu'il l'était ? Et puis, « éducatrice canine canon », ça donne l'impression que je suis spécialisée dans les hot-dogs.

— Et sa queue ? continue-t-elle. C'était pour le chien ?

— Il a peut-être simplement tiré profit d'une opportunité.

— Oh, je t'en prie. Un milliardaire séduisant ? Il n'a qu'à pointer du doigt et les opportunités feront la queue devant lui.

— Alors… tu crois que c'était un rencard ?

Je déteste l'espoir que j'entends dans ma voix.

— C'est sûr. Et maintenant que ses parents t'ont approuvée, je parie qu'il…

— Attends, quoi ?

— Ses parents, répète-t-elle. Tu te souviens que tu

craignais qu'ils ne le laissent jamais sortir avec quelqu'un comme toi ? Une histoire de vieille richesse qui ne se mêle pas avec les ploucs, ce que nous ne sommes pas, je le maintiens.

— Je m'en souviens, dis-je. Mais je ne vois pas bien ce qui a changé.

— Tu es folle ? lance-t-elle. Pourquoi sa mère se demanderait si tu es capable de donner naissance à un bébé, sinon ? Et ensuite, son père ajoute « contente-toi de balancer de l'argent à ce problème », comme s'il était déjà acquis que tu allais tomber enceinte de leur fils.

— Pourquoi est-ce que ça me semble logique de manière tordue ? demandé-je, plus pour moi-même que pour elle.

— Parce que, ma chère, tu vas devenir Mme Roxford, annonce-t-elle. Demande-lui s'il a un ami riche, s'il te plaît. Un simple millionnaire me suffira. Oh, et demande-lui si je peux venir avec vous à votre prochain voyage en hélicoptère.

— Ne parle de rien de tout ça à ta mère, la prévins-je d'une voix ferme. Ou bien je recevrai un appel de la mienne. Encore.

— De rien du tout ?

Elle ressemble à un enfant n'ayant reçu aucun cadeau le matin de Noël.

— Si tu fais ça, je ne te raconterai plus jamais rien… et tu pourras dire adieu à ton voyage en hélicoptère imaginaire.

— Très bien, lâche-t-elle d'un ton grognon. Mais je

pourrai venir, quand il t'aura confirmé que c'était *bien* un rencard ?

— Tu viendras quand je te dirai que tu peux venir, déclaré-je.

Je raccroche avant qu'elle ait pu me supplier de changer d'avis.

Du coin de l'œil, je vois Colossus renifler autour de mon lit, alors je l'emmène en promenade.

Quand nous revenons à la maison, j'ordonne à Colossus de rester ici.

Non. Quelque chose – sûrement la cuisine – est trop intéressant pour y résister.

Je cours derrière lui et quand j'entends des voix dans la cuisine, je m'attends à tomber sur Ambrose et Théodora, mais ce n'est pas eux. C'est Angela, la sœur de Bruce – et porteuse du gène de bébé géant tant redouté, apparemment. Même si rien ne laissait deviner qu'elle était aussi grosse à la naissance. Maintenant, elle est élancée et a les os fins. Elle n'est pas si grande que ça, pas comparée au reste de sa famille, en tout cas.

En parlant de gens grands, à côté d'Angela se trouve un homme au bronzage sorti tout droit d'une bouteille et au sourire qui ne monte pas jusqu'à ses yeux – et si vous voulez mon avis, ces derniers sont trop rapprochés l'un de l'autre.

— Cacahuète ! s'exclame Angela en repérant le chiot.

— C'est Colossus, lui rappelé-je.

— Ah, c'est vrai, répond-elle. *Colossus,* reste loin de Champ, s'il te plaît. Il est allergique.

Son petit ami s'appelle Champ ? Est-ce qu'il encaisse aussi comme un champion ?

— Hé, dis-je à Colossus d'un ton apaisant.

Quand il me regarde, je sors un petit biscuit pour souligner ce que je dis. Le pari fonctionne. Le chien s'arrête avant d'être entré en contact avec Champ et accourt vers moi. Bien. Je n'ai pas envie que le champion se mette à fondre comme la Méchante Sorcière de l'Ouest.

— Vous vous faites appeler Lilly, c'est ça ? me demande Angela pendant que je soulève le chiot.

— Oui, acquiescé-je. Et vous ?

— Vous pouvez m'appeler Angela, répond-elle.

Elle a dit ça comme si c'était le plus grand acte de charité au monde.

— Ravie de vous rencontrer, Angela. En chair et en os, cette fois.

Elle hoche la tête.

— Vous avez des sourcils vraiment saisissants.

— Merci ?

Elle touche les siens, qui sont bien plus fins.

— Vous avez mis du Rogaine dessus ?

— Non, dis-je.

Je résiste à l'envie de froncer les sourcils – parce que ça ferait bouger lesdits sourcils et attirerait encore plus l'attention sur eux.

— Bref, Colossus et moi avons beaucoup de travail.

— Une seconde, avant que vous partiez…

Elle se tourne vers Champ.

— Tu veux bien nous accorder un instant ?

Champ me lance un regard bizarre.

— Bien sûr. Je vais aller fumer.

Il se retourne et sort.

Pourquoi m'a-t-il regardée comme ça ? Je jette un coup d'œil à mon reflet dans le micro-ondes étincelant pour m'assurer que je ne porte plus le casque à crête.

Non. Tout va bien.

Peu importe. Maintenant que Champ est parti, je repose Colossus par terre – il en avait clairement besoin, parce qu'il accourt vers son bol d'eau et l'engloutit avidement comme s'il sortait d'un désert.

— Alors, qu'est-ce qui se passe ? demandé-je à Angela tout en remplissant son bol.

Elle se place devant moi, m'empêchant de repartir vers Colossus.

— Est-ce qu'il se passe un truc entre mon frère et vous ?

OK, waouh. Cette famille est beaucoup trop fouineuse et directe. Les questions au sujet des bébés n'étaient-elles qu'une mise en bouche ?

— Hmm… ce ne sont pas vraiment vos affaires, si ?

Elle plisse légèrement son petit nez.

— Ma famille, c'est mes affaires.

Hum. Avec son accent de New York, ça ressemblait à une réplique de film de mafieux.

— Pourquoi ne pas poser la question à Bruce ? hasardé-je.

Et répète-moi ce qu'il t'a dit, s'il te plaît.

Elle grimace.

— Vous devez sûrement savoir que mon frère peut être difficile, maintenant.

— Difficile ? Bruce ? On parle bien du même homme ?

Le sourire d'Angela est sincère – ou c'est ce que je suppose, en tout cas. C'est compliqué à dire, avec tout ce Botox.

— Je dois admettre que ce serait marrant de le regarder sortir avec quelqu'un d'aussi effronté…

— Mais ? l'encouragé-je.

— Mais ce serait une mauvaise idée de vous mettre ensemble, reprend-elle d'un ton à la fois sincère et plein de regrets.

Je me hérisse quand même.

— Ah oui ? Et pourquoi ça ?

Elle grimace.

— Je pensais que c'était évident.

— Pas pour moi, non.

J'ai une petite idée d'où elle veut en venir, et je n'aime pas ça du tout. Même si je pensais la même chose il n'y a pas si longtemps.

Elle pince les lèvres.

— Quand on se met en couple, les gens devraient rester avec leurs semblables.

Et voilà. Si je voulais préserver un semblant de cordialité, je partirais tout de suite, mais j'ai dépassé ce point depuis longtemps.

— Vous voulez bien m'expliquer ?

Elle jette un coup d'œil au chiot.

— Eh bien, pour expliquer ça en des termes que vous pourrez comprendre, si vous étiez tous les deux des chiens, Bruce serait l'un de ces chiens de concours avec un pedigree remontant à l'époque où sa race venait tout juste d'être développée. Vous, par contre, vous seriez plus proche d'un cabot.

Si j'étais un chien, je serais en train de grogner.

— Merci de ne pas préciser que je serais aussi l'avorton de ma portée, rétorqué-je d'un ton sarcastique.

— Écoutez, c'était peut-être un peu brusque, mais…

— Ça ressemblait au genre de truc que dirait une chienne.

Elle rougit.

— Je…

— Tu lui as déjà posé la question ? demande Théodora d'une voix forte en entrant dans la pièce.

Elle est dans le coup aussi ? Et dire qu'Aphrodite s'imaginait que sa famille m'accepterait.

— Pas encore, répond Angela.

Ah. Alors, peut-être…

— Je vais lui demander, alors, lance Théodora.

Elle se tourne vers moi et m'adresse un sourire étrangement semblable à celui de sa fille.

— Vous voulez bien nous aider ?

— Vous aider à quoi ?

— Pour la fête, répond Théodora.

J'ai un mouvement de recul – c'est un miracle que je ne marche pas sur Colossus.

— Quelle fête ?

— C'est évident, réplique Théodora, sachant quel jour on est.

— Hmm…

Je doute qu'elles veuillent célébrer les meilleurs ébats de ma vie, mais à part ça, je suis perdue.

Théodora fronce les sourcils et Angela secoue la tête avec un claquement de langue.

— Vous ne savez vraiment pas ? demande Théodora en me scrutant avec les yeux bleus de Bruce.

Je secoue la tête.

— Ce qu'il y a aujourd'hui ? précise Angela d'un ton appuyé.

Quand je hausse les épaules, Théodora a enfin pitié de moi.

— C'est l'anniversaire de Bruce.

CHAPITRE 27
BRUCE

Je viens de terminer un appel sur Zoom avec mon directeur technique au sujet d'une avancée sur la cryptomonnaie quand mon père entre dans la pièce.

— Je t'interromps ? demande-t-il.

Je dois répondre à quelques e-mails, mais je lui fais signe d'entrer, en partie parce que je ne passe plus souvent de moments privilégiés avec ma famille, mais aussi parce que c'est une occasion pour moi de démentir les accusations d'accro au travail de Lilly.

— Tu travailles le jour de ton anniversaire ? demande mon père.

— Tu vas me traiter d'accro au travail ? rétorqué-je.

Mon père sourit.

— J'allais dire que je suis fier de ton éthique professionnelle.

Ouais, et vu que je tiens ça de lui, comment pourrait-il dire le contraire ?

— Donc…, commence mon père en s'asseyant. Ta petite amie est sympa.

J'aurais dû lui parler des e-mails, finalement.

— C'est Lilly que tu considères comme ma petite amie, ou tu parles de quelqu'un d'autre ?

Le sourire de mon père s'élargit autant que celui du Joker.

— Lilly.

— Tu lui as demandé si ça lui convenait d'être qualifiée de petite amie ?

Même si c'était ce qu'elle pensait ce matin, elle va sûrement considérer cette idée comme démente, après cette conversation sur les bébés avec ma mère.

Mon père doit lire quelque chose sur mon visage, parce qu'il reprend :

— Ne sois pas en colère contre ta mère. Après tout… ta Lilly est affreusement petite.

Ma Lilly. Je dois avouer que ça me plaît.

Beaucoup.

Mais son corps ferme n'est pas trop petit. C'est la perfection à l'état pur – et par conséquent, c'est mon type, même si j'ai toujours cru que je n'en avais pas. Non pas que j'aie l'intention de dire tout ça à mon père. C'était déjà assez désagréable de supporter sa version des « choses de la vie » quand j'avais cinq ans. Il a ri quand je lui ai posé une question que je continue de trouver raisonnable : « Ça fait mal ? »

Après tout, ça fait mal pour la plupart des femmes, la première fois…

— Tu es tout l'opposé de petit, continue mon père.

Alors j'espère que ça fonctionnera pour vous de ce point de vue là.

— Tu as quel âge, douze ans ? rétorqué-je.

Ce que je n'ai pas l'intention de lui dire, c'est que ça *a* fonctionné, mieux que je ne l'aurais jamais imaginé. C'était époustouflant. Mieux que tout ce que…

— Je suis désolé, dit mon père, l'air contrit. Oh, et pour ma défense, je précise que je ne suis pas venu ici pour parler de ta vie amoureuse.

— Ah non ?

Je ne prends même pas la peine de le corriger sur cette prétendue « vie amoureuse ».

— Les membres féminins de la famille complotent une fête.

Je serre les dents.

— D'anniversaire ?

Mon père hoche la tête.

— C'est quoi, leur processus de pensée ? J'ai détesté mes trente-quatre premiers anniversaires, mais cette année, comme par magie, ce sera différent ?

— Tu as aimé la fête pour ton cinquième anniversaire, proteste mon père.

Peut-être. Il y avait un clown, et je ne me souviens d'aucun plat. Mais mis à part cette exception, je déteste tous les événements dont le thème central est la nourriture – en particulier la trinité maudite : Thanksgiving, Noël et les anniversaires.

— Pourquoi tu ne les as pas arrêtées ? demandé-je.

Mon père ricane.

— Si elles peuvent être arrêtées, pourquoi tu ne vas pas t'en charger toi-même ?

Il a raison.

Je passe frénétiquement en revue diverses excuses dans ma tête.

Une urgence au boulot ? C'est faible.

L'appendicite ? Non, ils me suivraient à l'hôpital.

Une diarrhée explosive ?

Putain.

Pourquoi ne me suis-je pas trouvé de doublure – comme Saddam Hussein, Kim Jong-un et Keanu Reeves ?

Je suppose que je n'ai aucun moyen de passer à côté. Pour rester sain d'esprit, je devrai utiliser des bouchons d'oreille de puissance industrielle ou des écouteurs haut de gamme à suppression de bruit, parce que je n'y couperai pas.

Je vais devoir survivre à une autre foutue fête d'anniversaire.

CHAPITRE 28
LILLY

C'est son anniversaire ?

Je regarde les deux femmes tour à tour.

— Il ne m'a rien dit.

D'un autre côté, pourquoi donnerait-il des détails aussi personnels à son humble employée ? J'ai de la chance qu'il…

— Ne vous en faites pas, répond Théodora. S'agissant des anniversaires, Bruce est le Grinch de la famille.

— Mais on pense que secrètement, ça lui plaît qu'on se mette en quatre pour lui, continue Angela. Quand on ne l'oblige pas à célébrer son anniversaire, il fait des heures supplémentaires.

Elle plisse son nez parfait.

— Je crois qu'il ne s'est jamais rien offert d'autre qu'une séance de sport particulièrement vigoureuse, pour son anniversaire.

Je n'ai aucun mal à le croire.

— Mais les gens ne mangent pas, durant les fêtes ? demandé-je, me sentant ridicule. Et ils ne boivent pas ?

— Eh bien, si, répond Angela. Et vous avez raison. C'est peut-être en partie la raison pour laquelle il se comporte comme le Grinch.

— En partie ? Peut-être ?

Je n'arrive pas à le croire.

— Bruce souffre de misophonie. Les bruits de mastication et de déglutition le perturbent.

Théodora se racle la gorge.

— Nous pourrons faire préparer de tout petits hors-d'œuvre, que les gens pourront avaler sans mâcher.

— Et des verres à shot, ajoute Angela. Des tout petits, que les gens pourront vider sans émettre un seul son.

Bruce n'exagérait pas, quand il m'a dit que sa famille ne respectait pas sa maladie.

— Personne ne boira ou ne mangera plus devant Bruce, décrété-je.

Quand elles me lancent un regard interrogateur, j'ajoute d'un ton moins assuré :

— J'ai entraîné Colossus pour qu'il empêche tout le monde de faire ça.

Elles me regardent toutes les deux comme s'il m'était poussé des cornes, mais aucune d'elles ne me demande comment un minuscule chihuahua est censé empêcher des humains de manger ou de boire.

— Ceci étant dit, reprends-je, pourquoi ne pas

installer deux buffets, un pour Bruce et un pour tous les autres, hors de portée de Bruce ? Vous pourriez aussi faire deux bars.

— C'est très malin, admet Théodora. On va faire comme ça.

— On pourrait aussi mettre de la musique à plein volume, suggéré-je. Ou mieux encore, faire une fête avec écouteurs.

— Optons pour la deuxième idée, propose Angela. Bruce porte des écouteurs pour la plupart des événements où les gens mangent, de toute façon, et comme ça, il n'aura pas l'air de manquer de savoir-vivre.

Le fait de porter des écouteurs ne veut pas dire qu'il manque de savoir-vivre. Cet honneur revient plutôt à ceux qui mangent ou boivent devant lui même après avoir appris sa maladie.

— Alors c'est décidé, lâche Théodora. Je vais inviter ses amis et embaucher un DJ qui organisera cette histoire d'écouteurs.

Angela applaudit avec enthousiasme. De toute évidence, elle organise plus cette fête pour elle que pour Bruce.

— Il nous faut aussi un thème.

— Pourquoi pas *The Witcher* ? proposé-je.

— Le quoi ? demandent-elles à l'unisson.

Comment peuvent-elles ne pas savoir ça ?

— C'est sa série de livres préférée.

Théodora lance un regard entendu à Angela, puis reporte son attention sur moi.

— C'est lui qui vous a dit ça ?

Je rougis.

— Il se trouve que j'aime le jeu vidéo tiré de cette série, et qu'on en a discuté.

— Des intérêts en commun, dit Théodora d'un ton approbateur. Expliquez-nous, dans ce cas, si nous voulons que ce soit le thème de la fête, qu'est-ce qu'on doit faire ?

Je hausse les épaules.

— Vous pouvez nous trouver des tenues qui ressemblent à ce qu'on portait en Europe de l'Est au Moyen Âge ?

Angela me regarde comme si j'étais une imbécile.

— On pourrait demander aux hommes de porter des épées, suggéré-je, me prenant au jeu. Et les femmes pourraient se pomponner pour ressembler aux magiciennes de ce monde.

Dans *The Witcher*, les magiciennes utilisent la magie pour se montrer sous leur meilleur jour, un peu comme sa mère et sa sœur ont recours à la chirurgie esthétique, elles devraient donc être à l'aise dans leur rôle.

— Autre chose ? s'enquiert Angela.

— Vous pouvez embaucher un barde ? suggéré-je.

Angela arque un sourcil pas encore traité au Rogaine.

— Un barde ?

— C'est comme un ménestrel, expliqué-je. Imaginez un type vêtu de la version dandy de ce que les autres porteront, et qui débitera de la poésie en jouant du luth.

— Ah, bien sûr, acquiesce Angela. Ça devrait être facile.

Ça devrait ? Je suppose que les gens riches ont accès à des bardes – ils se les procurent sûrement dans le même supermarché où ils se rendent pour acheter des masques flippants et des prostituées pour leurs fêtes à la *Eyes Wide Shut*.

— Le chien devrait avoir une tenue, remarque Théodora. Des idées ?

Je souris.

— Il pourrait être un loup-garou. Chihuahua le jour, bête maudite la nuit.

Théodora et Angela baissent les yeux sur la petite boule de poils, l'air sceptiques. Se demandent-elles si c'est grâce à ses pouvoirs de loup-garou qu'il obligera les gens à manger et boire loin de Bruce ?

— D'autres options ? s'enquiert Théodora.

— Il pourrait être un cheval, proposé-je avec réticence.

Ce que je n'ajoute pas, c'est que j'ai utilisé cette idée avec mon chien pour plusieurs Halloweens ni que ce dernier portait le nom de la monture du Witcher.

— Ça devrait être plus facile, dans un si bref délai, approuve Théodora.

Ah oui ? Il y a donc des limites aux supermarchés *Eyes Wide Shut*. C'est bon à savoir.

— OK, dit Angela. On a beaucoup à faire, alors mieux vaut s'y mettre tout de suite.

— Je peux avoir votre numéro ? me demande Théodora. Au cas où j'aurais des questions au sujet du thème ?

J'entre mon numéro de téléphone dans ses contacts, puis je sors à nouveau Colossus.

Dehors, je repère Champ, qui en est sûrement à son deuxième paquet de cigarettes, maintenant.

— C'est un déguisement de Mad Max ? demande-t-il avec un sourire narquois en indiquant mon casque. Il vous faudrait aussi un soutien-gorge à pointes.

Tout en prononçant ces mots, il reluque mes seins comme s'il visualisait ladite tenue.

— Très drôle, dis-je entre mes dents serrées. J'avais presque oublié que Bruce m'obligeait à avoir l'air ridicule, pendant ces promenades.

— Eh bien, comment lui en vouloir, répond Champ en jetant sa cigarette au sol. Si vous travailliez pour moi, je vous ferais porter des tenues spéciales, moi aussi.

Beurk.

— Du calme, Champ. Votre petite amie est à soixante centimètres d'ici.

— C'était juste une blague, bordel.

Champ écrase sa cigarette sous sa chaussure, se retourne et décampe.

Waouh. Quand Angela disait que « les gens devraient rester avec leurs semblables »... elle considérait vraiment ce type comme son égal ?

Colossus approche pour renifler le mégot de

cigarette, je l'écarte donc au cas où il déciderait de le manger.

Après la promenade, j'éduque Colossus tout en réfrénant mes vertiges chaque fois que j'imagine la tenue de fête d'anniversaire de Bruce sur le thème du *Witcher.* De temps en temps, Théodora m'envoie un message pour me demander des suggestions plus détaillées à propos du thème, et à un moment donné, elle me donne une information que je connaissais déjà depuis longtemps, bien sûr – *The Witcher* est aussi une série télé sur Netflix, avec pour rôle principal, je cite « le délicieux et sublime Superman qu'est Henry Cavill. »

Je ne l'ai pas encore vue, dis-je.

Tu pourrais peut-être la regarder avec Bruce ? suggère Théodora.

Qui sait ? dis-je.

Je me demande si elle se rend compte qu'elle vient de passer très près de suggérer que son fils et moi nous pelotions devant Netflix.

Une heure après le déjeuner, je reçois un autre message de Théodora ;

Laquelle de ces tenues tu préfères ?

Des images envahissent mon téléphone, et les choix sont nombreux, mais je gravite autour des options en noir, parce que c'est la couleur de choix de mon personnage féminin préféré du jeu, Yennefer de Vengerberg.

Après une courte délibération, j'envoie ma sélection à Théodora : des bottes hautes, un manteau, une ceinture, une paire de longs gants, des hauts-de-chausses, un col de fourrure et le meilleur pour la fin : un corset.

Quelle taille ? demande-t-elle.

Quand je lui réponds, il y a une pause, puis elle répond :

On a de la chance que cet endroit conçoive des vêtements pour les adultes et les enfants.

Super. On va vraiment reparler de ma petite taille ?

À mon grand soulagement, Théodora me laisse tranquille après ce message, jusqu'à ce qu'Angela et elle reviennent et frappent à ma porte de chambre, en tout cas. Quand je leur ouvre, Théodora me fourre un tas de sacs de shopping dans les mains.

— Combien je vous dois ? demandé-je.

— Rien, répond Théodora de bonne grâce.

Angela hoche la tête.

— Nous avons tellement aimé cette idée de thème que nous avons l'impression que c'est nous qui t'en devons une.

Je n'ai fait que leur dire quelque chose qu'elles auraient déjà dû savoir, mais OK.

— La fête commence dans trois heures, dans la salle de bal, m'informe Angela. J'espère que ça te laissera le temps de te préparer.

Était-ce une insulte du genre « Tu es si hideuse qu'il te faudra plus de temps pour cacher tout ça ? »

— Seulement trois heures ? s'exclame Théodora en regardant sa montre, l'air horrifiée. On ne peut plus reculer ? Je ne serai jamais prête à temps.

— Non, répond Angela. Papa a trouvé une excuse pour amener Bruce dans cette pièce à cette heure précise. Si l'horaire change, Bruce risque d'avoir des soupçons.

— Je vais devoir me dépêcher, alors, dit Théodora. À bientôt.

Sa mère s'éloigne en vitesse, mais pour une raison inconnue, Angela reste en arrière.

Oh non. Suis-je sur le point de recevoir un autre sermon me rappelant que je suis inadéquate pour son frère ? Peut-être que cette fois, je serai comparée à un vulgaire trou de donut et lui à un gâteau au champagne ?

— Je ferais mieux de filer aussi. Je vais mettre encore plus de temps à me préparer que ma mère, dit Angela, mais elle ne bouge pas.

Je soupire.

— Qu'est-ce qu'il y a, encore ?

Elle remue presque imperceptiblement d'un haut talon sur l'autre.

— Merci. J'apprécie ton aide pour cette fête.

Elle me laisse bouche bée et s'en va dans un cliquetis de talons.

— Qu'est-ce que c'était que ça ? demandé-je à Colossus.

Il penche la tête.

Si j'étais aussi doué pour comprendre les humains, je vous pousserais tous à me donner des biscuits chaque seconde de chaque jour.

J'arrive dans la salle de bal avec quelques minutes d'avance, vêtue de ma tenue de Yennefer. Colossus est avec moi, l'air du plus petit poney de toute l'histoire des équidés.

Johnny nous accueille à l'entrée, habillé comme un barde.

Je lui souris.

— J'ai l'impression que ta moustache attendait ce moment depuis toujours.

Johnny rougit d'un air ravi et entortille sa moustache d'un geste expert.

— C'est pour toi, dit-il en me tendant une paire d'écouteurs.

Pour exposer mes oreilles, je dois repousser les boucles noires de ma perruque. Une fois les écouteurs en place, j'entends une douce musique de luth, comme si j'étais dans une taverne de Novigrad, ma ville préférée du jeu.

Sympa.

Je regarde autour de moi.

Les décorations sont parfaites ; je ne serais pas surprise d'apprendre que Théodora et Angela ont embauché un décorateur. La salle de bal me rappelle Kaer Morhen, le vieux château où s'entraînent tous les Witchers.

Je repère le père de Bruce devant ce qui doit être le buffet non réservé à Bruce, et prends cette direction pour étudier les plats proposés.

Waouh. Même les hors-d'œuvre respectent le thème, avec des étiquettes comme « tartine de mouton » et « tartare de wyverne ». Je prends un plat de fromages divers et de fruits, et récupère un peu de concombre pour Colossus – qui l'engloutit avec désespoir, même s'il a mangé son dîner avant de venir ici.

Ambrose cogne accidentellement son fourreau contre le coin de la table.

— Vous croyez que Bruce va aimer tout ça ?

— Je suis aussi fan de ce monde que lui, dis-je. Et j'adore.

Après m'être empressée de terminer mon assiette dans la zone attribuée, je sors pour jeter un œil à la foule en train de se rassembler.

Tout le monde porte une tenue appropriée, et je reconnais Bob le chef cuisinier, Prudence la gouvernante, le jardinier dont j'ai oublié le nom et quelques agents de sécurité. Puis un groupe familier entre, lui aussi déguisé, et il me faut une seconde avant de me souvenir qu'ils travaillent dans la branche locale de la banque de Bruce – ce sont ceux qui ont aidé Colossus à se socialiser.

Colossus reconnaît l'odeur de ses connaissances humaines et accourt pour les accueillir – ou pour vérifier s'ils ont des friandises.

Angela, son petit ami et Théodora entrent dans la pièce. Les deux femmes font d'excellentes camarades magiciennes, tandis que Champ ressemble à un bouffon de la cour de Nilfgaard. Ils rejoignent

Ambrose, qui est habillé comme un roi, sûrement Radovid V le Sévère.

— Il arrive, dit Johnny en entortillant nerveusement sa moustache. Préparez-vous.

Je regarde vers l'entrée, curieuse.

Bruce entre, l'air d'un anachronisme dans ses vêtements modernes.

— Surprise ! nous écrions-nous tous. Bon anniversaire !

Bruce écarquille les yeux et regarde autour de lui, un peu sous le choc.

Ambrose approche de son fils et lui met une pile de vêtements dans les mains.

— Enfile ça et reviens ensuite, s'il te plaît, dit-il d'un ton un peu contrit. C'est une soirée à thème.

Colossus se précipite vers Bruce et remue la queue.

Bruce scrute son déguisement de cheval et nous gratifie de l'un de ses rares sourires.

— Tu es un mini-Ablette ?

Le chiot remue la queue plus fort.

Je me fiche de comment tu m'appelles, tant qu'il y a un biscuit à la clé.

— Bon, allons-y, dit Bruce au chien.

Ils s'en vont ensemble. Je vais au bar non réservé à Bruce et demande un shot de vodka. Quand je reviens sur la piste de danse, Bruce et Colossus sont de retour.

Nom d'Anubis. J'aurais dû deviner que Théodora et Angela feraient ça, et pourtant je n'étais pas du tout prête à ça, et j'ai soudain besoin d'une autre culotte.

Déjà naturellement large d'épaules, Bruce a l'air

immense, avec les plaques d'armures typiques de son costume. Et avec sa perruque grise, les deux épées dans son large dos et le pendentif de loup bien reconnaissable autour de son cou, il est clairement reconnaissable : Geralt de Riv, ou comme tout le monde l'appelle, le Witcher.

CHAPITRE 29
BRUCE

Je m'attendais à une fête surprise, mais le thème m'a laissé sans voix, et ma surprise était sincère.

Plus tard, pendant que je me changeais, j'ai eu le temps de digérer ce qui se passait et je me suis rendu compte que pour la première fois, j'allais peut-être apprécier cette maudite fête d'anniversaire, ou la trouver plus facile à tolérer, tout du moins. Il ne m'a pas fallu longtemps non plus pour comprendre qui je devais remercier pour ça. Après tout, elle est aussi fan de cet univers que moi.

C'est pourquoi, quand Colossus et moi revenons dans la salle de bal, je cherche Lilly dans la foule.

Ça me prend quelques secondes à cause de tous les déguisements, mais dès que je me concentre sur la taille (ou la petitesse) et les sourcils (ou leur abondance), je la localise – et mes yeux me sortent des orbites, comme ceux d'un loup de dessin animé. C'est plutôt raccord, compte tenu du pendentif autour de mon cou.

Elle est vraiment sexy – et bien sûr, elle est déguisée en la personne pour qui mon personnage a des sentiments amoureux.

Je m'avance vers elle, retire mes écouteurs sous ma perruque et la salue.

Elle se débarrasse de ses écouteurs aussi et chante « Happy Birthday » de ce ton si spécial rendu célèbre par Marilyn Monroe, remplaçant simplement « M. President » par « M. Roxford ».

Tout en l'écoutant, je me demande si ce serait mal si je la jetais sur mon épaule et courais dans ma chambre. Est-ce que tout le monde penserait que ça fait partie du déguisement ? Sûrement pas, alors je ferais mieux de me tenir à carreau.

— Merci, dis-je en englobant la salle d'un geste. Celui qui a trouvé le thème du *Witcher* est un génie.

Elle bat des cils d'un air coquet.

— Je me demande qui c'était ?

Je hausse les épaules de manière théâtrale.

— J'imagine quelqu'un de beau. D'attentionné. Et qui est sûrement très doué avec les chiens.

La voilà, la rougeur que je faisais de mon mieux pour susciter.

— Tu as déjà mangé ? demande-t-elle en indiquant un coin à l'écart de tout le monde. C'est le buffet qui t'est réservé, à l'écart des autres.

Je fais un pas vers elle.

— C'était ton idée ?

Elle lève les yeux vers moi et hoche la tête.

Je me penche vers elle.

— Tu es incroyable.

Elle se met sur la pointe des pieds.

— C'était un plaisir.

Est-ce qu'on parle encore de cette fête ?

Peu importe.

Je vais à nouveau goûter ces lèvres.

Je me penche d'un centimètre de plus, mais au moment où je m'apprête à embrasser Lilly, une main me tapote l'épaule.

Je me retourne, prêt à trancher celui qui m'a interrompu avec l'une de mes épées, mais il s'avère que c'est ma mère, je dois donc me contenter de la fusiller du regard.

— Quoi ?

— Vous devriez avoir la première danse, tous les deux, dit-elle.

Mon regard passe d'elle à Lilly.

— La personne dont c'est l'anniversaire a droit à la première danse ? m'étonné-je.

J'ai toujours cru que c'était un truc de mariage.

— C'est à cause de vos tenues, répond-elle sans conviction. Le Witcher doit danser avec sa magicienne.

Lilly pointe Gertrude, qui porte une perruque rousse, du doigt.

— C'est Triss Merigold. Dans le jeu, la courtiser mène à une vie plus simple et plus stable.

— Pas de spoilers, lâché-je en remettant mes écouteurs. Même si je n'aurais jamais choisi quelqu'un d'autre que Yennefer, quoi que tu dises.

Un slow joue dans mes oreilles et je tends la main à Lilly. Elle insère elle aussi ses écouteurs et me prend la main. Je la guide jusqu'au milieu de la piste de danse pendant que tout le monde regarde.

— Je suis bien contente que tes épées soient dans ton dos, murmure Lilly assez fort pour que je l'entende malgré les écouteurs. Si tu les portais à la ceinture je risquerais d'être poignardée.

— Ça risque toujours d'arriver.

L'impression d'être un ado au bal de promo, je jette un œil à mon pantalon moulant.

Elle rougit d'une manière très peu digne de Yennefer et prend mes mains tendues. Je l'attire contre moi et évolue au rythme de la musique, effectuant une danse style salle de bal, vu que je n'ai aucune idée de comment on danse, dans le monde du Witcher.

La proximité de Lilly est enivrante. Elle me regarde sereinement, elle est douce partout où il faut et son délicat parfum de cerises, d'encens et de rose me fait tourner la tête.

Putain. Mon problème d'épée devient plus évident – et vu la façon dont elle écarquille les yeux, elle s'en rend compte.

La musique s'arrête.

Je fais une révérence.

— Tu es une excellente danseuse.

— Eh bien, merci, répond-elle en s'inclinant. Et si on mangeait et buvait, avant de recommencer ?

— C'est d'accord.

Je me dirige vers le buffet qu'elle a fait installer pour moi. Même si à vrai dire, je n'ai plus faim ni soif…

Pas de nourriture, en tout cas.

CHAPITRE 30
LILLY

La danse était sexy, et pas seulement parce qu'elle puise dans mes fantasmes impliquant le Witcher. Ça avait plus à voir avec Bruce, qui est récemment devenu la source de bien plus de fantasmes qu'un personnage de jeu vidéo ne pourra jamais en susciter.

Je m'évente avec ma paume, regrettant que ma tenue ne soit pas assortie d'un éventail ou d'une tapette à mouches. Non. Je suis encore dans tous mes états. J'éteins la musique et calme ma respiration, puis je me dirige vers le bar pour prendre un verre d'eau avec beaucoup de glaçons.

Même la boisson froide n'a aucun effet. Je ferais peut-être mieux de fourrer un glaçon dans ma culotte, mais je n'ai pas l'impression que ce soit une bonne idée, entourée d'autant de monde.

— Votre Majesté, entends-je soudain Théodora murmurer d'un ton théâtral. Vous pensez qu'on pourrait partir en douce pour se rendre dans vos quartiers pendant que personne ne nous regarde ?

Je suppose qu'elle parle à Ambrose, et que je ne suis pas la seule à trouver ces tenues aphrodisiaques. Et je ferais mieux de faire attention à ce que je dis, ce soir. Quand la musique est éteinte, les écouteurs n'occultent pas beaucoup le bruit.

— Oui, donzelle, répond Ambrose avant que j'aie pu remettre la musique et étouffer ces détails indésirables. Vous aurez l'honneur de servir votre roi très bientôt.

Je n'entends pas ce que répond la mère de Bruce, parce que par bonheur, la musique dans mes écouteurs étouffe sa voix. Mais je vais quand même devoir laver mon cerveau à l'eau de javel.

Je mets un peu de distance entre moi et les parents de Bruce, sors de la zone du bar et rentre dans Champ.

Beurk. Je sens une partie de lui effleurer mon corps et suis assaillie par son haleine – un horrible mélange de cigarettes, d'ail, de vodka et de café.

Je m'empresse de reculer. Le bon côté, c'est que je n'ai plus besoin de prendre une douche froide.

Champ me reluque, relâchant un peu plus de son haleine.

— La dame magique veut-elle danser ?

Je respire par le nez.

— Non merci.

Il fronce les sourcils.

— Pourquoi pas ?

— Elle ne danse qu'avec moi, grogne Bruce d'un ton

menaçant derrière moi, nous faisant sursauter tous les deux.

Champ lève les mains.

— C'est juste une danse. Bon Dieu.

— Nous sommes très dévoués au thème de la soirée, expliqué-je. Et son personnage ne danserait qu'avec le mien, et vice versa.

Champ lève les yeux au ciel de manière efféminée, tourne les talons et s'éloigne.

— Merci, soufflé-je à Bruce.

— Tu peux me remercier avec une danse, répond-il en tendant les mains, comme tout à l'heure.

Et c'est parti. Ma culotte a encore des ennuis.

J'accepte ses mains et il m'attire près de lui d'un geste expert, m'enveloppant dans sa chaleur corporelle.

La musique est un peu plus rapide, cette fois, mais ce n'est rien comparé aux battements effrénés de mon cœur.

Il enroule son bras au creux de mon dos et me donne doucement le rythme.

Celui qui a inventé les danses avait-il conscience de leur aspect très sexuel ?

Je hoquette à chaque pas, ma poitrine poussée vers le haut par le corset se soulevant avec force. Puis Bruce me regarde dans les yeux et il n'y a plus une seule trace de la glace habituelle dans leurs profondeurs bleues. Ils me rappellent plutôt la mer des Caraïbes, où je me ferais un plaisir de nager toute nue.

— Tu es très bonne danseuse, me murmure Bruce à l'oreille quand la chanson s'arrête.

— Moi ? C'est toi qui as tout fait.

Il sourit.

— Tu sous-estimes ton sens du rythme.

Vraiment, ou ai-je simplement d'autres soucis en tête, plus primitifs ?

— J'aimerais te remercier encore, dit-il. Je suis dur à satisfaire, niveau cadeau d'anniversaire, mais tu as réussi à le faire, aujourd'hui.

Les mots « dur » et « satisfaire » sont sûrement responsables de ce que je lâche ensuite :

— Cette fête n'est pas mon cadeau.

Ses yeux pétillent.

— Ah non ?

Je rougis et demande :

— Que dirais-tu de passer la nuit avec Yennefer de Vengerberg ?

Argh. J'ai bu combien de verres ? Je ne suis pas si courageuse, d'habitude.

Il secoue la tête et mon cœur manque de cesser de battre.

— Je n'ai pas envie de Yennefer de Venderberg, murmure-t-il. Pas quand je peux avoir Lilly Johnson.

Je ne m'étais même pas rendu compte que je retenais mon souffle, jusqu'à ce que tout l'air s'échappe de mes poumons. J'ouvre la bouche pour parler logistique, mais l'expression de Bruce devient peinée.

Je fais volte-face.

Champ est derrière moi, occupé à mâchonner une tranche de mouton la bouche ouverte, comme un homme des cavernes.

— Qu'est-ce qu'il fout ? lâché-je d'un ton dur. On est censé manger dans les zones prévues pour ça.

— Le chien y était, explique Champ en agitant son mouton avant d'en prendre une autre bouchée.

En parlant du chien, Colossus accourt dans notre direction, prouvant que Champ n'avait pas besoin de partir, même si je ne crois pas une seconde à son explication. Ma théorie, c'est qu'il est mesquin et cherche à se venger de Bruce pour l'avoir empêché de danser avec moi.

Agacée au plus haut point, je porte une main à ma tempe et lance un regard appuyé au chiot.

Comme le bon garçon qu'il est, Colossus se met à aboyer avec force.

Champ porte une main à sa poitrine et fait un pas en arrière, juste à temps pour trébucher sur le pied de Johnny (ou peut-être sa moustache).

Champ agite les bras dans tous les sens et s'écroule sur les fesses, son reste de sandwich volant vers Colossus.

Le chien le dévore en un clin d'œil – prenant sans doute ça pour sa récompense pour avoir aboyé sur commande.

— Qu'est-ce qu'il y avait dans ce sandwich ? demandé-je.

— C'est tout ce qui vous inquiète ? rétorque Champ en tentant de se retourner avec un grognement.

— Réponds-lui, aboie Bruce.

Le chef cuisinier arrive en courant et énumère une longue liste d'ingrédients. Ils m'ont tous l'air à peu près sans danger pour les chiens, je me détends donc un peu. Je vais quand même devoir garder un œil sur le chiot, au cas où cet excès de nourriture le rende malade, mais je pense que la petite créature insatiable va bien. En parlant d'aller bien…

— Vous êtes blessé ? demandé-je à Champ, qui est toujours par terre.

S'il s'est cassé le coccyx, je me sentirai un peu coupable.

Sans un seul mot compatissant, Bruce tend la main à Champ, qui la prend et se remet sur ses pieds avec un grognement.

— C'est la faute de ce foutu chien, maugrée-t-il en s'époussetant. Je suis allergique.

— Depuis quand les allergies font tomber sur les fesses ? demande Bruce.

Champ fait semblant d'éternuer en réponse et détale en vitesse. De toute évidence, il n'est pas blessé.

— Bon chien, dit Bruce à Colossus.

Le chiot remue la queue.

Si tu trouves que je suis un bon chien parce que j'ai mangé ce sandwich, attends un peu de voir mes talents hautement raffinés dans la dégustation de biscuits.

— Il va peut-être avoir besoin d'aller faire ses besoins, après un si gros repas, fais-je remarquer à Bruce. Je parle de Colossus, mais peut-être que Champ aussi.

— Et si on le sortait ensemble ? propose Bruce.

On se retrouverait seuls. Oui, s'il vous plaît. Mais une seconde. Je regarde autour de nous.

— Et la fête ?

Bruce hausse les épaules.

— J'ai tenu plus longtemps qu'à n'importe quel autre événement auquel j'ai participé. Grâce à toi.

— OK, acquiescé-je en prenant le chiot. Allons-y.

Nous nous dirigeons vers le garage dans un silence confortable, et quand nous arrivons, Colossus s'est endormi dans mes bras. Il a succombé au coma alimentaire.

— Je m'en veux presque de le réveiller, murmuré-je à Bruce.

Il regarde sa tête mignonne et endormie et sourit.

— Je me demande pourquoi il est si fatigué.

— La fête, dis-je. Toutes ces odeurs, ces gens et cette nourriture. Ça fait beaucoup, pour un si petit bonhomme.

— Tu crois qu'on devrait le ramener au lit ? demande-t-il.

Je secoue la tête.

— Il aurait un accident, c'est sûr.

Bruce me tend le harnais du chien et je le lui enfile, avant de prendre mon casque punk.

— Tu n'auras pas besoin de ça, dit Bruce.

— Il fait noir, dehors, remarqué-je. Je ne risque pas d'être attaquée par un hibou ?

Bruce sort l'une des épées dans son dos.

— Qu'elles essaient un peu, ces saletés à plume. Je les trancherai en deux.

J'attache la laisse au harnais de Colossus.

— C'est ton épée en acier ou en argent ?

Il l'examine plus attentivement.

— En argent. Je devrais sûrement prendre celle en acier, pour un hibou.

— Ouais. L'argent, c'est pour les monstres, et je ne pense pas que les hiboux en fassent partie.

— En parlant du *Witcher,* dit Bruce tandis que nous sortons dans l'air frais de la nuit. Ma mère m'a parlé d'un truc intéressant.

— Ah oui ?

Elle ne vient pas d'apprendre l'existence de ces bouquins aujourd'hui ?

— Il y a une série Netflix tirée du *Witcher.*

Ah.

— Tu ne le savais pas ?

Il secoue la tête.

Des papillons volettent dans mon estomac et je demande :

— Tu voulais la regarder ?

— Avec toi, précise-t-il.

Les papillons se mettent à battre des ailes avec force, et se transforment en hiboux prédateurs.

— Ce serait avec plaisir.

— Même si ça ne sera jamais aussi bon que les livres, remarque Bruce.

— Ou le troisième jeu, ajouté-je.

— Si on déteste, on le détestera ensemble, au moins.

— Ouais, acquiescé-je. L'important, c'est de se détendre en la regardant.

Et… mon état éméché continue de me donner du

courage, inutilement, dans ce cas précis, puisqu'il m'a déjà acceptée en guise de cadeau.

Il sourit.

— Se détendre, hein ?

Je lui rends son sourire et mon visage devient brûlant.

— On s'est compris.

Il prend une expression sérieuse. Il doit se rendre compte de l'aspect très romantique de ce moment. Nous sommes entourés d'un paysage magnifique, les étoiles et la lune brillent dans le ciel et enfin, mais non des moindres, nous portons des tenues sexy assorties l'une à l'autre.

Les mêmes pensées doivent lui traverser la tête, parce qu'il m'attire à lui et que nos lèvres s'unissent.

Le monde impressionnant autour de nous disparaît complètement, et il ne reste plus que les lèvres de Bruce, sa langue rusée et ses bras forts sur mes fesses, le gémissement…

Une seconde. Le gémissement ?

Je m'écarte avec réticence pour trouver la source de ce bruit. Colossus. Il est dressé sur ses pattes arrière et donne de petits coups de patte à Bruce – comme s'il le suppliait de le prendre dans ses bras.

— Hmm, dis-je. Ablette faisait un peu la même chose. Il se mettait entre moi et tous ceux que j'essayais d'embrasser.

— C'était un chien intelligent, alors, répond Bruce. Je suis la seule personne que tu devrais embrasser.

Waouh.

— Je ne te connaissais pas, à l'époque.

Bruce soulève Colossus et reçoit un coup de langue sur le visage.

— Tu crois qu'il voulait juste de l'attention, qu'il était jaloux, ou…

Il émet un petit rire.

— Qu'il me protégeait de ce qu'il a perçu comme une attaque ?

Je hausse les épaules.

— J'ai plus l'impression qu'il a senti l'ocytocine dans l'air et que ça l'a rendu curieux. Peut-être même qu'il en voulait un peu – d'où ce coup de langue sur le visage.

Petit chanceux. Je suis un peu jalouse pour ça.

Il repose le chien par terre.

— Si ça devient un problème, tu pourras lui apprendre à ne plus s'immiscer entre nous ?

— Bien sûr, dis-je, ma respiration accélérant. Il faudrait qu'on s'embrasse très souvent, pour l'entraîner.

Il sourit d'un air narquois.

— Ça peut s'arranger.

OK. Et c'est parti, c'est ma chance de lui demander ce qui se passe entre nous, mais d'un autre côté, c'est son anniversaire et si la conversation tourne mal, j'aurai tout gâché.

Ouais. Remettons ça à plus tard. Je ne suis peut-être pas si courageuse que ça, finalement.

— Tu crois qu'il a fini ? demande Bruce.

Il vient de voir Colossus ne pas lever la patte sur un

buisson qui aurait été parfait pour ça. Même moi, je suis tentée d'uriner dessus.

— Oh, oui, dis-je. Le réservoir est vide. Rentrons.

Et si ça nous permet de retourner dans la chambre de Bruce plus vite, c'est encore mieux.

Sans même en parler, nous repartons presque en courant – ce qui ne m'aide pas à apaiser mes battements de cœur déjà effrénés. En chemin vers la chambre, le chiot s'endort à nouveau dans mes bras, je le dépose donc avec délicatesse dans son lit et Anubis soit loué, il ne se réveille pas.

Et maintenant ? Je ne sais pas si les derniers résidus d'alcool ont quitté mon organisme ou si c'est la réalité de cette chambre, mais je me sens bien moins audacieuse, soudain. C'est pour ça que je rougis quand je demande :

— Tu veux qu'on regarde la série ?

Les yeux pétillant avidement, Bruce répond en me soulevant du sol pour me porter jusqu'au lit.

Oh bon sang. Il retire chacune de mes longues bottes, avant de se débarrasser de mes hauts-de-chausse et de mon corset, puis de retirer enfin ma culotte.

— Waouh, ronronne Bruce. Je rêvais de te goûter.

Je deviens écarlate, mais je ne lutte pas quand il écarte mes jambes. C'est son anniversaire, il peut manger tout ce qu'il veut... en étant aussi bruyant qu'il en a envie, puisque je ne souffre pas de misophonie, moi.

Il commence par des baisers aussi doux que des

plumes autour de mon clitoris – un acte purement diabolique, parce que ça me donne envie de le sentir *sur* mon clitoris.

Comme s'il était psychiquement au diapason avec mes désirs, Bruce m'embrasse là où j'en ai tellement envie. Au début, il me touche à peine, puis il recommence plus fort, et termine par un gros bisou qui me fait crisper les poings sur les draps.

Il intensifie ses soins avec un léger coup de langue.

Un gémissement s'échappe du plus profond de moi.

Je ne sais pas comment, mais je sens son sourire satisfait contre mon sexe, suivi d'un autre coup de langue plus fort.

Oui. S'il te plaît. J'aime ça.

Je dois le hurler à voix haute, ou bien il est encore médium, parce que sa douzaine de coups de langue supplémentaires est pareille, et c'est l'extase à l'état pur. Un orgasme commence à grandir en moi et un gémissement spontané s'échappe de mes lèvres.

Encouragé, Bruce fait quelque chose que je n'avais encore jamais ressenti – et redéfini le terme « langue bien pendue » au passage. J'ai l'impression qu'il a enveloppé sa langue autour de mon clitoris.

Avec un cri, j'explose en petits éclats de plaisir, avant de me reconstituer autour de sa langue géniale.

— À ton tour, hoqueté-je quand j'ai recouvré la raison.

Maintenant que j'y pense, on aurait dû commencer par lui – c'est son anniversaire, après tout.

D'un geste sorti tout droit de *Magic Mike*, Bruce arrache son pantalon, libérant Titan.

— Tu n'avais pas de sous-vêtements ? m'étonné-je en faisant glisser délicatement mes doigts le long de son membre impressionnant. C'est en accord avec le thème.

— Non, grogne-t-il. Le vrai Geralt porterait des braies.

— Chut.

Je dépose un baiser léger sur le bout de Titan, goûtant la douceur d'océan du liquide séminal de Bruce.

Il s'appuie contre la tête de lit, mais ça ne détend pas les muscles noués de ses jambes ni la merveille en forme de V autour de ses tablettes de chocolat ciselées.

Je prends Titan dans ma bouche. Il est plus dur que l'acier, mais chaud et doux comme le velours, ne demandant qu'à être sucé et léché.

Je n'arrive pas à croire que je suis aussi excitée alors qu'il vient tout juste de me faire jouir. Sans pouvoir m'en empêcher, je glisse une main entre mes jambes, éprouvant le besoin désespéré de satisfaire mon désir grandissant.

— Putain, grogne Bruce quand je le lèche comme une glace. Tu es incroyable.

Ah ouais ? Je plonge profondément Titan dans ma gorge, jusqu'à le sentir dans ma rate. Mon propre orgasme est presque là, et le gémissement qui en résulte se réverbère dans son sexe.

Bruce grogne de plaisir et me caresse le dos — ce

qui ne fait que m'encourager à le prendre plus profond et à me caresser plus fort, plus désespérément.

— Je veux être en toi, demande Bruce quand mon orgasme est à deux doigts d'arriver à son point culminant.

Mon esprit est trop embrouillé par le sexe pour que je réponde, alors je me contente de regarder Bruce me coucher sur le lit et envelopper Titan ; d'abord dans le préservatif, et ensuite en moi.

Mes yeux roulent dans mes orbites et je griffe le dos de Bruce quand mon orgasme explose enfin – tout autour de son sexe.

— C'est bien, murmure-t-il.

Il me lève mes bras au-dessus de ma tête et entrelace nos doigts.

— Maintenant, je veux que tu m'en donnes un autre.

Il accompagne cette requête d'un coup de reins.

Si j'étais encore capable de parler, je répondrais que j'arriverais peut-être à en glisser un dernier, du moment qu'il continue de me regarder dans les yeux comme ça. Comme si j'étais le centre de l'univers.

Il me pilonne plus fort et capture mon gémissement dans sa bouche. C'est si incroyable de le sentir en moi que je pourrais hurler, mais son baiser brûlant m'en empêche.

Ses coups de reins deviennent plus frénétiques, et sa langue semble répéter en écho les mouvements de son pelvis pendant qu'il dévore avidement ma bouche. Puis il se raidit, rompt le baiser et lâche un grognement. Je le sens durcir encore plus en moi quand il atteint l'orgasme.

Ça y est. Avec un cri étranglé, je jouis, et l'extase perdure pendant ce qui me paraît une éternité.

Waouh. Heureusement que je suis sur le dos, parce que je n'aurais sûrement pas eu l'énergie de faire autre chose que m'enfoncer dans le matelas. Tous mes muscles ont ramolli.

Il se laisse tomber à côté de moi, la respiration tout aussi saccadée.

— Je n'arrive pas à croire que le chien a dormi au milieu de tout ça.

J'oblige mes muscles faciaux à fonctionner.

— Ouais, hein ?

— Reste avec moi cette nuit, murmure-t-il en m'embrassant le sourcil.

Je hoche la tête, assoupie.

— Sauf si tu te portes volontaire pour me porter jusqu'à ma chambre, c'est la seule option disponible.

Sur ces mots, je me laisse submerger par le sommeil.

CHAPITRE 31
BRUCE

Je me réveille au milieu de la nuit avec Lilly enveloppée autour de moi comme une couverture aux sourcils touffus. Les images de ce que je lui ai fait hier soir affluent dans ma tête et font durcir mon sexe.

Elle a été merveilleuse, cette fois encore – et hier était l'un des meilleurs jours de ma vie, même si c'était mon anniversaire tant redouté.

Puisque je ne m'imagine pas la réveiller, je me lève et sors promener le chien tout seul.

Pendant que nous nous baladons sous la lueur de la lune, je me rends compte que je vais peut-être devoir réévaluer quelques trucs, en ce qui concerne Lilly. D'abord, malgré notre différence de taille, nous sommes parfaits l'un pour l'autre, sexuellement parlant. Je n'ai jamais été avec une femme qui semblait à ce point faite sur mesure pour moi.

Je vais peut-être aussi devoir reconsidérer mes

positions en ce qui concerne le fait de sortir avec une employée. Ce n'est pas optimal, c'est sûr, mais au moins, nous ne sommes pas dans un environnement professionnel. Ça doit rendre ça moins grave, non ?

Une chose est sûre : la différence d'âge n'est pas un problème. Je ne l'ai pas vue prendre un seul selfie, exprimer son désir de danser en boîte de nuit ou s'extasier sur Justin Bieber.

Quand je remets Colossus au lit et rejoins Lilly, je décide de lui proposer de rendre ce qui se passe entre nous officiel. Mais quand ? Après le projet de cryptomonnaie ? Ça me paraît trop loin.

Non. Je lui parlerai dès que mes parents seront partis.

CHAPITRE 32
LILLY

Je sens du mouvement dans le lit et ouvre un œil, grognon.

— Bonjour, murmure Bruce.

— Merde, articulé-je en ouvrant l'autre œil. Je me suis lavé les dents hier soir ?

Il ricane.

— On n'a pas pris de douche non plus… et je m'apprête à rectifier ça.

Il repousse son côté de la couverture et le voir nu me fait le même effet qu'une injection d'espresso – surtout que Titan est en érection, pour une raison inconnue.

Si je ne me sentais pas super dégoûtante, je lui sauterais dessus.

Une seconde. Est-ce qu'il vient de m'inviter à prendre cette douche avec lui ?

Avant que j'aie pu déterminer la réponse, j'entends

un cliquetis de petites griffes sur le plancher de bois, suivi d'un bruit de patte tapotant le matelas.

Bruce sourit.

— Devine qui est réveillé aussi ?

Je me penche et me retrouve nez à nez avec Colossus. Qui remue la queue comme si c'était son unique objectif dans la vie, avant de se laisser tomber sur le dos.

Grattouille sur le ventre. Maintenant. Hop hop hop. Ça fait une éternité que je n'ai pas eu droit à un peu de tendresse.

Je caresse son ventre exposé avec un grand sourire.

— Tu vas pouvoir t'occuper de lui ? demande Bruce, toujours délicieusement nu. J'ai une réunion dans quelques minutes.

— Ouais, dis-je avec un soupir.

Je regarde la merveille que sont les fesses musclées de Bruce s'éloigner.

Dès qu'il est hors de vue, j'enfile ma tenue de magicienne, prends le chiot et me précipite dans ma chambre, l'impression d'effectuer la marche de la honte.

— Tiens.

Je donne des friandises aux patates douces déshydratées concoctées par le chef à Colossus.

Pendant que le chien les mâchouille, j'effectue ma routine matinale et réfléchis à la question qui prend de plus en plus de place dans ma tête.

Qu'est-ce qui se passe entre Bruce et moi ?

Je sais ce que ce n'est plus – un coup d'un soir. Ça existe, les coups de deux soirs ? Aucune idée, et je sais que je devrais lui en parler, mais je ne sais pas comment aborder le sujet.

Je trouverai peut-être le courage de le faire plus tard dans la journée ?

Pour l'instant, je dois promener le chien.

———

Quand Colossus et moi rentrons, Bruce s'apprête à partir jouer au golf avec sa famille.

— Et si vous vous joigniez à nous ? propose Théodora.

Je secoue la tête avec un sourire poli.

— Colossus et moi avons beaucoup de travail.

C'est de la déception que je lis sur le visage de Bruce ? Quoi qu'il en soit, le chiot et moi n'avons pas encore pris notre petit déjeuner – et plus important, je n'ai pas envie de m'immiscer dans la sortie en famille de Bruce.

Comme promis, je travaille avec mon élève toute la journée, ne m'arrêtant que pour manger. Tristement, je ne tombe pas une fois sur Bruce.

Quand arrive l'heure d'aller dormir, je prends une douche, me brosse les dents et me rase les jambes, ainsi que d'autres endroits nécessaires, avant d'enfiler mon pyjama le plus sexy : une nuisette minuscule. Puis une fois que je suis présentable, j'emmène Colossus dans son lit.

Quand nous entrons dans la chambre, la lumière est allumée et Bruce n'est pas là, mais je repère quelque chose de nouveau.

Une télé est posée au pied du lit. À moins que ce ne soit pas nouveau ? Bruce n'a peut-être qu'à appuyer sur un bouton pour que la télé sorte de quelque part.

Bruce sort de sa salle de bain, vêtu d'une robe de chambre.

— Tout est prêt pour regarder la série. À supposer que tu veuilles toujours.

Est-ce que j'ai envie qu'on se pelote en regardant Netflix ? Ma tenue n'est-elle pas une réponse suffisante ?

— Et pour lui ? demandé-je en levant Colossus.

Bruce approche et caresse le ventre de son enfant à poils.

— Et si on effectuait un peu de cet entraînement dont on a parlé ?

— Tu parles de sa réaction à nos baisers ? m'enquis-je en faisant tout mon possible pour ne pas sautiller d'excitation.

Bruce hoche la tête, prend le chiot et l'emporte sur le lit.

Colossus s'installe entre les jambes de Bruce et semble s'endormir.

— Voyons voir, dit-il.

Puis il m'attrape et dépose un baiser bruyant sur mes lèvres, qui m'aurait fait perdre toute retenue (et ma culotte) si j'en avais eu encore.

Quand il entend le bruit de bisou, Colossus tourne la tête pour voir ce qui se passe, avant de se recoucher.

— Il est fatigué, remarqué-je avec un sourire. Je pense qu'on peut en tirer profit.

Sur ces mots, j'embrasse Bruce encore une fois.

Le chien nous lance un coup d'œil, mais rien de plus.

Au baiser suivant, Colossus ne prend même pas la peine de se lever, je l'emmène donc dans son lit.

— On regarde la télé ? propose Bruce.

— Assurons-nous qu'il est endormi, dis-je avant d'embrasser bruyamment Bruce.

Quand le chien ne réagit pas, Bruce m'embrasse dans le cou, puis sur la clavicule, et quand il se met à sucer mon téton, j'oublie complètement la télé.

———

Les jours suivants passent à peu près de la même manière. Je me réveille dans le lit de Bruce, il partage ses journées entre le boulot et sa famille, et je le retrouve dans sa chambre pour regarder *The Witcher*. Même si en réalité, c'est juste un nom de code pour qualifier des tonnes de sexe, vu que nous ne regardons pas du tout la télé. Le seul problème, c'est que je n'ai pas encore trouvé l'occasion d'aborder la grande question.

Qu'est-ce qui se passe entre nous, au juste ?

Et puis ne devrait-il pas en parler lui-même, à un

moment donné ? Pourquoi serait-ce à moi de le faire ? À moins qu'il ne s'agisse que d'une passade sans lendemain pour lui, qui n'est pas digne d'une discussion ?

Je repousse cette pensée et nous passons la journée suivante de la même façon – sauf que nous avons *enfin* l'occasion de regarder une quinzaine de minutes de *The Witcher* avant que Bruce me fasse à nouveau grimper aux rideaux.

Nous ne parlons toujours de rien.

OK.

Le lendemain, j'apprends que sa famille va rester une semaine de plus – et cette dernière commence à peu près de la même façon ; nous regardons *The Witcher* de manière sporadique et j'ai droit à beaucoup d'orgasmes. J'en ai eu plus avec Bruce que dans toutes mes relations précédentes combinées, maintenant.

Au jour six, je suis en colère contre moi-même pour ne pas avoir eu le courage d'affronter cette conversation, mais je suis encore plus en colère contre Bruce de ne pas m'avoir épargné de le faire.

Je suis si furieuse contre lui que je répète les réprimandes que je pourrais lui faire tout en promenant Colossus, ce matin-là. Durant tous les matins précédents, j'ai réfléchi aux différentes versions de la discussion au sujet de ce qu'il y a entre nous, mais faire des choix n'a jamais été mon fort.

« Traite-moi de démodée », lui lancerai-je pour commencer, « mais en général, ce n'est pas la responsabilité de l'homme, de proposer à une femme de se mettre en couple ? »

Non. C'est trop faible. Il me faut quelque chose de plus percutant, si je veux vraiment emprunter cette voie. Je devrais peut-être l'appeler...

— Hé, lance une voix familière, me tirant de mes pensées.

Oh. Super.

C'est Champ, occupé à fumer une cigarette.

Grr. Depuis la fête, j'ai fait tout mon possible pour éviter que Champ et Colossus se croisent, ce qui m'épargnait aussi d'avoir à sentir l'haleine horrible de Champ par accident.

Malgré tout son entraînement à la sociabilisation, Colossus n'accourt pas vers Champ, mais il ne lui aboie pas dessus non plus. Le chiot n'a absolument rien à faire de cet humain précis, ce qui est presque l'équivalent de la haine à l'état pur, pour ce chien désormais amical.

— Je suis content de te revoir enfin, dit Champ.

Enfin ? Combien de fois est-il venu fumer ici dans l'espoir de tomber sur nous ?

— Vous n'êtes pas allergique ? demandé-je avec un geste vers le chien.

Champ regarde Colossus en fronçant les sourcils.

— C'est *toi* que je voulais voir, pas ça. Même si je peux inhaler les odeurs de poils, en extérieur.

En général, ce sont les squames et la salive qui causent des allergies, et pas les poils, mais je n'ai pas envie de prolonger inutilement cette conversation, alors je garde le silence et regarde Champ en attendant qu'il continue.

Il lance un regard furtif autour de lui avant de murmurer :

— On peut parler ?

Je réfléchis vite.

— Désolée. Peut-être une autre fois ? Colossus a soif et moi aussi.

— Ah.

Champ jette sa cigarette par terre et l'écrase avec sa tennis.

— On se verra plus tard, je suppose.

J'espère que non. Je n'ai plus à l'éviter que pendant un jour.

Je me dirige droit vers le garage, décroche la laisse de Colossus et l'emmène dans la cuisine pour lui donner à boire et à manger.

Quand nous entrons, je comprends l'erreur stratégique que j'ai commise dehors. En mentionnant ma soif, j'ai laissé savoir où j'allais à Champ.

Il a *vraiment* envie de bavarder, parce qu'il est là, à faire comme s'il s'était retrouvé dans la cuisine par accident.

Je l'ignore, verse un peu d'eau à Colossus et sors un tapis de léchage avec son petit déjeuner.

Avant que j'aie pu sortir ma propre assiette, Champ approche et regarde autour de lui avant de murmurer :

— Je peux avoir une minute de ton temps, maintenant ?

Je respire par la bouche.

— Qu'est-ce qu'il y a ?

— Je m'interrogeai sur tes... tarifs, dit Champ toujours en chuchotant.

Je le regarde en clignant des paupières.

— Mes tarifs ?

Il est allergique aux chiens, alors qu'est-ce que ça peut lui faire ?

— Le prix, explique-t-il. Pour... tu sais.

Je fais un pas en arrière.

— Je ne crois pas savoir, non.

J'ai le pressentiment qu'il ne vaut mieux pas que je le découvre.

Champ s'avance vers moi, m'assaillant à nouveau avec son haleine, et je me demande comment il a déjà pu manger autant d'ail aussi tôt dans la journée.

— Je suis au courant pour tes petites visites dans la chambre de Bruce... la nuit.

— Pardon ?

Je crois que j'aurais été moins choquée s'il avait éteint une cigarette sur mon front.

— Ne parle pas trop fort, s'il te plaît, dit-il en reculant d'un pas. Je ne suis pas en train de dire qu'il y a quoi que ce soit de mal à... être une travailleuse du sexe. C'est...

J'ai l'impression que mon sang est à deux doigts d'exploser.

— Je ne suis pas une pute ! m'exclamé-je.

Je crispe les poings, mourant d'envie de lui en coller un dans le minuscule espace entre ses yeux.

Champ fronce les sourcils.

— Pourquoi employer des étiquettes aussi vulgaires ? Je me demandais juste si tu pourrais faire pour moi ce que tu fais pour Bruce.

Mes narines se dilatent.

— Je ne me prostitue pas pour lui.

Il lève les yeux au ciel.

— Vous n'êtes pas en couple, tous les deux, hein ? Il te paie, non ? Tu couches avec lui, non ? Quel que soit le nom que tu donnes à cet arrangement, je veux le même, tant qu'on est encore là.

Je regarde le support à couteaux et m'imagine utiliser le plus gros pour entailler le ventre mou de Champ, comme dans un film d'horreur. À mes pieds, j'entends Colossus grogner – il a dû percevoir mon humeur meurtrière.

— La ferme, lance Champ à Colossus tout en levant le pied d'un air menaçant.

Ça suffit. Quelque chose cède en moi et j'enfonce mon genou dans l'entrejambe de Champ.

Il se plie en deux, puis tombe au sol, et son visage prend une teinte verdâtre. Je prends Colossus, me précipite dans ma chambre et verrouille la portière derrière moi.

Sur pilote automatique, je donne un jouet à mâcher au chiot avant de céder à la fureur qui me submerge. Contre Champ pour ce qu'il a dit, mais aussi contre Bruce et contre moi-même, pour m'être retrouvée dans cette situation ridicule : je couche avec mon patron, qui ne semble pas du tout avoir l'intention de faire évoluer ça en relation officielle.

Je ne sais même pas ce que je fais quand je tends la main vers la porte du placard, mais mon corps semble avoir fait quelque chose dont je n'ai jamais été capable toute seule : prendre une décision.

Et cette décision est de faire mes valises.

CHAPITRE 33
BRUCE

Quelqu'un frappe à la porte de mon bureau juste au moment où je termine ma réunion sur la cryptomonnaie.

Serait-ce Lilly ? L'espoir qui me réchauffe la poitrine me donne l'impression d'être un écolier avec son premier *crush*. Sauf que si c'était elle, elle n'aurait sûrement pas frappé. Elle aurait juste fait irruption dans la pièce.

— Entrez, dis-je en fermant mon ordinateur portable.

Même si je ne pensais pas que c'était Lilly, j'éprouve une pointe de déception quand je vois Mme Campbell.

— Bonjour monsieur, dit-elle, l'air un peu affolée.

Je me lève.

— Qu'est-ce qui ne va pas ?

Elle sort un morceau de papier de sa poche, l'air coupable.

— Je m'apprêtais à laver le linge de Lilly, dit-elle, et

vous savez que je vérifie toujours dans toutes les poches avant de mettre quoi que ce soit dans le lave-linge ?

Sourcils froncés, je hoche la tête.

— Quand j'ai vu ça, je ne voulais pas me montrer indiscrète, assure-t-elle. Mais votre nom était mentionné, ainsi que plusieurs jurons, alors j'ai…

— Et si vous vous contentiez de me donner ce papier ? suggéré-je.

Elle fait un pas en avant, mais ne se sépare pas de la note.

— Il y a peut-être une explication, dit-elle. Lilly est une si gentille fille, et tous les deux, vous…

Mon adrénaline grimpe en flèche.

— Donnez-moi ça. Tout de suite.

Mme Campbell écarquille les yeux et me fourre le papier dans les mains avant de se précipiter hors de la pièce.

Je lis la note, de plus en plus stupéfait. Il semblerait que Lilly me prenne pour la pire personne au monde – au même niveau que des gens comme Charles Manson, Caligula et Pee-wee Herman.

Mais pourquoi ? Ça ne peut pas être à cause de mes performances au lit.

Je finis par comprendre la raison vers la fin de la lettre, et j'ouvre mon ordinateur pour vérifier.

Putain. C'est vrai. Ma banque a saisi la maison de ses parents.

Pas étonnant qu'elle ait été aussi hostile avec moi, au début. Et si peu professionnelle.

Mais quel est le rapport avec tout ce qu'on a fait ensemble ?

Tout le sang quitte mon visage.

A-t-elle trouvé une forme de vengeance cruelle – faire en sorte que je tienne à elle, avant de me lire son horrible tirade ?

Je relis la note, et la colère balaie une partie de ma stupeur et ma tristesse. Puis comme un masochiste, je la relis encore une fois. Et une de plus.

Après l'avoir lue pour la centième fois, je fourre le papier dans ma poche et sors de la chambre.

Il va falloir qu'on discute, Lilly et moi.

CHAPITRE 34
LILLY

Qu'est-ce que ça veut dire ? Il me manque une tonne de vêtements.

Ah. Bien sûr. Je me souviens vaguement que Prudence m'a dit qu'elle laverait mon linge.

Très bien. Peu importe. Mes affaires n'ont aucune importance. J'ai juste besoin de rentrer chez moi. De retrouver mon espace personnel, où je pourrai réfléchir.

Je prends ma valise remplie au hasard, me dirige vers la porte – et rentre dans le torse dur comme du ciment de Bruce.

Waouh.

Ses yeux ressemblent à deux icebergs quand il me regarde.

— Tu vas quelque part ?

Ma colère et ma vexation débordent et une fois de plus, mon corps prend la décision pour moi et ma langue articule les mots.

— Tu peux le dire. Je démissionne.

J'ai aussitôt envie de reprendre ces mots, mais c'est trop tard. Ses yeux se glacent encore plus et ses narines se dilatent.

— Ah oui ? demande-t-il d'une voix aussi tranchante qu'un rasoir. Tu en as marre de ta mascarade ?

Une mascarade ? Moi ? Peut-on être trop sous le coup des émotions pour comprendre des mots ? Ou bien m'accuse-t-il de quelque chose – d'avoir accepté les avances répugnantes de Champ, par exemple ?

Je vois rouge.

— Ce qui s'est passé était *ta* faute.

Bizarrement, son expression se réchauffe un peu.

— Ce n'est pas comme si j'étais impliqué personnellement.

Est-ce qu'il essaie d'excuser le comportement de Champ ?

— C'était une erreur de venir te parler.

Un muscle se contracte sur sa mâchoire.

— Pareil pour moi.

— Très bien.

Je l'écarte de mon chemin, l'impression d'être à deux doigts de pleurer.

— Au revoir.

olossus gémit.

Merde.

Je me suis encore débrouillé pour me disputer devant lui.

Je le prends dans mes bras, m'assois sur le lit qui appartenait à Lilly quelques secondes plus tôt, et caresse sa fourrure divine. Les yeux du chien roulent dans ses orbites de plaisir et je me calme aussi, assez pour avoir des pensées semi-cohérentes.

Par exemple, je songe que je devrais être soulagé qu'elle m'ait épargné d'avoir à aborder la note, mais ce n'est pas le cas. Que je devrais être heureux d'avoir découvert la duplicité de Lilly avant d'avoir développé des sentiments trop profonds, mais ce n'est pas le cas... peut-être parce qu'il est déjà trop tard.

Non. Aucune raison de perdre mon temps à suivre ce chemin de pensées.

Je me sentirai sûrement mieux si je me raccroche à ma colère. Après tout, son comportement était vraiment dingue, quand je suis entré, non ? C'est illogique, même en prenant en compte le fait que le cortex préfrontal des gens (ou la partie rationnelle du cerveau) n'atteint pas son développement complet avant l'âge de vingt-cinq ans, et qu'elle n'en a que vingt-trois.

Mais quand même. Maintenant que je suis un peu plus calme, j'ai l'impression que quelque chose cloche dans notre altercation.

En particulier une chose : pourquoi partait-elle déjà quand je suis entré ? Il aurait été plus logique qu'elle s'enfuie après que je lui avais dit le fond de ma pensée concernant la note.

Je n'ai même pas eu le temps de le faire.

C'est presque comme si...

Mon téléphone sonne et ma première pensée est que c'est peut-être Lilly, qui appelle pour demander à récupérer son boulot. Et pour s'excuser.

OK, peut-être que j'espère juste que ce soit elle.

Mais c'est un appel de ma mère.

Je suis tenté de ne pas décrocher, mais le devoir filial l'emporte.

— Bonjour, maman. Tout va bien ?

— Salut, Brucy, répond ma mère de son ton enjoué habituel, avant de demander d'une voix plus sévère : Tu t'es disputé avec le petit ami de ta sœur ?

— Quoi ?

Je regarde Colossus comme s'il pouvait avoir la réponse.

Ma mère soupire.

— Tu sais qu'Angela n'est plus une adolescente et que même à cette époque, tu dépassais les bornes quand tu…

— Je ne me suis pas disputé avec son mec, l'interromps-je lentement.

J'ai été tenté de le faire quand il a invité Lilly à danser la semaine dernière, mais je me suis retenu, parce que c'est précisément à ça que sert un cortex préfrontal bien développé.

— Qu'est-ce qui t'a donné cette idée ?

— Il y a quelques minutes, je l'ai trouvé en train de se relever du sol de la cuisine, explique-t-elle. Il a esquivé mes questions quand je lui ai demandé ce qui s'était passé, comme s'il avait honte.

— C'est bizarre.

— Je sais, hein ? répond-elle. Angela a dit qu'elle n'avait aucune idée de ce qui s'est passé non plus. En parlant d'Angela, elle m'a dit qu'elle allait rompre avec lui, et j'en suis bien contente, parce que tu sais ce que je pense des odeurs de fumée et…

Je n'écoute pas le reste, parce que les pièces du puzzle commencent à se mettre en place, et je n'aime pas du tout l'image qui se dessine devant moi. Y a-t-il un lien entre ces deux événements étranges : le départ soudain de Lilly et ce dont parle ma mère ?

Je dépose le chiot par terre et annonce à ma mère que je dois partir.

— Bien sûr, chéri, répond-elle avant de raccrocher.

Je me précipite dans mon bureau et ouvre les vidéos des caméras de surveillance de la cuisine.

Je claque ma porte d'entrée et lâche ma valise.

Quand je regarde autour de moi, je trouve une autre raison d'être en rogne contre Bruce : je suis restée dans son manoir pendant si longtemps que mon appartement me fait l'effet d'un taudis, maintenant.

Et j'ai envie de pleurer plus que jamais.

Je me sens aussi engourdie, bizarrement.

Et je suis encore en colère.

Tellement en colère.

Comment ai-je pu être assez bête pour coucher avec un type que je considérais comme ma némésis, récemment ? Ou pour développer des sentiments pour son chien ? Seulement son chien, attention. Pas lui. Jamais pour lui.

Des images de nos séances de pelotage devant Netflix apparaissent spontanément dans ma tête et ma poitrine devient douloureuse tandis qu'une pression grandit dans mes yeux.

Quand j'ai commencé à faire mes valises au manoir, j'espérais que je me sentirais mieux une fois chez moi, mais c'est loin d'être le cas. Une partie de moi devait aussi espérer que Bruce m'empêche de partir – mais il a fait quasiment l'opposée.

À bien y réfléchir, c'était un peu bizarre.

C'était quoi, cette histoire de mascarade ?

Et quand je lui ai dit que ce qui s'est passé avec Champ était sa faute, sa réponse était troublante.

Comment savait-il ce qui s'était passé avec Champ, d'ailleurs ? Je ne pense pas que le petit ami d'Angela lui en a parlé.

Une seconde. Pourquoi est-ce que je pense encore à Bruce ?

Il ne le mérite pas.

Mon téléphone sonne et Bruce est la première personne à qui je pense.

C'est Prudence – et ça vaut sûrement mieux.

— Salut, Lilly, dit-elle d'une drôle de voix coupable. Je voulais m'excuser.

— Pour quoi ?

— Pour ce que Bruce a pu te dire, répond-elle. J'ai aussitôt regretté de lui avoir donné la note.

Je manque de laisser tomber le téléphone.

— Quelle note ?

— Je m'apprêtais à laver ton linge, explique Prudence. Et je vérifie toujours dans les poches avant de mettre quoi que ce soit dans le lave-linge, parce qu'une fois, j'ai fichu en l'air un...

— Quand est-ce que vous lui avez donné cette note ?

Elle me répond.

— Merde.

— Encore une fois, reprend-elle. Je suis désolée. Je travaille pour M. Roxford depuis...

— Pas de problème. Mais je dois y aller.

Sur ces mots, je raccroche.

J'essaie de me souvenir de ce que j'ai écrit, et ce n'est pas bon du tout. À la simple idée que Bruce ait lu ce flot de vitriol, l'appréhension m'envahit. De toute évidence, je n'en pense plus un seul mot, mais c'est trop tard.

Il est au courant pour la saisie, et il croit que je le déteste. D'où le mot « mascarade » et sa remarque qu'il n'était pas impliqué. Il voulait dire qu'il ne saisissait pas personnellement les maisons... il paie des gens pour ça.

Mon cœur se serre quand j'imagine ce que je ressentirais, si les rôles étaient inversés. Pas étonnant qu'il ait eu l'air si en colère quand il a fait irruption dans ma chambre. Il devait venir pour me virer et me dire qu'il ne voulait plus jamais m'adresser la parole, mais je lui ai épargné cette peine.

Putain.

Qu'est-ce que j'ai fait ?

Comment arranger ça ?

Est-ce que ça peut seulement l'être ?

Je m'enfonce dans le canapé et le barrage qui maintenait mes larmes à distance se rompt.

CHAPITRE 37
BRUCE

Je vais virer tous mes bons à rien d'agents de sécurité. Il s'avère qu'il n'y a aucun moyen de sauter une partie de l'enregistrement des caméras de sécurité. Il filme sur une boucle de sept jours, et nous sommes le sixième, ce qui veut dire que je dois visionner les six jours précédents en accéléré, et regarder des gens mâcher et boire dans la cuisine.

Je décide de le faire quand même – même si j'ai envie de sauter par la fenêtre tout du long. Si mes soupçons sont exacts, je dois bien ça à Lilly.

Bordel de merde. Voilà Champ, en train d'aspirer des nouilles.

Je donne un coup de poing sur la table, mais ça ne me réconforte pas du tout. Je regarde ensuite en plissant les yeux, mais ça ne sert à rien non plus, surtout que ce connard enchaîne avec un Slurpee récupéré Dieu sait où.

Ces boissons sont la pire invention depuis l'amiante

et l'essence au plomb. Même le nom est dégoûtant, un mélange entre « slur » et « pee » – les dernières choses auxquelles on a envie de penser quand on achète une boisson.

Encore un mauvais point pour mon équipe de sécurité – le Slurpee fait partie des nombreux produits interdits sur mon domaine.

Juste au moment où je sens que ma tête va exploser, j'arrive aux enregistrements de ce matin et ralentis la vidéo – même si je dois supporter de regarder tout le monde prendre son petit déjeuner, un vrai film d'horreur.

Là. Champ entre dans la cuisine sans raison apparente.

Quelques minutes plus tard, Lilly et Colossus apparaissent.

Je monte le son, observe et écoute avec intensité, et mes poings se crispent douloureusement.

Quand la scène se termine, ma vision est brouillée sous le coup de la fureur qui bouillonne en moi. J'utilise le même système de sécurité pour trianguler l'emplacement actuel de Champ, et mes jambes me portent jusqu'à lui presque de leur propre volonté.

— Hé, me lance Champ quand je le retrouve dans le couloir est. Comment…

Mon poing entre en collision avec sa mâchoire, fort. Il décolle, puis s'écroule au sol, comme le sac à merde qu'il est.

J'attends qu'il se relève, prêt à rejouer le reste de mon entraînement de boxe.

— Qu'est-ce qui se passe, ici ? demande ma sœur en se précipitant dans le couloir.

A-t-elle vu le coup de poing ?

— Il a de la chance que je n'aie fait que le frapper, articulé-je entre mes dents.

— Qu'est-ce qui s'est passé ? demande Angela en plissant le front.

Je lui explique et quand je termine, ses yeux sont vitreux, mais elle ne pleure pas. Au lieu de ça, elle se dirige vers le corps inerte de Champ et lui donne un coup de pied dans les côtes.

— C'est fini entre nous !

Champ pousse un cri de douleur.

— Debout, ordonné-je.

Champ se remet sur ses pieds en titubant.

— Je vais te faire un procès, dit-il d'un ton plaintif.

— Bonne chance avec ça, répond froidement Angela. Les avocats de mon frère vont réduire les tiens en chair à pâté.

Je prends Champ par le col de son T-shirt et le soulève du sol.

— Tu as cinq minutes pour disparaître de mon domaine. Si tu approches encore de Lilly ou de ma sœur, ce sera terminé pour toi.

Dès que je lâche son T-shirt, Champ s'en va en courant – je réprime mes pulsions meurtrières tout en le regardant partir.

— Et pour Lilly ? demande Angela.

— Elle est partie, articulé-je entre mes dents.

Champ a de la chance que je n'aie pas de flingue sur moi en ce moment.

Angela fronce les sourcils.

— Partie ?

— Partie, acquiescé-je. Elle a quitté son boulot, et m'a quitté aussi.

Angela pose une main rassurante sur mon épaule.

— Qu'est-ce que tu vas faire ?

Je n'ai même pas besoin de réfléchir à ma réponse.

— Je vais la récupérer.

CHAPITRE 38
LILLY

Je ne sais pas pendant combien de temps je pleure, je sais juste qu'à un moment donné, mon téléphone sonne et je m'oblige à arrêter pour décrocher.

— Salut, chérie, dit ma mère. J'ai une nouvelle incroyable à t'annoncer.

Je fais de mon mieux pour ne pas renifler trop fort et demande :

— Qu'est-ce qui s'est passé ?

— La banque a appelé, s'exclame mon père. Oh, tu es sur haut-parleur, au fait.

— La banque ?

Même si la connexion avec Bruce est ténue, ma poitrine se serre.

— Oui. Ils ont admis avoir commis une erreur durant la procédure de saisie...

— Quelle erreur ? m'enquis-je.

La procédure de saisie est censée être plutôt simple, non ? Soit on paie, soit on perd la maison.

— On n'a pas compris tout le jargon juridique, répond ma mère, mais pour faire court, pour réparer leur erreur, ils nous rendent la maison, sans rien à payer.

La chair de poule recouvre ma peau.

— La banque ne l'a pas vendue ?

Et mes parents sont-ils vraiment aussi crédules ?

— Ils l'ont rachetée à la famille en question, et on va pouvoir réemménager dans un mois, explique mon père d'un ton surexcité. Tu y crois, à ça ?

Ouais. Je peux croire qu'ils vont récupérer la maison. Ce que je n'arrive pas à croire, c'est l'histoire que leur a servie la banque. Ce qui s'est vraiment passé, c'est que Bruce a appris la saisie grâce à la note et a décidé de l'inverser. Ce qui est dément. Mais pourquoi ferait-il…

Quelqu'un frappe à ma porte, me faisant sursauter.

Mon sixième sens me souffle qui ça peut être… et j'espère que ce n'est pas qu'un vœu pieux.

— Maman, papa, je suis très heureuse pour vous, débité-je. Mais on peut en reparler plus tard ? Je dois filer.

— Pour s'occuper de son employeur si exigeant, sans doute, dit ma mère, s'adressant sûrement à mon père.

Je raccroche et me précipite vers la porte pour regarder par l'œilleton.

Ma pointe d'espoir se déploie en lueur étincelante

dans ma poitrine quand je vois des yeux bleu océan et chaleureux me rendre mon regard.

Les mains tremblantes, je déverrouille la porte et laisse entrer Bruce.

Il semble occuper tout mon appartement, le rendant encore plus minuscule.

— Salut, lancé-je, mon cœur cognant dans ma poitrine.

— Merci de m'avoir laissé entrer, murmure-t-il. Je n'étais pas sûr…

— Je viens d'apprendre la nouvelle de mes parents, lâché-je. Tu as… ?

— Désolé si c'était un peu lourd, comme réaction, répond-il. Je sais que je ne peux pas réparer tous les torts que commet ma banque, mais puisque dans ce cas précis, je pouvais faire quelque chose, je me suis dit que…

— Tu es en train de t'excuser de nous avoir rendu ma maison d'enfance ?

Je ne sais pas si mes palpitations sont un signe d'arythmie nécessitant un appel aux Urgences ou pas.

— En parlant d'excuses, je suis désolé pour ce qui s'est passé avec Champ, dit Bruce, son expression s'assombrissant. Je peux t'assurer qu'il ne t'embêtera plus *jamais*. Tout est terminé entre lui et ma sœur, alors s'il…

— C'est vrai ? demandé-je, hébétée. Ça veut dire qu'elle va reprendre Colossus ?

Pourquoi est-ce la première question qui m'est venue à l'esprit ?

Bruce secoue la tête.

— Angela devra adopter un autre chien. Colossus est à moi.

Oh non. J'ai l'impression que je vais me remettre à pleurer, et je ne sais même pas pourquoi.

— Comment tu as découvert…

— Les caméras de surveillance dans la cuisine, répond-il.

Ah, c'est vrai. Il m'en a parlé, à un moment donné.

— C'est pour ça que tu es venu ? Pour me dire ça ?

Je me rends compte que ça aurait dû être ma première question, sous une forme ou une autre, mais j'avais trop peur de demander. S'il répond un truc du genre « je suis ici pour te convaincre de revenir bosser pour moi », le geyser derrière mes yeux risque d'exploser, le trempant, et ensuite…

— J'aimerais que tu deviennes ma petite amie, déclare Bruce d'un ton solennel. Que tu sortes avec moi. Que tu sois à moi. Quelle que soit la terminologie qu'utilisent les jeunes, de nos jours.

Je le regarde, bouche bée, me demandant si j'ai bien entendu.

Il se rapproche d'un pas.

— Tu n'es pas obligée de répondre tout de suite. Je sais qu'il s'est passé beaucoup de trucs et…

— Oui, dis-je un peu trop fort.

Je ne sais pas si c'est à cause de la chaleur qui émane de son corps ou de son odeur, mais je commence à avoir le tournis.

— Je serai à toi… enfin, ta petite amie, je veux dire.

Ou bien on va se caser, ou quelle que soit la façon dont les vieux comme toi appelaient ça, dans le passé.

— Bien.

Il se rapproche encore plus, les yeux pétillants.

— Une dernière chose.

J'arque un sourcil, parce que sa proximité me fait respirer trop fort pour former un discours cohérent.

Bruce me prend la main et la porte à sa poitrine.

— Je devrais sûrement attendre avant de te dire ça. Au moins qu'on ait fait quelques rencards de plus et qu'un peu de temps ait passé.

— Me dire quoi ? soufflé-je.

— Je t'aime, annonce-t-il en me pressant la main. J'aime ton cœur tendre, surtout avec Colossus. J'aime ta joie de vivre. Depuis le peu de temps que je te connais, tu as réussi à me faire prendre conscience de la chance que j'ai, et même à faire en sorte que j'apprécie ça. J'aime…

— Moi aussi, lâché-je. Je t'aime, je veux dire. Et je suis désolée de t'interrompre, mais tu n'arrêtais pas de parler sans t'arrêter et…

Nos lèvres entrent en collision et son baiser est aussi passionné que possessif.

Ce baiser me fait comprendre que notre relation est désormais officielle.

Et que je suis à lui.

ÉPILOGUE

BRUCE

Je suis assis dans le cinéma que j'ai loué, entouré de ma famille et de mes amis – ainsi que ceux de Lilly. Autour de nous, il y a une foule de parents de chiens, qui sont aussi fiers que moi. Leur animal est en laisse à côté de leur chaise, vêtu d'un uniforme de diplômé fait sur mesure. Je parle des chiens, mais certains parents portent aussi une version de cette tenue.

— Chewbacca Stevenson, dit Lilly depuis la scène, et j'entends ma sœur pouffer de rire.

Lilly et elle essaient souvent de se surpasser l'une l'autre en inventant des noms de chien ridicules, et les références à *Star Wars* sont incontournables pour toutes les deux.

J'espère que ce chien ne se fait pas surnommer Chewie. Pour les personnes souffrant de misophonie comme moi, c'est un peu comme surnommer un chien Pukie. Ou Poopie. Ou Noodlie.

La dame sur ma gauche sourit d'un air rayonnant et encourage son berger allemand (qui ressemble vraiment à son homonyme) à se diriger vers Lilly.

Quand ils arrivent devant elle, Lilly serre la main de la femme et demande à Chewbacca de lever la patte, ce qu'il fait (je suppose que c'est un « il »). Enfin, Lilly tend une liasse de papiers officiels à la dame, tandis que Chewbacca reçoit l'un des trophées comestibles commandés spécifiquement pour l'occasion.

Nous rions tous pendant que Chewbacca dévore sa récompense durement gagnée.

Lilly appelle le chien suivant et cette fois, ce n'est pas pour mon enfant à fourrure que j'éprouve un élan de fierté, mais pour elle. Elle a réussi. Elle a réalisé son rêve, et c'est la première remise de diplôme de son école pour chiens – Aboieparc Patteville.

Quand je regarde les visages des parents de Lilly, je vois qu'ils ont les larmes aux yeux, et je parie qu'ils partagent mes sentiments. Et ils ont toutes les raisons d'être fiers. Lilly a accompli tout ça sans difficulté, et sans perdre de temps, seulement trois mois après avoir officiellement emménagé avec moi (non pas qu'elle soit restée vivre chez elle quand nous ne faisions que « sortir ensemble »).

Quand Lilly appelle le prochain diplômé, elle agite son bras musclé, provoquant un inconfort au niveau de mon entrejambe.

Pas encore. J'ordonne à Titan, comme elle le surnomme, de se calmer, et songe à des experts-comptables envoyés par le gouvernement en train de manger de la soupe.

Non. Titan a du mal à maîtriser l'ordre « couché », quand Lilly est dans le coin.

Évidemment. Colossus et moi serons appelés sur scène d'une minute à l'autre, et j'aurai une érection.

Le pire, c'est que les chiens risquent de savoir que je suis excité. Après tout, si Lilly peut leur apprendre à apaiser une personne stressée, ou à lui indiquer qu'elle a besoin d'une injection d'insuline, ça semble assez facile, en comparaison.

— Nouille Schwartz, appelle Lilly.

Waouh. C'est comme si ces maîtres avaient voulu que leur chien ait un nom affreux. Au moins, mon sexe se calme un peu – surtout quand j'imagine Hitler en train de boire un Slurpee.

— Le dernier chien tient une place spéciale dans mon cœur, annonce Lilly. Tout comme son maître.

Tout le monde autour de nous pousse des exclamations attendries.

— Colossus Roxford, appelle Lilly. Venez ici, mes chéris.

Colossus et moi montons sur scène pendant que la foule applaudit et acclame.

Lilly commence par la récompense comestible, et pendant que Colossus la mange, elle m'embrasse devant tout le monde.

Bordel. Penser à des nouilles ou à des Slurpees ne suffira pas à dompter l'érection monstrueuse qui en résulte.

Quand Lilly s'en rend compte, elle pouffe de rire et murmure :

— Sors par ce côté de la scène. Je vais t'accompagner et cacher *ça* avec mon corps. Ou autant que je peux, sachant que Titan est si gros et moi si petite.

Nous faisons comme elle l'a dit et dès que nous sommes hors de vue, je lui vole un autre baiser, même si dans ma situation, c'est contre-productif.

Quelqu'un se racle la gorge.

Lilly regarde par-dessus mon épaule et glousse à nouveau.

— Johnny, tu veux bien aller promener Colossus, s'il te plaît ?

Elle me prend la laisse des mains et la tend à mon assistant.

Une fois que nous sommes seuls, elle m'attire dans un vestiaire et verrouille la porte.

Très bien. J'arrache nos vêtements et lui fais l'amour de manière effrénée – étouffant ses cris passionnés des mains au cas où quelqu'un se trouve de l'autre côté de ces murs aussi fins que du papier.

Après coup, Lilly se recoiffe et récupère son soutien-gorge.

— Qui aurait cru que cette cérémonie de remise de diplôme constituerait un aphrodisiaque aussi puissant ?

— Ta simple présence me suffit, dis-je. Et félicitation encore une fois.

Je prends mon téléphone pour prévenir mon

assistant qu'il peut revenir avec Colossus – et apporter la « grosse surprise » avec lui.

Quand on s'est rhabillés, quelqu'un frappe à la porte.

— Je t'ai apporté quelque chose, annoncé-je à Lilly. Ou *quelqu'un*, plutôt, que tu apprécieras, je pense.

Les sourcils de Lilly – que je surnomme en secret Borat et Super Mario – s'animent comme s'ils me suppliaient de l'embrasser encore une fois.

Mais je m'en abstiendrai, parce que ça risque de mener à une autre séance de sexe et qu'on a de la compagnie.

En parlant de ça…

— Entrez, dis-je.

Lilly reste bouche bée devant la « grosse surprise ». Avec un hoquet, elle demande :

— C'est un autre chihuahua ?

— Correct, acquiescé-je avec un sourire. Je l'ai récupérée dans un refuge plus tôt dans la journée. Pendant que tu croyais que Colossus et moi étions partis pour une longue promenade. Et au cas où tu t'inquiéterais, ça a été le coup de foudre, entre eux.

Je fais signe à mon assistant de partir et Lilly enveloppe le petit chiot dans ses bras.

— Tu lui as déjà donné un nom ?

Je secoue la tête.

— Je me suis dit que tu voudrais avoir cet honneur.

Elle caresse le chiot sous son menton poilu.

— Que penses-tu de Gargantua ?

J'examine à nouveau le chiot. Elle a le pelage lisse et

marron clair rendu célèbre par le compagnon de Paris Hilton et les pubs de Taco Bell.

— Ce nom ressemble à un dérivé de Colossus, mais plus important encore, Gargantua était le nom d'un géant *masculin*.

Lilly me tire la langue.

— Spencer est un nom de garçon, mais si j'ai une petite fille, c'est comme ça que je l'appellerai.

Elle joue avec le feu, parce qu'à la première occasion, je lui mettrai un bébé dans le ventre – que ce soit un garçon ou une fille – mais on n'en est pas encore là.

— Et si tu réfléchissais à des noms avec Angela plus tard dans la journée ? suggéré-je.

À ma grande surprise, après être parties du mauvais pied, ces deux femmes très différentes sont devenues bonnes amies.

Lilly sourit.

— Elle adorerait, mais je pense avoir un nom. Ablette.

— Ah, dis-je. Parfait.

— En fait, il y a autre chose, dis-je. En rapport avec ma sœur.

Lilly transforme Borat en reproduction de point d'interrogation.

— J'ai enfin décidé quel sera mon hobby, annoncé-je. Et Angela va m'aider.

— Ah. Tu t'es enfin rendu compte que me donner des orgasmes n'était pas un *vrai* hobby, remarque Lilly avec un clin d'œil. Non pas que ça me déplaise.

Je l'attire tout près de moi, mais résiste à l'envie de l'embrasser pour l'instant, vu que ça m'empêcherait de parler.

— Je vais ouvrir un refuge pour chiens, déclaré-je en la regardant dans les yeux. Sur le domaine.

Borat et Super Mario se haussent sur le front de Lilly avec enthousiasme.

— J'adore cette idée ! s'exclame-t-elle. Vraiment.

— Et je t'aime, confié-je avant de m'emparer de ses lèvres dans le baiser le plus passionné au monde.

EXTRAITS EN AVANT-PREMIÈRE

Merci de participer à l'aventure de Lilly et Bruce ! Pour ne rater aucune parution, inscrivez-vous à la newsletter sur mishabell.com.

Pour en savoir plus sur Misha Bell, tournez la page et découvrez un aperçu de nos comédies hilarantes !

EXTRAIT DE QUI S'Y FROTTE S'Y PIQUE PAR MISHA BELL

Juno

Quand je suis en retard à un entretien d'embauche et que je me retrouve coincée dans un ascenseur avec un homme taciturne follement sexy et passionné de Rome antique, je suis loin de me douter qu'il n'est autre que le milliardaire qui possède le bâtiment. Je ne m'attends pas non plus à passer à deux doigts de le tuer... sans le faire exprès, naturellement.

Bien sûr, je ne décroche pas le poste auquel j'étais candidate, mais en revanche, je reçois une offre d'emploi intéressante.

Lucius a besoin de faire croire au public (et à sa grand-mère) qu'il est en couple, et moi, j'ai besoin d'une bourse pour passer mon diplôme de botaniste. Avec ce petit arrangement, tout le monde y gagne... enfin, jusqu'à ce que les sentiments s'en mêlent.

Si j'ai appris quelque chose de ma passion pour les cactus, c'est qu'en m'approchant trop près, je risque bien de me faire mal.

Lucius

J'ai retiré trois choses de cet incident d'ascenseur : ma bouteille d'eau préférée remplie d'urine, une dangereuse réaction allergique et des photos volées de ma "petite amie" et moi qui font le plus grand bonheur de ma grand-mère.

Naturellement, je décide d'user de chantage (ou plutôt de persuasion) avec cette fille, accessoirement très jolie, pour la convaincre de se faire passer pour ma petite amie. Comme ça, ma grand-mère sera contente, et d'une pierre deux coups, je chasserai de mon entourage les croqueuses de diamants.

Malheureusement, mon ennemi juré (à savoir la biologie) entre en jeu et la partie "pas de relations physiques" de notre petit arrangement commence à me paraître insurmontable. Pire encore, plus je passe de temps avec Juno, plus ma façade glaciale soigneusement élaborée menace de fondre.

Si je n'y prends pas garde, Juno risque bien d'abattre définitivement mes barrières défensives.

— Vous dites que je suis stupide ? lâché-je.

N'importe qui aurait du mal avec ces fichus boutons, pas juste quelqu'un souffrant de dyslexie.

Il lance un regard appuyé aux boutons.

— N'est stupide que la stupidité.

Je serre les dents au point d'avoir mal.

— Vous êtes un connard. Et vous avez regardé *Forrest Gump* un peu trop souvent.

Il pince les lèvres.

— Ce film n'est pas à l'origine de cette expression. Ça vient du latin : *Stultus est sicut stultus facit.*

Je lève les yeux au ciel.

— Quel genre de *stultus* prétentieux fait des citations en latin ?

L'acier dans ses yeux est si froid que je parie que ma langue resterait collée, si j'essayais de lui lécher le globe oculaire.

— Je ne sais pas. Peut-être que « l'idiot » se trouve aimer tout ce qui se rapporte à Rome, y compris son système de numérotation.

J'en reste bouche bée.

— C'est vous qui avez pris cette décision ? demandé-je avec un geste vers les boutons de l'ascenseur.

Il hoche la tête.

Merde ! Il m'a sûrement entendue, tout à l'heure, ce qui veut dire que je l'ai insulté en premier. Pour ma défense, c'était vraiment idiot, comme choix.

Je pousse un soupir frustré.

— Si vous êtes un tel expert en chiffres romains, vous auriez pu me dire sur quel bouton appuyer.

Il croise les bras sur sa poitrine.

— Vous ne m'avez pas posé la question.

Je me hérisse à nouveau.

— Vous poser la question ? Vous aviez l'air prêt à m'arracher la tête rien que pour me punir d'exister.

— C'est parce que vous avez retardé…

L'ascenseur s'arrête en tressautant et les lumières autour de nous s'affaiblissent.

Nous regardons tous deux les portes.

Elles restent fermées.

Il se tourne vers moi et plisse les yeux d'un air accusateur.

— Sur quoi avez-vous appuyé, cette fois ?

— Moi ? Comment ? J'étais face à vous. Malheureusement.

Il secoue la tête de manière exaspérante et s'avance vers le panneau de boutons. Je dois m'écarter d'un bond avant de me faire piétiner.

— Vous avez sûrement appuyé sur quelque chose tout à l'heure, marmonne-t-il. Pourquoi serait-on coincés, sinon ?

Pourquoi est-il illégal d'étrangler les gens ? Si je pouvais refermer la main autour de sa gorge rien que quelques secondes, ça me calmerait.

Au lieu de ça, je fusille son dos du regard ; il m'empêche de voir ce qu'il est en train de faire, si tant est qu'il fasse quelque chose.

— Ce pauvre ascenseur vient sûrement de se suicider à cause de ces chiffres romains. Il savait que quand quelqu'un voit des L et des XL, il pense à des T-shirts taillés pour des Néandertal dans votre genre. Et ne me parlez même pas de ce bouton XXX, qui est une référence évidente à du porno. Ça crée un environnement de travail host…

— Vous voulez bien la fermer pour que je puisse nous tirer de là ? lâche-t-il.

Ses mots me font prendre conscience de notre situation : plus d'une minute a passé, et les portes sont toujours fermées.

Nom d'un *Saguaro*, suis-je vraiment coincée ici ? Avec ce type ? Et mon entretien, alors ?

— Enfin un peu de silence ! dit-il avec satisfaction.

Quand il fait un pas de côté, je le vois enfoncer le bouton « aide ».

— C'est un miracle que le mot ne soit pas en latin, ne puis-je m'empêcher de remarquer. Ou en klingon.

— Allô ? dit-il dans le haut-parleur sous le bouton, la voix dégoulinante d'agacement.

Pas de réponse, pas même de la friture.

— Il y a quelqu'un ? insiste-t-il, son irritation atteignant de nouveaux sommets. Je suis en retard pour une réunion importante.

— Et moi, je suis en retard pour un entretien, renchéris-je au cas où ça pourrait aider.

Il se tait le temps de me lancer un regard, un épais sourcil haussé.

— Un entretien ? Pour quel poste ?

Je carre les épaules.

— Je suis sûre que les gens comme vous ne s'en rendent pas compte, mais les plantes de ce bâtiment ne s'arrosent pas toutes seules.

Une seconde. En ai-je trop dit ? Pourrait-il torpiller mon entretien – à supposer que ce couac d'ascenseur ne s'en soit pas déjà chargé ? Quel est son poste, ici, d'ailleurs ? La conception d'ascenseurs ridicules ? Ça ne peut pas être un boulot à plein temps, hein ?

— Une écolo qui câline les arbres, grommelle-t-il entre ses dents. Logique.

Quel connard ! Je n'ai jamais fait un seul câlin à un arbre de toute ma vie. Je suis trop occupée à leur parler.

Il reporte son attention renfrognée vers le bouton « aide » – même si je pense qu'il aurait plutôt dû être nommé « aucune aide ».

— Allô ? Vous m'entendez ? hurle-t-il. Répondez tout de suite ou vous êtes viré.

Je lève les yeux au ciel.

— C'est une bonne idée de se comporter comme un con avec la personne qui peut nous sauver ?

Il pousse un soupir bien audible.

— Peu importe. Le bouton doit dysfonctionner. Ils n'oseraient jamais m'ignorer.

Je sors mon fidèle téléphone, un simple Nokia 3310 très pratique.

— Vous n'avez pas trop les chevilles qui enflent ?

Il regarde mes mains, incrédule.

— Voilà pourquoi l'ascenseur s'est coincé. Il a

traversé une faille temporelle et nous a transportés en 2008.

Je fronce les sourcils en voyant l'absence de réception sur mon Nokia.

— Ce modèle est sorti en 2017.

— Il a quand même l'air plus décérébré qu'un mannequin de crash-test en état de mort cérébrale.

Il sort fièrement un iPhone de sa poche.

— *Voilà* à quoi ressemble un vrai téléphone.

Je ricane.

— C'est plutôt à ça que ressemble une distraction constante. Mais si votre téléphone-pas-si-smart – une marque déposée – est si incroyable, il devrait avoir du réseau, hein ?

Il regarde son écran, mais je devine qu'il sait déjà la vérité : pas de réception pour son petit chéri non plus.

Malgré tout, je ne peux résister.

— Vous voyez ? Votre téléphone génial est tout aussi inutile. Il n'est bon qu'à transformer les gens en zombies accros aux réseaux sociaux.

Il cache l'appareil comme un parent protecteur.

— En plus de toutes vos charmantes qualités, vous êtes aussi technophobe ?

J'envisage de lui balancer mon Nokia en pleine tête, avant de décider que ça ne vaut pas la peine de débourser soixante-cinq dollars pour le remplacer.

— Ce n'est pas parce que je n'ai pas envie d'être distraite que je suis technophobe.

— En fait, mon téléphone est excellent s'agissant de

repousser les distractions, assure-t-il en remettant son casque sur ses oreilles. Vous voyez ?

Il appuie sur « play » et j'entends vaguement des riffs de heavy metal.

— C'est très mature, articulé-je.

— Désolé, répond-il beaucoup trop fort. Je n'entends pas les distractions.

Très bien. Peu importe. Au moins, il a de bons goûts musicaux. Mon cactus et moi sommes de grands fans de Metallica, et je crois que c'est ce qu'il écoute.

Je me mets à faire les cent pas.

Je suis coincée et je suis en retard. Si cette panne d'ascenseur ne se règle pas dans les prochaines minutes, je pourrai dire adieu à ce nouveau job – et par extension à l'argent de mes frais de scolarité. Si je ne peux pas payer mes études, je n'aurai pas de diplôme de botanique, alors que c'est mon rêve depuis plusieurs années.

Par le jus de *Saguaro*, ça craint vraiment !

Je jette un coup d'œil au canon – au connard, je veux dire.

Que penserait-il d'une personne atteinte de dyslexie et voulant obtenir un diplôme universitaire ? Sûrement que je devrais trouver une fac utilisant des livres de coloriage. Pour tout dire, même les livres de coloriage ne seraient pas beaucoup mieux – je n'arrive jamais à ne pas dépasser les lignes.

Je soupire et détourne les yeux, de plus en plus inquiète. Même en mettant mes rêves de côté, et si cet ascenseur restait coincé longtemps ?

Le problème le plus immédiat, c'est mon envie de plus en plus pressante de faire pipi – mais paradoxalement, sur le long terme, notre principal souci serait de n'avoir rien à boire.

Je me demande… Quand on a assez soif, notre corps réabsorbe-t-il l'eau présente dans la vessie ? Et puis, est-ce que je pourrais créer un filtre en me servant de ce que j'ai sur moi, à la MacGyver, pour récupérer l'eau de mon urine ? Avec des poils de chat, peut-être ?

Je frissonne, et ce n'est qu'en partie dû à l'air conditionné démentiel qui arrive à m'atteindre même ici. À court terme, ce serait tellement mieux s'il faisait chaud plutôt que froid. Je pourrais transpirer les liquides et je n'aurais pas envie d'uriner, même si je suppose que je mourrais de soif plus vite. Je jette un regard envieux vers l'inconnu large d'épaules. Je parie que sa vessie fait la taille d'un ballon dirigeable. Il possède aussi une bouteille en acier inoxydable qui contient sûrement de l'eau, et il y a peu de chances pour qu'il accepte de partager.

Se pose aussi la question de la nourriture. Je n'ai rien de comestible sur moi, mis à part une boîte de pâtée pour chat… et théoriquement, la chatte elle-même.

Non. Je préfère encore manger cet inconnu plutôt que la pauvre Atone.

Comme s'il avait lu dans mes pensées, le ventre de l'inconnu gargouille.

Zut ! Vu comme ce type est costaud et méchant, il

mangerait sûrement la chatte. Après ça, il me dévorerait, moi… et pas de manière agréable.

Je suis vraiment foutue !

————

Si vous souhaitez en savoir plus, veuillez consulter le site internet de Misha Bell : www.mishabell.com/fr/.

EXTRAIT DES BONS COMPTES FONT LES BONS AMANTS PAR MISHA BELL

Honey Hyman (ne tentez pas le moindre jeu de mots sur son nom) adore le cuir, les piercings et les tatouages. Alors, d'accord, elle est peut-être un brin obsédée par les bonnes affaires en tout genre, mais qui pourrait lui en vouloir ? Après tout, elle ne fait de mal à personne en usant et abusant des coupons de réduction... à moins, naturellement, que ces coupons soient faux et qu'elle les ait créés pour aider ses voisins âgés à faire leurs courses chez Munch & Crunch, le supermarché hors de prix qui remplace désormais leur épicerie de quartier.

C'est vraiment injuste qu'elle se retrouve en prison, ou qu'elle subisse un chantage qui la force à travailler pour le patron de Munch & Crunch, qu'on l'accuse d'avoir arnaqué... un patron qui n'est autre que Gunther Ferguson, son coup de cœur du lycée qui a gâché sa vie en même temps que ses résultats scolaires.

Que la guerre commence.

———

— Honey Hyman, articule-t-il avec dégoût.

La stupeur m'envahit quand je reconnais cette délicieuse voix de baryton, la même que lorsqu'il était adolescent.

— Gunther Ferguson ? lâché-je, incrédule.

L'ai-je invoqué rien qu'en pensant à lui, en chemin pour ici, un peu comme on invoque un démon ? Ou bien je me suis endormie dans la voiture et je rêve ?

Sinon, voilà ce qu'est devenu le garçon que je déteste, celui qui m'a attiré des ennuis au lycée, et c'est bien la preuve que le karma est un mythe. S'il y avait une justice, il serait devenu tout tordu et difforme avec le temps, comme un seigneur Sith diabolique, mais c'est tout l'opposé.

Comme un vampire d'Anne Rice, sa transformation diabolique l'a rendu encore plus sexy.

— Jouer les imbéciles est ta nouvelle tactique ? m'interroge Gunther.

Il sort une liasse de coupons de sa poche et les jette sur la table.

— Tu vas faire comme si tu ne savais pas que c'est mon supermarché que tu as volé ?

Sous le choc, je baisse les yeux.

Ouais. Ces coupons falsifiés d'une main experte étaient destinés au Munch & Crunch, ce tueur de petites supérettes. Et en effet, c'est mon œuvre, mais ce magasin fait partie d'une chaîne multinationale de supermarchés, alors comment pourrait-il lui appartenir ? À moins que...

— Tu es le propriétaire de la franchise Munch & Crunch ? demandé-je bêtement.

Il ricane.

— Je suis le propriétaire de toute l'entreprise. Comme si tu ne le savais pas.

Je cligne des paupières.

— Comment j'aurais pu le savoir ?

Il fait un geste vers les coupons.

— De la même façon que tu sais comment rendre ces faux identiques aux vrais.

Une seconde. N'est-il qu'un flic malin ?

— Je n'ai pas l'intention de me compromettre. À supposer que ces coupons soient faux, je suis sûre que celui qui les a créés l'a fait pour aider ses vieux voisins qui faisaient leurs courses dans la supérette que ton Munch & Crunch a impitoyablement mise en faillite. Ces gens n'ont pas les moyens de se payer tes produits. Quoi qu'il en soit, comment cette personne mystère aurait pu savoir que tu avais un lien avec ce magasin ? Je sais que les gens comme toi se prennent pour le centre du monde, mais ce n'est pas le cas.

Il soupire.

— D'abord, tu as fait la même chose à mon père. Et maintenant, c'est à mon tour. Si ce n'est pas une attaque ciblée, je suppose que tu fabriques tellement de coupons frauduleux que c'était voué à arriver à nouveau.

Je repousse les coupons.

— Je n'admets rien du tout… mais et si c'était juste de la malchance ?

Il esquisse un rictus.

— Je ne crois pas en la chance.

— Oh, la chance existe.

La malchance est la seule chose qui puisse expliquer le fait que je sois à ce point tentée par sa bouche… malgré les mots qu'elle prononce.

— Tu peux tergiverser autant que tu voudras, le dossier contre toi est en béton. En fait, j'ai cru comprendre que tu allais risquer la prison, cette fois. Sauf si…

Une seconde. C'est du chantage ?

— Sauf si quoi ?

Une dizaine de scénarios coquins concernant ce qu'il pourrait me demander défile dans ma tête, certains impliquant des menottes – parce qu'on est dans un poste de police – et d'autres, des bougies à la cire – aucune idée de pourquoi –, et encore plus incluant un lit couvert de coupons « deux pour le prix d'un ».

Ses yeux verts pétillent de manière triomphante.

— Sauf si tu acceptes de travailler pour moi. Dans ce cas, je retirerai ma plainte.

———

Si vous souhaitez en savoir plus, veuillez consulter le site internet de Misha Bell: www.mishabell.com/fr/.